KB095715

# 고구려

5

**고구려5 백성의 왕**

개정판 1쇄 발행 | 2021년 6월 14일
개정판 9쇄 발행 | 2024년 5월 27일

| | |
|---|---|
| 지 은 이 | 김진명 |
| 발 행 인 | 김인후 |
| 편    집 | 정은진, 박 준    **마 케 팅**    홍수연 |
| 디 자 인 | 이정아, 원재인    **경영총괄**    박영철 |
| 주    소 | 서울시 은평구 통일로1034, 판매시설동 228호 |
| 문의전화 | 02-322-8999 |
| 팩    스 | 02-322-2933 |
| 블 로 그 | https://blog.naver.com/eta-books |
| 발 행 처 | 이타북스 |
| 출판등록 | 2019년 6월 4일 제2021-000065호 |

김 진 명 역 사 소 설

# 고구려

## 5
### 고국원왕

## 백성의 왕

이타

## 고사유(高斯由)

고구려 제16대 태왕. 전쟁의 나라라 불리는 고구려의 태왕임에도 전쟁을 증오하는 인물. 때문에 신하의 충성도, 백성의 민심도, 하다못해 태후와 왕후의 마음까지 잃는다. 그럼에도 꿋꿋이 제 길을 고집하며 뜻한 바를 따르는 독특한 군주.

## 주아영(周娥榮)

세상에 내보인 첫 행보부터 마지막까지 온 천하를 진동시킨 일대의 여걸. 시대를 읽고 시대의 사랑을 받았으나 오직 자식의 마음만은 읽지 못한다. 을불의 결정을 끝내 이해하지 못하고 그것이 단 하나 그가 남긴 오점이라 생각한다.

## 고무(高武)

원하기만 한다면 너무나 쉽게 빼앗아 가질 수 있는 왕위, 그러나 그는 끝까지 형을 존중하고 충성을 다한다. 넘치는 재능과 인망에도 그저 고구려를 지키는 칼이 되겠노라 선언한 뒤 여노가 지키던 신성을 이어받아 그 약속을 지킨다.

## 모용황(慕容皝)

전연(燕)의 초대 황제. 아비와 형제를 모조리 축출한 그는 고구려를 향해 끝없는 전의를 불태운다. 둘 중 한 나라는 반드시 멸망해야만 하리라, 그리 외치며 온 나라의 힘을 모아 몇 번이고 동쪽으로 향한다.

## 고구부(高丘夫)

사유의 첫째 아들. 이상한 왕자로 소문이 자자한 그는 어느 날 해를 쫓는다는 구실로 궁을 떠난다. 천하를 내키는 대로 유랑하며 견문을 넓히던 그는 진정한 왕도가 무엇인지 고민하며 당대의 패자들을 찾아 질문을 던진다.

## 부여구(扶餘句)

백제 제13대 근초고왕. 요서를 떠나 욱리하(郁里河) 이남으로 내려온 뒤 백제의 최전성기를 이끌어낸다. 왕위에 오르기 전 구부를 만나 마음이 동하고 서로 큰 인물이 될 것을 직감하여 벗이 되지만 그는 공과 사를 철저히 구분한다.

## 고이련(高伊連)

사유의 둘째 아들. 아버지나 형과는 정반대의 기질을 가진 전형적인 고구려의 사내로 나약하게만 보이는 아버지와 이상한 일만 벌이는 형을 이해하지 못하고 강대했던 고구려의 시대를 그리워한다.

## 평강(平崗)

을불과의 인연으로 고구려의 높은 자리에 오른 그는 떠나는 민심을 안타까워하며 사유의 곁을 지킨다. 그러나 진짜 충신의 길이란 어느 쪽인지, 전란의 시대와 독특한 태왕은 그에게 번갈아 질문을 던져온다.

國　四　一　香　烟　二　興　利　城　因　□

六　□　為　香　烟　農　黃　城　國　烟　一　香　烟

六　家　為　香　烟　就　為　城　五　宗　烟

一　家　相　王　先　王　烟　於　村　城　八　家　也　遠　近

教　言　相　韓　緘　令　福　酒　律　言　數　如　此

上　守　略　來　韓　□　□　先　王　便　教　村　城　八　家

開　壞　□　石　□　園　烟　林　魯　烟　三　百　都　□　今

□　□　□　□　□　好　太　注　襄　為　柤　□　□

# 차 례

# 꿈은 징조가 아니다

고국원왕 원년 여름, 평양성.

"아아!"

아직은 어둠이 가시지 않은 새벽녘. 잠에 들어 있던 사유는 연신 신음을 토해내며 침상을 부여잡았다. 젊은 왕은 가위에 눌리기라도 한 듯 몇 번을 몸부림치다 간신히 눈을 떴다. 온몸이 식은땀에 젖은 채였다. 가까스로 호흡을 고른 사유는 몸을 일으켜 침상에 앉았다.

"꿈이었는가!"

놀란 가슴을 진정시킨 사유의 표정은 끝없이 어둡게 가라앉았다. 너무도 선명한 꿈이었다. 돌이킬수록 머리가 쑤시듯 아파오는 흉몽 중의 흉몽. 고개를 가로저으며 몇 번 꿈을 되짚어가던 사유는 시간이 꽤 흐르자 흐트러진 옷매무새를 다듬고 나직한 목소리로 시종을 불렀다.

"정원 선생을 불러주게."

머잖아 정원이 내전으로 들었다. 단정하게 차려입은 흰옷에 깊은 눈매와 붉은 입술이 여명 속에서 또렷이 빛났다. 무휴 장자가 사유 곁에 남겨놓고 떠난 뒤로 정원은 관직에는 관심을 두지 않은 채 궁성 가까이 기거하며 사유의 말 상대가 되어 주었다. 도가(道家) 출신답게 매사에 초연하여 국정에 간여하거나 섣불리 조언하는 법 없이 듣기만 하는 것이 전부였으나 오히려 그러한 탓에 사유는 정원에게만큼은 항시 제 속내를 편히 털어놓곤 하였다.

정원은 침상 옆에 다가앉아 가만히 사유의 말을 기다렸다.

"꿈자리가 예사롭지 않아서 이른 아침부터 선생을 찾았습니다. 방해가 되지는 않았는지……."

사유는 비록 군주였지만 언제나 신하에게도 예를 갖췄다. 그러나 정중하고 차분한 음성 가운데 짙은 근심이 묻어남을 느낀 정원은 사유가 밤새 흉몽에 시달렸음을 짐작하고 입가에 편안한 웃음을 머금으며 답했다.

"안락하기만 한 꿈은 덧없습니다. 하나 사나운 꿈은 대개 의미가 있지요. 들려주시겠습니까, 태왕께서 꾸신 꿈 이야기를?"

사유는 무엇 하나 놓치지 않고 기억하려 미간에 주름을 잡은 채로 이야기를 시작하였다.


사유는 농부가 되어있었다. 그는 누구보다 부지런히 자신의 밭을 경작하였다. 비록 척박하고 메마른 땅이었으나 사유는 그 땅을 모자람 없이 사랑하였다. 먹고 자는 시간을 아껴 밭을 갈고 거름을 내었다. 손톱만 한 자갈 하나 있을까 걱정하여 온 밭을 거르며 숨길을 내었고 씨앗 하나 심을 때마다 정성과 염원을 담았다. 매일 밤 지친 어깨와 뭉친 허리를 주무르는 고된 나날 속에서도 그는 미소를 잃지 않았다. 다만 한 가지 걱정은 비가 오지 않는다는 것이었다. 매번 구름은 제법 비를 머금은 듯 시커멓게 뭉쳐가다가도 한순간 불어온 바람에 다시 흩어져 버리곤 했다.

그러던 어느 날 마침내 기다리고 기다리던 비가 내렸다. 알맞게 여물기 시작한 농작물들을 시원하게 적시며 뿌리던 비는 그러나 사흘 나흘이 지나도 멈출 줄을 몰랐다. 그렇게 시작한 비는 열흘이 지나자 온 땅에 차고 넘치기 시작하여 마침내 무서운 홍수로 변해버리고 말았다. 저주스러운 비는 모든 것을 쓸어가 버렸다. 작물도, 농구도, 집도 집어삼킨 홍수는 사유의 모친과 아내마저 집어삼키고 나서야 비로소 멈추었다.

간신히 목숨을 건진 사유는 모든 것이 흔적도 없이 사라져 버린 집터 자리에서 모친과 아내의 시신을 앞에 두고 몇 날 며칠을 통곡했다. 사랑하는 가족조차 지키지 못하고 자신만 살아남았다는 자괴감에 눈물로 수십 일을 보내다 쓰러진 사유의 눈에 문득 하늘이 들어왔다. 벌써 십수 일을 아무것도 먹지 못하여 그 또한 이제 생명을 다해가고 있었다. 점점 눈이 감겨들며 죽음에 임박한 순간 그는 하늘을 나는 까마귀 한 마리를 보았다. 다리가 셋 달린 그 까마귀는 사유를 흘깃 쳐다보더니 부리에 물고 있던 무언가를 툭 떨어트렸다. 흐려지는 눈에 힘을 주어 보니 그것은 씨앗이었다. 비에 푹 젖은 땅에 깊숙이 씨앗이 박히는 것을 보며 사유는 눈을 감았다.

꿈 이야기를 마친 사유의 눈길이 조심스럽게 정원의 표정을 훑었다.

"땅을 잃고 모후를 잃었으니 그 의미는 결국 제가 왕이 되어 나라를 잃고 사직을 잃는다는 뜻이 아니겠습니까?"

초조와 불안이 묻어나는 사유의 눈길에 반해 정원의 반응은 의외였다. 이야기를 들으며 감았던 눈을 뜬 정원은 오히려 축원의 한마디를 꺼냈다.

"아름다운 꿈입니다."

"네?"

"왕의 신분으로 농부의 꿈을 꾸셨으니 정녕 아름다운 일입니다."

정원이 결코 빈말이나 공치사를 하지 않는 사람이라는 걸 잘 알면서도 사유는 고개를 저었다. 아무리 에둘러 생각해도 이는 흉몽임이 틀림없었다.

"모후와 아내를 잃었습니다. 그런데도 그게 아름다운 꿈일 수 있겠습니까?"

"허허."

정원은 뜻을 알 수 없는 미소를 흘린 후 더욱 얼굴을 활짝 펴고 웃었다.

"경하를 드려야만 하겠습니다."

사유는 놀라지 않을 수 없었다. 아름다운 꿈이라는 말도 받아들이기 힘든데 경하라니.

"경하라니요? 그게 정말 좋은 꿈이겠습니까?"

"이를 데 없이 좋기만 합니다. 곧 왕후께서 좋은 소식을 보내올 것입니다."

사유는 눈을 크게 뜨며 물었다.

"혹시…… 태몽을 이르는 것입니까?"

사유의 물음에 정원은 한 치의 망설임 없이 고개를 끄덕여 주었다.

"그러합니다. 태몽 중에서도 으뜸이라 할 만합니다. 태양 속에 사는 삼족오(三足烏)가 태왕께 씨앗을 내렸으니 그보다 좋은 꿈이 있겠습니까."

사유와 정효가 혼인한 지 오래도록이나 소식이 없던 후사 이야기였다. 흉몽인 줄만 알았던 것이 도리어 태몽이라니……. 사유가 감격에 젖어 말을 잃은 가운데 정원은 가만히 자리를 정리하고 일어서 물러가는 인사를 올렸다. 굳이 붙잡는 사유에게 몇 마디 더 덕담을 놓아두고 물러난 정원은 곧 느린 걸음으로 궐을 나섰다.

고구려의 후사가 탄생할 것이라 예견한 도사(道士)의 얼굴치고는 지나치게 무거운 낯빛이었다. 그는 깊은 생각에 잠긴 채 오랜 시간 발길 닿는 대로 걸었다. 사유의 꿈은 그에게 비단 태몽뿐 아니라 많은 느낌을 자아냈다.

"으음!"

정원의 뇌리에 과거 스승 무휴가 남겼던 이야기가 떠올랐다.

'고구려는 이제껏 겪어보지 못한 어려움을 겪을 것이다. 태자에 의해. 또한 이제껏 이루지 못했던 대제국을 건설할 것이다. 그 또한 태자로 인해.'

그 말을 몇 번이나 가만히 생각해 보던 정원은 곧 무겁던 낯빛을 가벼이 하고 호흡을 몇 번 길게 고른 후 궐이 있는 방향으로 두 손을 모았다. 그리고 마치 상대가 앞에 앉아있기라도 한 듯 진중한 음색으로 읊조렸다.

"꿈이란 본래 신비한 징조가 아니외다. 그저 제 생각을 되짚어보는 것에 불과할 뿐."

그는 마음의 번뇌를 모두 지운 듯 어느새 편안한 표정으로 돌아와 있었다. 그리고 경의를 표하며 고개를 깊이 숙인 채 얼마간 제자리에 머물러 있었다.

"뜻하신 바, 사람으로서는 도무지 견딜 수 없는 외롭고 힘든 길이어라. 원컨대 부디 이루시기를……."

의미를 알 수 없는 정원의 말이 아침 안개에 싸인 궐의 희미한 모습 위로 내려앉았다.

# 다 묶지 못한 매듭

평양성에서 북쪽으로 백여 리 떨어진 작은 성의 성문 앞을 지나는 군사 행렬이 있었다. 무장한 기마병의 뒤로 일단의 행렬이 따랐다. 한여름 땡볕 속에서 핏자국과 흙먼지로 범벅이 된 채 터벅터벅 걸음을 옮기는 이들은 밧줄 하나에 서로 손목이 묶인지라 조금이라도 뒤처지면 여지없이 넘어져 굴렀고, 머리 위로 사정없는 채찍이 떨어졌다. 그러나 소리 높여 원망하는 이 하나 없었다. 그것은 이들이 언제 죽임을 당해도 이상할 게 없는 전쟁 포로인 까닭이며, 그렇게라도 살아있는 것이 오히려 은혜로운 까닭이었다. 그들은 그저 가끔씩 신음 소리를 흘리며 숨을 몰아쉴 뿐이었다.

"물……."

앞서가던 기마병 하나가 갑자기 포로를 돌아보며 눈을 가늘게 찌푸렸다.

"무어라고? 너, 다시 한번 말해봐."

대답 없이 고개를 푹 숙인 포로는 어깨 위로 채찍이 날카로이 날고서야 다시금 입이 열렸다.

"물, 물이라고 했소."

어이없다는 듯 피식거리며 다시 채찍을 갈기려던 병사는 포로의 목에 걸린 세 발 까마귀 목각이 눈에 들어오자 다그쳐 물었다.

"너 고구려 사람이라 말하려는 거냐?"

포로는 뭐라 답을 하지 못하고 우물거렸다.

"고구려인을 가장하려는 자구나!"

몇 번을 더 묻던 병사가 결국 채찍을 들려는데 문득 굵직한 목소리가 그의 손을 잡았다.

"그냥 두어라."

목소리의 주인공이 걸친 갑주가 그의 신분을 증명하고 있었다. 왼쪽 어깨에 늘어트린 금실 세 가닥은 왕실을 상징하는 문장(紋章)이었고 말 등허리에 걸린 독특한 모양의 창은 과거 대장군 여노를 상징하던 철창 여려극이었다.

"왕제 전하."

너무나도 유명한, 왕자의 신분을 버리고 고국을 떠나 오랜 방랑 끝에 모용외의 가슴에 한 칼을 찌른 이야기의 주인공. 그는 다름 아닌 왕제 고무였다.

병사들은 허리를 숙이며 물러섰다. 그들은 고구려의 영웅이며 왕제인 그의 등장에도 별반 놀라는 기색이 없었다. 평소 높은 신분에도 불구하고 수시로 군진을 살펴온 그의 모습이 이미 익숙한 까닭이었다.

"고구려와 모용부의 접경에도 수많은 백성이 거주한다. 그들의 땅에 고구려 군사가 주둔하면 고구려 백성이요, 모용부 군사가 주둔하면 모용부 백성인 법이지."

"하면……."

"다만 이번엔 모용부에 징발되었으니 이들은 모용부 군사가 맞다. 사사로운 감정을 갖지 말라."

별반 감정이 섞이지 않은 목소리를 던진 무는 곧 이들을 지나쳤다. 이미 수도 없이 국경 지역에서 크고 작은 전투를 치러온 그에게는 흔한 광경이었다. 말을 몰아 선두로 돌아가며 그는 한 마디 짤막한 음성을 흘렸다.

"국경이라……."

딱히 구획을 정해놓은 것도 아닐뿐더러 그랬다 한들 군사가 넘어가면 금세 사라지고 마는 것이 국경이라는 것이었다. 전투가 벌어질 적마다 전술상의 유불리에 따라 얻기도 하고 버리기도 하는 땅이다 보니, 한 해에도 여러 번 그 주인이 바뀌게 마련이어서 굳이 지키려고 애쓸 이유도 없었다. 그러니 국경 근처에 사는 백성들의 삶이란 불안하기 짝이 없는 것이었다. 전란에 휘말려 재산을 잃고 생명을 잃는 자가 부지기수요, 강제로 끌려가 군사로 쓰이는 이가 대부분이었다. 그러나 두 나라 중 어느 쪽도 모든 국경에 군사를 주둔시킬 수는 없으니 그들을 지켜줄 방법 또한 묘연한 것이 사실이었다.

"그 또한 타고난 운명이겠지."

무는 고개를 흔들어 잠시간 머리를 스치던 상념을 지웠다. 그에게는 이번이 정확히 열 번째 승리였다. 태왕 을불이 죽고 사유가 즉위한 직후 무는 자청하여 신성 태수를 맡았다. 신성은 모용부의 심장부인 극성에서 고구려로 통하는 최전방인 터라 대소 신료 모두가 나서 말렸지만 바위처럼 우뚝 서서 말없이 자신을 바라보는 아우의 청을 사유는 물리칠 수 없었다.

'형님의 칼이 되겠습니다.'

무의 마음은 그런 것이었다. 신성 태수가 된 이후 끊임없는 전투가 있었다. 반년 동안 열 번에 이르는 출진을 했으니 이는 무의 호전적인 성향이 오히려 모용부보다 더하면 더했지 못하지 않음을 보여주는 것이었다. 나아가 전투마다 모조리 승리를 거두어 수천에 이르는 포로를 잡고 수십 장수를 벰으로써 기승을 부리던 적의 기세를 크게 꺾어놓은 공훈이란 결코 가벼운 것이 아니었다. 포로와 전리품을 잔뜩 얻은 개선장군의 행렬은 이르는 곳마다 박수와 칭송을 받았고 마침내 종착지 평양성을 눈앞에 둔 고갯길에서 걸음을 멈추었다.

"장군, 평양성에 도착하였습니다. 바로 드시겠습니까?"

말 머리를 함께하고 있던 부장의 물음에 무는 고개를 끄덕였다. 태왕 사유는 무의 열 번째 승리를 축하하며 도성에 들르

라는 전갈을 보내왔고, 무는 고심 끝에 응하여 사로잡은 포로
와 전리품을 모두 가지고 평양성에 든 것이었다. 사유가 열 번
째 승전의 축하연을 핑계로 내세웠지만 기실 그것은 아우를
그리워하는 형의 마음임이 번연하기에 무는 한시도 비울 수
없는 신성을 잠시 떠나기로 어려운 결정을 내린 터였다.

"군사를 인솔하여 편히 쉬게 하여라."

무는 부장에게 짧은 명령을 던지고 먼저 말을 몰아 성문으
로 향했다. 소식을 듣고 몸소 성문 앞까지 나와 양팔을 벌리고
있는 사유와 왕실의 종친들, 장수들과 대소 신료들, 그리고 자
꾸만 옛 생각을 떠올리게 하는 한 얼굴이 그들 사이에서 눈에
띄었다.

"아우야, 얼굴이 좋구나! 그간 무고하였느냐."

"폐하의 은덕입니다."

말에서 내리는 무를 사유는 깊숙이 끌어안았다.


그간 조용하기만 하던 평양의 궁성은 오랜만에 활기를 띠었
다. 고령임에도 임지인 낙랑으로 떠나 오래도록 조정을 비웠던
대모달 아불화도, 을불 사후 몸이 급격히 쇠하여 은퇴하고 절
노부로 돌아갔던 조불조차 이날만큼은 함께 자리하고 있었다.

"가만 보니 왕제의 얼굴이 반은 선왕 폐하를, 반은 돌아가신
여노 대장군을 닮았소. 필시 대장군의 넋이 신령(神靈)이 되

어 왕제의 몸에 깃든 것이 아니겠소. 왕제야말로 참으로 백 년에 한 번 나는 영웅이요, 고구려 백성 모두가 마음으로부터 따르는 의인이니 말이오!"

머리가 희끗해진 조불이 무의 잔에 술을 넘치게 따라주자 무는 잔을 들고 일어섰다. 무는 이미 온 고구려 백성의 수호신과도 같이 회자되고 있는 터였다. 대소 신료들은 물론이고 심부름하는 궁인들조차 존경과 흠모를 가득 담은 채 무의 입술에 눈길을 모았다. 그는 자신을 향한 많은 사람들의 눈길을 찬찬히 마주하다 곧 몸을 돌려 태왕 사유를 향해 잔을 높이 들었다.

"스승께서는 저보다 폐하를 보면서 웃으실 겁니다. 이토록 훌륭한 제왕이 되신 걸 얼마나 기뻐하실지 눈에 선합니다."

사유는 입가에 약간 멋쩍은 웃음을 띤 채 자리에서 일어났다. 그러고는 무를 향해 잔을 마주 들었다.

"오직 백성만을 생각하는 왕이 되도록 노력하마."

좌중에서 우레와 같은 박수가 일었다. 태왕과 아우가 즐거이 잔을 드니 좌중의 모든 사람이 격의 없이 잔을 주고받는 가운데 흥겨운 시간이 이어졌다. 국상(國喪)은 진작에 끝났지만 을불의 죽음 이후 도성을 무겁게 짓누르고 있던 어두운 분위기가 일순간에 날아가 버리고 도도한 여흥이 그 자리를 대신했다.

얼마간 시간이 흐르고 취기를 못 이긴 사유가 먼저 자리에서 일어나자 노신들이 따라 일어섰다. 말없이 자리를 지키던 정효

역시 일어나려는데, 사유가 문득 그녀에게 고개를 저었다.

"왕후께서는 좀 더 있으시오. 오랜만에 부친을 뵙는 자리가 아니오."

가볍게 고개를 숙인 정효가 아불화도의 곁에 가서 앉자 사유는 옅은 미소를 지어 보이고 자리를 떴다. 사유와 노신들이 자리를 뜨니 술자리는 더욱 깊어졌다. 고구려 대신들이란 원체 대개가 무장 출신인 데다 평소 술을 싫어하는 이가 드물어 오랜만에 가진 연회는 날이 밝도록 거나하게 이어지는 것이 당연했다. 술병이 산더미처럼 쌓여갔고 새벽녘이 되니 곧은 자세로 자리를 지키는 이가 없었다. 마지막까지 허리를 펴고 앉아 무와 더불어 술잔을 들이켜던 아불화도가 피식거리며 어린 딸을 대하듯 왕후의 머리를 두어 번 쓰다듬더니 끝내 탁상에 머리를 놓았다. 그러자 술을 입에 대지 않고 있던 정효가 시종을 불러 그를 부축하게 하며 자리에서 일어섰다.

"아버님을 모셔야겠습니다. 왕제께서도 쉬시지요."

어색한 얼굴로 짧은 인사를 건넨 그녀가 돌아서자 그때까지 웃음을 머금고 있던 무의 시선이 순식간에 흐릿해졌다. 무는 그 눈길을 그녀에게 던지지도, 입을 열지도 않았다. 그런 무를 뒤로한 채 정효는 돌아보지 않고 작은 소리를 남겼다.

"후사를…… 가졌습니다."

무가 무어라 답할 새도 없이 그녀는 모습을 감추었다. 다시 허공으로 시선을 흩트린 무는 제자리에 한참을 굳어있다가 품속의 물건을 만지작거렸다. 그러고는 곧 홀로 술병을 들어 빈 술잔에 부었다. 잔이 넘치는 줄도 모른 채 한참이나 술병을 기울이던 무는 무릎을 다 적시면서 잔을 들어 올리고는 아무도 없는 허공에 건배했다.

"경하하오."

고개와 함께 온몸을 뒤로 젖히며 목에 술을 부어 넣자 채 넘기지 못한 술이 얼굴을 타고 흘러 머리를 적셨다. 어느새 아무도 없이 적막한 대전 한끝에서 들릴 듯 말 듯 작은 목소리가 방향을 잃은 채 허공을 맴돌았다.

"오래도, 오래도 걸리셨소."

너무나 오랜 세월이 흐르도록 다 몰아내지 못했던 마음의 그림자가 수만 갈래로 피어올라 흐릿한 머릿속을 아무렇게나 헤집고 다니는 가운데 무는 자꾸만 깨어나려는 의식을 취기 속으로 밀어 넣었다. 태자 책봉의 순간 만세를 부르던 자신의 모습을, 아무도 몰래 홀로 평양성 문을 나서던 때의 모습을, 북방의 동토에서 외로움에 몸부림치며 고국을 그리던 날들을……, 그 모든 기억을 힘겹게 내몰며 그는 잠시나마 어렵게 평온을 찾았다.

"오지 말았어야 했다."

마음속 깊은 곳 저변을 두드리는 목소리였다. 또한 궁성으로 돌아오면서 가장 듣고 싶었던 목소리였다. 퍼뜩 눈을 뜬 무는 고개를 들어 목소리의 주인공을 확인하고는 비틀거리며 일어나 두 손을 공손히 모았다.

"어머님."

세월은 재기로 반짝이던 눈을 이제 깊숙이 갈무리하고 있었다. 당대 제일의 재사(才士)라 불리며 천하를 주물렀음에도 그 뜻을 감추고 궁중 깊숙이 몸을 감추었던 여인. 머리칼이 희끗해지고 눈매에 주름이 잡힌 태후 주아영은 흐트러진 둘째 아들의 모습을 깊이 가라앉은 눈으로 바라보았다.

"뵙고 싶었습니다."

"간밤에 궁성이 무척이나 들썩이더니 이 어미의 마음이 그에 못지않다. 다만 성숙지 못한 너의 몸가짐이 안타깝기만 하구나."

"……"

"내 너에게 향후 십 년간은 도성에 나타나지 말라 하지 않았더냐. 아직도 조정에 너를 반기는 이가 이다지도 많거늘! 네가 그리도 인내와 분별이 없는 아이였더냐."

짐짓 엄한 꾸짖음이었다. 무는 고개를 작게 끄덕이며 답했다.

"날이 밝는 대로 돌아갈 것입니다."

"앞으로는 행동에 앞서 두 번을 더 생각하여라."

"예."

"불쌍한 녀석."

아영은 갑자기 감정에 복받쳤는지 일순간에 엄한 빛을 흩트리며 양팔로 무를 감싸 안았다. 일평생 가진 것들을 모두 잃어가며 희생만을 거듭하는, 그럼에도 싫은 소리 한 번 없이 묵묵히 제 길을 따르는 아들. 생각만으로도 가슴이 찢어지는 그런 자식이었음에도 반년 전 그로 하여금 다시 궁성을 떠나 북방의 황량한 땅을 지키도록 종용한 것은 바로 그녀 자신이었다. 사랑하는 자식은 멀리 떠나보내고 스스로는 궁궐 깊은 곳에 몸을 묻었다. 그것이 을불 사후 또다시 무를 중심으로 뭉치려는 고구려를 보며 을불의 유지를 지키기 위해 그녀가 택한 최선의 결단이었다.

"얼마나 그리웠기에 고작 반년을 넘기지 못하고……."

"생각이 짧았습니다. 조정과 형님께 변고가 없도록 어머님께서 잘 살펴주십시오."

무의 얼굴에 흐르는 한 줄기 쓸쓸한 미소를 아영은 놓치지 않았다. 자식을 안은 손에 힘을 주며 그녀는 괴로운 마음을 감추지 못하고 무거운 소리를 내었다.

"그 무거운 굴레를 홀로 짊어지도록 두지는 않을 것이다."

"……."

그 소리가 애절한 가운데도 이상하리만치 비장하게 느껴진 까닭에 무는 가만히 어머니를 밀어내고 그 얼굴을 바라보았다.

"선왕께서 미처 다 짓지 못한 매듭이다. 본디 내가 묶었어야 했거늘."

"무슨 말씀이십니까?"

"네가 무엇이라고 그 허황된 꿈을 대신 짊어질까. 네가 무엇이라고 남의 꿈을 위해 온 삶을 던진단 말이냐."

"어머님……?"

거듭된 질문에도 아영은 나직이 고개를 가로저었다. 그리고 무엇을 생각하는지 입술을 깨물며 홀로 삭여내다 다른 이야기를 꺼냈다.

"열 번을 싸워 다 이겼다 하였느냐?"

"예."

"장하구나. 선왕이 사유를 태왕으로 점지한 것은 오히려 네가 있어서일 것. 네가 그 아이를 지키리라는 믿음이 있었기에 그리했으리라."

"소자는 어떤 일이 있어도 아버님의 기대를 저버리지 않을 것입니다. 죽음으로 형님을 지킬 것입니다."

"안다. 너는 그런 아이니까."

"……."

잠시간의 침묵이 흐르는 사이 무는 아영의 얼굴을 살폈다.

오만 감정을 모조리 잘라내듯 단호히 눈을 감아버린 어머니의 얼굴에 무는 저도 모르게 떨어지려던 입술을 닫고 그녀의 손을 잡았다.

"너뿐 아니라 고구려를 망칠 허황된 꿈이다. 필히 내 손으로 끊어내리라."

무의 손을 놓은 아영은 그 알 수 없는 한마디를 남기고 돌아갔다.


동이 트고 날이 밝았다. 사유와 무는 따르는 이들을 뒤로한 채 평양성 바깥의 길을 나란히 걸으며 소소한 담소를 나누었다. 이야기의 끄트머리에 무는 돌아갈 뜻을 밝혔다. 사유는 만류했으나 무는 고개를 저었다.

"신성은 치열한 접경이라 오래 비워두기가 힘듭니다."

"그래, 그렇지."

사유는 다소 힘없이 웃으며 고개를 끄덕였다. 아영이 스스로를 감추고 무가 평양을 떠나 있는 이유를 그 또한 너무도 잘 알고 있었다.

"어머님은 만나 뵈었느냐?"

"예."

"뵙지 못한 지 제법 되었구나. 건강하시더냐?"

굳이 태연하게 던진 물음이 오히려 진한 외로움을 드러내었다. 가만히 사유를 바라보던 강직한 아우는 그를 가볍게 끌어 안았다.

"어떠한 방법으로든 어머님께선 형님을 더없이 사랑하십니다."

"……."

"저 또한 그렇습니다."

무어라 할 말이 없이 말문이 막힌 사유에게 무는 잠시 망설이다 결심을 한 듯 품속에서 목패를 꺼내 내밀었다. 사유도, 무도 너무나 잘 알고 있는 물건이었다. 저도 모르게 손을 내밀어 이를 받은 사유에게 무는 싱긋 웃어 보이며 말을 이었다.

"태자의 이름을 생각해 보았습니다. 구부(丘夫), 언덕 위의 사내. 모자람 없는 태왕이 되어 많은 사람이 따를 것입니다."

"무야."

"형님이 옳다고 믿는 길을 가십시오. 저는 영원히 그 길을 따를 것입니다."

말을 하지 못하는 사유에게 무 또한 그 말을 마지막으로 작별을 고했다.

임지로 떠나가는 그를 성문 밖까지 배웅한 사유는 그의 모습이 사라질 즈음 멀찍이서 바라만 보고 있던 왕후에게 말없이 목패를 건넸다. 소매를 들어 눈가를 가리는 왕후의 등을 토닥이며 무엇을 생각했는지 사유는 가만히 고개를 끄덕였다.

# 오늘을 보고 내일을 보고

모용부의 본거지인 창려 극성.

투박하고 간소했던 모용부의 심장은 고구려와의 전쟁에서 패한 이후 오히려 화려하고 과장된 건조물로 탈바꿈해 있었다. 석공들에 의해 일일이 반듯하게 손질된 돌들로 차곡차곡 쌓인 성벽은 하늘을 찌를 듯 높았고 성벽 위로 일정한 간격을 두고 휘날리는 모용부의 깃발에는 금수(錦繡)가 놓였다. 금은 보화로 온통 장식된 내성은 과거 진(晉)나라의 궁성에 비교해도 그 화려함이 결코 모자라지 않았고 그에 걸맞게 성문을 드나드는 이들 또한 흙먼지와 피로 점철되었던 과거를 벗어던지고 말끔한 비단 의복 차림을 하고 있었다. 이제 더 이상 말먹이를 찾아 떠돌며 살던 과거 모용부의 모습은 찾아볼 수가 없었다.

공사가 완전히 끝나자 새로이 지어진 성루에서 모용황은 저 멀리 동쪽을 바라보았다. 그리고 꼬박 하룻밤을 선 채로 보냈다. 북방의 밤하늘이 차가운 별로 수놓일 때에도, 이른 서리를 품은 새벽바람이 사방에 내려앉을 때에도, 막 떠오른 해가 붉은 기운을 끌어올리는 그때에도 그는 머나먼 동쪽의 대지에서 시선을 거두지 않았다. 그 눈길에 무슨 물음을 담았는지 흘러간 시간은 어떤 대답을 했는지 날이 온전히 밝아올 즈음 그는 천천히 고개를 끄덕였다.

"패하고 돌아온 날 나는 오히려 극성의 증축을 명했었다."

가라앉은 목소리를 뱉어낸 모용황이 몸을 돌렸다. 그러자 한쪽 무릎을 꿇은 채 온 밤이 지나도록 모용황을 기다리던 두 사내가 고개를 들었다. 한수와 송해, 모용황의 칼과 머리를 상징하는 자들이었다.

"아무도 내게 그 이유를 묻지 않았다. 나의 영이 두려운 까닭에 패전의 상처에 허덕이면서도 모든 여력을 쥐어짜 성을 쌓을 뿐이었다."

모용황은 피식 웃었다. 그리고 송해를 향해 물었다.

"너는 이유를 아느냐?"

"모용부의 새로운 도약을 보이기 위함이었으리라 생각합니다. 패전의 상처를 씻고 모용부는 건재하다는 걸 천하에 알리기 위한……."

"틀렸다."

"하면……?"

"품격이다."

뚱딴지같은 모용황의 말에 그의 얼굴을 바라본 송해는 몸을 움찔하였다. 희로애락의 어떤 순간에도 항시 깊이 침잠하여 속내를 짐작할 수 없는 그의 얼굴이 묘하게 비틀린 채 웃음이 만연한 까닭이었다.

"야만인의 성에는 야만인이 사는 법이고, 왕의 성에는 왕이 사는 법이다. 지난번 우리는 야만의 군사로 전쟁에 임했기에 패배한 것이다."

"그것에 어떤 차이가……."

"더 묻지 말라. 일개 책사가 왕도(王道)를 알 리 없는 법이니."

더 말하지 못하고 고개를 조아린 송해는 입술을 깨물며 지난 세월을 떠올렸다. 삼 년 전, 고구려와의 국운을 건 전투에서 패한 모용황은 극성으로 돌아오는 즉시 보복을 생각하였으나 현실은 그의 마음을 따라주지 않았다. 거듭된 전쟁의 상처는 작지 않았다. 군사력은 절반이 넘게 소실되었고 비축하였던 물자는 바닥을 드러냈다. 요동에 가졌던 영향력이 대거 상실된 것은 물론 복속하였던 부족 몇몇이 세력권을 이탈하였으며 인접한 세력들은 모용부와의 친교를 끊고 고구려로 사신을 보냈다. 점차 몰락이 진행되던 그때 엉뚱하게도 모용황은 극성의 증축을 명했다. 이에 반발하는 이와 간언하는 이는 모조리 참하니 이후로 세 해가 지난 지금 과연 극성은 몇 곱절 거대한 모습으로 다시 태어난 것이었다. 그러나 불만과 고통은 말 못 할 지경으로 가중되어 도망하는 백성의 숫자를 모두 헤아리기 힘들었고 이탈하는 부족들의 수가 한 해만도 열 손가락을 꼽아야 할 정도였다.

"내려가자."

감상을 마친 모용황의 목소리가 떨어지고 송해는 회상을 접어가며 한숨을 삼켰다. 해야 할 일이 많은 날이었다.

"예, 각 부족장이 오래 기다리고 있었습니다."

오늘 방문한 부족들이란 선대로부터 생사고락을 함께한 이들이 대부분이었다. 주변의 부족들이 돌아설 때마다 오히려 극성으로 공물을 보내어 충심을 증명한, 그야말로 마지막까지 함께할 우군들이었다. 모용부가 완공의 날에 맞추어 그들을 불러들인 것은 그간의 의리를 칭찬하며 함께 기쁨을 누리기 위함이었다. 모용황은 고개를 끄덕이며 그들이 기다리는 내성으로 걸음을 옮겼다.


극성의 증축을 축하하기 위해 벌인 연회는 화려함의 극치였다. 천하를 지배하며 사치와 향락을 일삼던 시절의 진나라에 사신으로 다녀왔던 사람들조차 지금 눈앞에 펼쳐진 화려함에는 벌린 입을 다물지 못할 정도였다. 모두가 모용황을 새롭게 바라보지 않을 수 없었다. 늘 낡은 옷에 머리는 풀어 헤치고 얼굴의 때도 닦지 않던 모용황이 오늘만은 말쑥한 얼굴과

화사한 차림으로 오색찬란한 옥좌에 높이 올라앉아 무희들의 동작 하나하나에 섬세한 눈길을 보내고 있었으니 사람들의 놀라움은 결코 과장이 아니었다.

"아, 저것이 진정 황제의 모습이 아니고 뭐란 말이냐!"

신하들은 물론 축하 인사를 하기 위해 달려온 모든 족장들은 처음 대하는 모용황의 위엄에 압도되었다. 무희들의 공연이 끝나자 모용황은 천하를 호령했던 모용외조차도 한 번 갖춰보지 못한 위엄과 엄숙함을 온몸 가득 흘리며 크고 작은 신하들의 절을 받았다. 마지막 사람의 절이 끝나자 그는 얼굴에 하나 가득 미소를 떠올렸다.

"지난 삼 년간 백성들이 피땀을 흘린 결과 우리는 오늘 이리도 훌륭한 극성을 갖게 되었다. 누구 한 사람 공이 없는 이가 있겠는가만 오늘은 특히 공사 책임자들에게 상을 내리고 싶다."

모용황은 친히 공사에 종사한 우두머리들을 불러 한 사람 한 사람에게 황금을 쥐어주었다. 그런 다음 그는 공사에 많은 백성을 보내주었던 족장들의 인사를 받았다. 모용부에 복속한 가장 큰 부족들이라 할 수 있는 소련과 목진의 족장이 함께 나와 모용황에게 먼저 머리를 숙였다.

"경사스러운 날에 불러주셔서 감사하옵니다. 도성의 증축에 소련의 백성 모두가 기뻐하고 있습니다."

"소인 목진 족장, 위대하신 뜻이 이루어짐을 뵈오니 감격할 따름입니다."

소련과 목진, 이 두 부족은 과거 요동 부근에 창궐하여 패악을 부리던 이들로 모용외의 압도적인 무력에 의해 거두어진 이후 모용부의 궂은일을 앞서서 도맡다시피 해온 무리였다. 두 족장 모두가 얼굴이 흉맹한 가운데도 모용황을 향해서는 존경의 빛이 역력한 것이 과연 충심이 있는 자들이었다.

"소련, 목진. 과연 충성스러운 이들이로구나. 나 또한 너희를 보아 즐겁다."

그들의 충심에 모용황 또한 좋은 얼굴로 화답하니 다음 차례를 기다리는 이들을 위하여 고개를 깊이 숙인 후 물러가려는데, 문득 그들의 뒤통수에 대고 모용황의 목소리가 이어졌다.

"그런데."

"……?"

"너희는 왜 따로 이름이 있는 것이냐?"

갑작스럽게 던져진 의뭉스러운 질문에 두 족장이 서로의 얼굴을 쳐다보았다. 신하들 역시도 영문을 몰라 다음 말을 기다리는데, 모용황이 천천히 의자에서 일어서 두 족장의 곁으로 다가갔다.

"너희의 이름이 왜 모용부가 아닌 목진부와 소련부냔 물음이다."

"저희 목진부는 조상 대대로 같은 지역에서 오랜 세월을 살아왔습니다. 그리하여 목진이라는 이름은 자연스레 천하에 알려졌고, 이미 그것은 족장인 제가 마음대로 바꾸거나 할 수 있는 일이 아니오기에⋯⋯."

모용황이 고개를 끄덕이는 사이 무언가 이상한 낌새를 차린 소련 족장이 모용황의 발 앞에 몸을 던졌다.

"이날 이후 소련부라는 이름은 없습니다. 소련의 모든 백성은 이 순간 모용부의 백성이 되었고, 소인은 모용부의 신하가 되었습니다."

모용황은 물끄러미 두 사람을 바라보았다.

"목진부는 아직 마음으로부터 모용부에 복속하지 않는다는 얘기로 들리는구나. 또한 소련부는 어제까지 모용부의 백성이 아니었다는 말로 들리는데, 그것은 나만의 생각이더냐?"

문득 모용황의 스산한 목소리가 무엇을 의미하는지 깨닫는 순간 두 족장은 한꺼번에 목숨을 잃었다. 모용황이 갑자기 옆에 서 있던 호위무사로부터 칼을 빼앗아 두 사람의 목을 쳐 버렸던 것이다.

"아악!"

순식간에 목을 잃은 몸통이 사방으로 피를 흩뿌리며 힘없이 쓰러지는 충격적인 광경에 자리했던 신하들이 신음을 터트렸다. 두 족장과 친분이 있는 이들은 중심을 잃고 비틀거렸으며,

개중 심지가 약한 자들은 외마디 비명을 참지 못했다. 그렇게 돌처럼 굳어버린 사람들과 두 구의 시체 앞에서 모용황은 독백과 같은 목소리를 흘렸다.

"목진과 소련이 왜 있어야 한다는 말이냐. 또한 족장이란 자들은 왜 있어야 한단 말이냐."

모용황이 손을 들자 기다리고 있던 한수와 그의 부하들이 갑자기 뛰어나와 길게 늘어선 군소 부족장들의 목을 모조리 쳐버렸다. 기쁨과 즐거움의 경사스러운 자리였던 연회장은 밑도 끝도 없는 두려움으로 얼어붙었다. 목이 달아난 십여 구의 시체 한가운데서 모용황은 피 묻은 칼을 던지며 건조한 목소리를 내뱉었다.

"이 땅에는 오직 모용부만이 있을 뿐이다!"

축성을 축하하는 연회로 알았던 그 자리는 모용황의 그 한마디와 함께 파했다. 신하들은 아무 말도 하지 못한 채 하얗게 얼어붙은 얼굴로 정전을 나섰고, 모용황의 곁에는 한수와 송해만이 남았다. 텅 빈 정전은 그러고서도 한참의 침묵이 더 흘렀다. 모용황은 묵묵히 시체들을 바라보며 자신만의 생각에 잠겨 있었고 한수와 송해는 주군의 뜻을 짐작하려 안간힘을 쓰고 있었다. 이윽고 모용황의 눈길이 자신을 향해있음을 깨달은 송해가 천천히 입을 떼었다.

"극성을 새로이 쌓고 각 부족장들의 목을 치심은 전역의 힘을 한데 모으려 하심이 아니겠습니까. 주공께 건국의 뜻이 계심은 진즉에 알고 있었습니다. 이제 그 뜻을 도모하실 때가 이른 것으로 아옵니다."

건국과 칭제(稱帝). 그것은 오래전부터 품어온 모용황의 확고한 뜻이었다. 짐작한 바를 고하며 송해는 공손히 엎드려 절을 올렸다. 그러나 모용황은 말없이 입술을 비틀며 표정을 굳힐 뿐이어서 송해는 그에게 다른 뜻이 있음을 깨닫고는 슬그머니 고개를 숙인 채 귀를 세웠다. 잠시 후 모용황의 메마른 입술이 벌어졌다.

"오늘부로 모용부의 백성은 모든 생업을 중지한다."

짐작조차 할 수 없던 말이 송해의 귀를 찔렀다.

"농사도 수렵도 목축도 멈춘다. 초원부터 황무지에 이르기까지 모든 젊은이를 끌어다 무기를 쥐게 하라. 민가를 불태워 돌아갈 곳이 없게 하되, 식량을 거두어 군량으로 융통하고 재물을 걷어 군자로 쓰라."

무시무시한 명령에 송해는 재차 모용황을 바라보았다. 그리고는 저도 모르게 침을 삼켰다. 지독히도 공허한 표정에 떠오른 방향 모를 증오와 무어라 형언하기 힘든 섬뜩함이 느껴진 때문이었다.

"내 몸에 불을 붙여 적을 태우리라!"

전쟁. 모용황은 전쟁만을 생각해 온 것이었다. 패전 이후의 세 해, 그는 오로지 군사가 먹을 군량을 비축하며 군사를 모을 성이 쌓이기를 기다린 것이었다. 오늘 변방의 부족장들을 참절(斬截)한 것 또한 강제로 군사를 징발하고 물자를 빼앗기 위함이었다. 송해는 그 위험한 결단을 바라보며 몸을 떨었다. 패전의 암담함과 복수심 속에서 모용황은 현실을 접은 것이었다. 인적 없는 황무지가 될 변방의 영토, 모조리 모용부에 등 돌릴 근방의 군소 부족, 유례를 찾아볼 수 없을 만큼 흉흉해질 민심에도 불구하고 모용부의 모든 것을 불살라 단 한 번의 전쟁만을 계획한 것이었다. 그야말로 역사상 유례가 없는 폭정이 터져 나오는 순간이었다.

"아아."

깊은 한숨의 한중간에서 송해는 모용황을 다시 생각했다. 여태껏 보아온 그의 성정은 난폭하되 결코 즉흥적이지는 않았다. 모용외를 그토록 미워했음에도 십수 년을 인내한 끝에 최적의 시기를 노려 봉기했던 그였고 지금의 살육도 오래 준비하였음이 분명했다. 깊이 생각하면 그는 때를 잘 아는 주군이었다. 오히려 신하들이 어리석게도 바로 앞만을 바라보는데 길들여져 있어 매번 그의 행동에 놀라움을 금하지 못할 뿐이었다.

"아!"

송해는 비로소 자신의 주군이 가진 깊이를 깨닫는 느낌이었다. 이런 극단적인 방법이 아니고서는 고구려를 이길 길이 없으리라. 어쩌면 전쟁의 상처에 허덕이는 지금이 모용부에게는 오히려 최고의 승산을 가진 순간이었고, 자신의 군주는 한마리 고독한 맹수처럼 지금 이 순간을 노려보며 기다려온 것이리라.

'고구려야말로 이분에게는 처음이자 끝이로구나.'

그러했다. 승리를 거둔다면 대륙의 동북방에는 오로지 모용부만이 남아 세력을 떨칠 것이고 그때는 사방이 모용부의 발 아래 복종할 것이었다. 선정과 폭정을 따질 이유가 없었다. 송해는 모용황을 다시 바라보았다. 그의 주군은 순간 한수를 향해 불벼락 같은 명을 내렸다.

"오늘을 기념하라! 빼앗긴 땅에 불을 질러 모용부의 뜻을 천하 사방에 알리라!"

모용황에게 칠백여 군사를 얻은 한수는 그길로 말을 내달려 극성을 떠났다. 그는 사흘을 하루처럼 달려 고구려 땅으로 깊숙이 파고들었다. 아직 어두운 새벽을 뚫고 하성 근처에 닿은 한수와 칠백여 군사의 손에는 창칼 대신 시뻘건 불꽃이 일렁이는 횃불이 들려 있었고 성벽을 그냥 지나쳐 평야로 향하는 그들의 말 등에는 기름이 잔뜩 든 항아리 수백 개가 매여있었다.

고국원왕 4년 가을이었다.

# 사유의 길

"구부야."

젊은 왕은 다정한 목소리로 어린 왕자의 이름을 불러보았다. 사유는 아장아장 걷기 시작할 때부터 고삐 풀린 망아지처럼 궁성이 좁다 하고 돌아치는 구부를 보며 자신의 어린 시절을 떠올렸다. 그리운 아버지, 부족한 자신을 그리도 감싸주던 아버지. 아버지의 정이 이러했을까. 구부는 유난히 장난이 심하고 영특하기 짝이 없어 주변의 시종과 궁녀들이 애를 먹기 일쑤였다. 또한 온갖 장난기를 발동하며 사람의 마음이 어떻게 작동하는지를 살피곤 하였다. 아기 왕자의 총명하기 그지없는 눈빛은 밤하늘의 샛별처럼 반짝였고 그 눈빛에 홀려있는 동안만큼은 사유도 순수한 행복을 느끼곤 하였다.

"너는 분명 나보다 몇 배는 나은 왕이 될 것만 같구나."

사유는 어진 미소를 지으며 구부의 앳된 얼굴을 들여다볼 때면 예언인지 희구인지 모를 말을 내었다.

왕이 된 후로 사유는 천하를 행복하게 하리라는 이상에 주먹을 쥐었지만 그의 꿈은 제대로 이루어지지 않았다. 그는 백성들이 평안하기를 원했고 인근 부족들과의 화친을 갈망했지만 그만큼 끊임없는 고민과 갈등에 시달려야 했다. 그리고 보이지 않지만 늘 자신을 억누르는 태후의 존재는 사유의 여린 마음을 한시도 편하게 놔두질 않았다. 무엇을 어떻게 해야 얼음장 같은 모후를 만족시킬지 알 수 없는 데다 칼을 손에서 놓으려 들지 않는 무사들은 목소리를 높여 크고 작은 전쟁을 주문했다. 외적이 물밑에서 언제 솟구칠지도 알 수 없었지만 싸우지 않는 것이 백성을 위한 최선의 길이라고 굳게 믿는 사유에게는 하루하루가 혼돈의 와중이었고 무거운 짐이었다. 그 짐이 가끔 악몽처럼 가슴을 짓눌러 한밤중에 잠에서 깨어나는 일도 잦았다.

어질고 평안해 보이는 사유의 내면에서는 이처럼 쉴 새 없이 고민과 갈등이 반복되고 있었다. 사유는 모든 신하들의 의견을 빠짐없이 들어주었고, 만인에게 귀를 열어놓았다. 그러나 그의 가슴속에서는 조금씩 자신의 선택이 다져지고 있었다. 자신의 고민은 아내에게도 어머니에게도 그 누구에게도 말할 수 없었고 말해봤자 반대에 부딪힐 것이 뻔했다.

"이 아비는 결코 전쟁을 물려주지는 않을 것이다!"

사유는 이 아이를 지키기 위해서라도 자신의 선택과 결심이 필연적이라고 다짐하곤 했다. 사유가 가진 고독과 갈등은 내내 그의 가슴을 할퀴었지만 상처에 딱지가 앉았다 떨어지기를 반복하면서 차츰 젊은 왕은 자신만의 고집스러운 길로 들어섰다.


불길이 타올랐다.

대릉하를 따라 펼쳐진 사백여 리, 가을의 풍성한 기운을 머금고 지평선을 넘실거리는 끝도 없는 곡창 지대. 보는 이의 마음마저 풍요롭게 만들던 이 축복받은 땅의 끝자락에 검붉은 불길이 번졌다. 거대한 파도와도 같이 치솟으며 내달린 불길은 순식간에 근방의 모든 것을 집어삼켰다. 구름에 닿은 매캐한 연기, 황금빛 농작물 대신 남은 회색 잿더미, 찰나에 폐허로 변한 대지, 그리고 시커멓게 그을려 괴물 같은 형체만을 남긴 외로운 토성, 늘상 곡식이 쟁여져 드는 것만으로도 배가 불러왔던 하성이 바로 이곳의 이름이었다. 하성은 고구려에게 각별한 의미가 있는 곳이었다. 여노의 목숨을 거둔 땅이었고, 을불이 최후의 결전을 치르고 얻어낸 땅이었으며, 새 태왕 사유가 고구려의 영원한 밥줄이 되라며 구려벌이라는 이름을 붙여준 땅이었다. 그곳에 이날 수백 구에 이르는 시체가 타올랐다. 영문도 모른 채 불타 죽은 하성의 농민들이 그 주인들이었다.

"아아!"

그들의 시체가 타는 매캐한 연기가 바람을 타고 다다른 곳에 뒤늦게 모습을 드러낸 이들이 있었다. 불길을 보고 황급히 달려온 근방의 주둔군이었다. 그러나 이들은 아무 일도 할 수 없었다. 다 타버린 곡식을 눈앞에 두고 이들은 다만 주먹을 굳게 쥘 뿐이었고 오그라든 시체의 숲에서 손등으로 눈물을 찍어낼 뿐이었다.

보고가 평양성에 이르자 태왕 사유는 오천여 군사를 거느린 채 침식을 잊고 말을 달렸다. 이윽고 구려벌에 다다르자 아직도 피어오르는 연기가 바람에 실려 코에 빨려들었고 이내 태왕의 눈에는 눈물이 맺혔다. 그을리고 태워진 농민들의 시체 앞에 말을 내린 사유는 목불인견(目不忍見)의 참상에 두 주먹을 쥐고 우두커니 섰다.

"이토록 잔인할 수가 있는가."

사유는 말을 제대로 잇지 못하고 신음을 흘렸다.

"백성이 무슨 잘못이기에……. 곡식은 또 왜……. 저로 인해 얼마나 많은 사람이 굶주려야만 하는가."

창백해진 얼굴로 사유는 몸을 떨었다. 그는 멀리서 이쪽의 동정을 엿보는 한 무리의 모용부 군사를 향해 절규했다.

"이게 무슨 득이 된단 말이냐. 너희가 굶는다면 보내주었을 수도 있는 곡식이건만 어찌하여 모조리 불태운단 말인가. 어찌하여 군사와는 아무 상관도 없는 억울한 농민들을 이렇게나 무참히 죽음으로 몰아넣어야만 했단 말인가. 이 노인들과 아녀자들이 보이지도 않았단 말이냐. 결코, 결코 이해할 수가 없다."

"폐하!"

쿵 소리가 울리고 우렁찬 고함이 이어졌다. 말에서 뛰어내리며 사유의 앞에 한쪽 무릎을 꿇고 앉은 이는 형대였다. 절노부 출신의 용맹한 장수이자 당주인 형대가 주먹으로 땅을 치며 히죽거리는 적병들을 향해 눈알을 부라렸다.

"적이 다가와 놀려대고 있습니다. 냉큼 달려가 저놈들을 잡아 간을 씹고 눈알을 삼켜야만 하겠습니다."

"……."

"적을 쫓아 모용부를 짓밟고 적장 모용황의 목까지 베어오겠습니다. 진군의 명을 내리소서."

"양민들이 먹을 곡식을 불태우는 군주가 있을 수 있는가. 그런 군주조차 떠받들어야만 하는 것이 백성들의 운명인가."

형대의 잔뜩 결기 어린 외침을 듣지 못하기라도 한 듯 사유는 새까맣게 변해버린 들판에 시선을 둔 채 혼잣말만 중얼거릴 뿐이었다. 검은 연기를 따라 사유의 눈길이 계속해서 흔들렸다. 사방을 가득 메워오는 매캐한 연기가 눈을 아프게 했을까. 먼지로 얼룩진 사유의 뺨 위로 눈물 한 줄기가 흘렀다.

"다시는 보고 싶지 않은 광경이구나."

"자칫하면 늦습니다. 어서 진군의 명을!"

그제야 사유는 고개를 돌려 형대를 보았다.

"충분하오."

"폐하……."

"이미 너무 충분하오. 너무나 많은 목숨이 이 땅에 묻혔소."

"구천을 떠돌게 될 것은 저 도적들입니다. 고구려 정예군은 결코 다치지 않습니다."

거듭된 형대의 요청에도 묵묵부답인 사유의 모습에 대사자인 평강 또한 말에서 내려 형대 옆에 나란히 무릎을 꿇었다.

"적병의 소란한 진형을 보니 유인계가 아닙니다. 허락하시지요."

선왕 을불과의 인연으로 고구려로 돌아와 군사(軍師)가 되었던 평강은 이제 명확한 사리 분별과 진중한 태도로 고구려 조정의 신임을 한 몸에 받는 제일의 군략가로 성장해 있었다. 그러나 이 믿음직한 군사의 진언에도 사유는 고개를 저었다.

"충분하다 하였소."

"폐하!"

"이미 이 땅은 폐허가 되었소. 곡식 한 톨 돌려받을 것이 없소. 무엇을 위해 또 애먼 목숨을 잃어가며 싸운단 말이오."

"그럼 저 적들을 그냥 돌려보낸단 말입니까?"

사유는 고개를 끄덕였다.

"그렇소. 군사를 돌리시오."

"회군이라고요?"

이해할 수 없는 사유의 명령에 평강의 입에서 저절로 신음이 터져 나왔다. 그러나 평강은 침착한 군사였다. 일순 눈을 부릅떴던 그는 이내 무례를 깨닫고 고개를 더욱 깊숙이 숙이며 공손하게 다시 물었다.

"정녕 회군이란 말씀이십니까?"

하지만 침통한 목소리만큼은 숨기지 못했는데 사유는 그런 평강을 쳐다보지도 않고 대답했다.

"그렇소."

"폐하, 그러나 이렇게 돌아가면 우리는 천하의 웃음거리가 됩니다. 또한 외적은 하루가 멀다 하고 또다시 약탈과 살육을 일삼을 것입니다."

"그것이 두려워서 지금 다시 서로를 죽고 죽이는 싸움을 벌이자는 말이오?"

"위엄입니다. 고구려를 얕잡아 볼 수 없도록 본보기를 보여야만 합니다."

평강이 떨리는 목소리로 간언했지만 사유는 고개를 저었다.

"그렇게 얻어지는 건 한때의 평온일 뿐이지 근본적인 해결책이 될 수 없소. 나는 끝없이 반복되는 참상을 더는 볼 수가 없소."

"이대로 물러서면 안 됩니다! 폐하, 이건 굴욕입니다!"

"시신을 묻고 돌아갑시다."

사유는 그 말을 끝으로 돌아서 버렸다.


태왕의 입에서 떨어진 회군령에 따라 오천여 고구려 군사는 불타버린 하성을 뒤로한 채 등을 돌렸다. 장졸 가운데 누구 하나 입술을 깨물고 주먹을 떨지 않는 이가 없었다. 수백 구의 무고한 시체를 거칠게 묻고 그냥 돌아서자니 열이 끓고 피가 솟구치는 것을 막을 도리가 없었다. 이곳저곳에서 갈 곳 잃은 욕지거리와 푸념이 악문 이빨 사이로 새어 나왔다. 축 처진 어깨로 물러나는 초라한 모습을 가리기라도 하듯 하늘에선 갑자기 비가 쏟아지기 시작했고, 비로 인해 질척해진 진창길은 병사들의 내키지 않는 발길을 더욱 무겁게 붙잡았다.

"모용부에 사신을 보내시오."

비에 온통 젖은 채로 사유는 창백한 입술을 움직여 엉뚱한 소리를 흘려냈다.

"모용부? 저 원수의 땅으로 말입니까?"

"그렇소. 이번 일을 용서하고 문제 삼지 않을 터이니 향후로는 선린의 정을 나누길 바란다 하시오."

즉위 후 첫 번째 출정에서 전쟁을 회피한 태왕. 돌아오는 길에는 원수 같은 적국으로 화친의 사신을 보내라는 태왕. 그 초라하기 이를 데 없는 모습에 고구려 조정은 무겁고 답답한 한숨을 내쉬어야만 했다. 비로소 고구려가 동북방의 패자(覇者)로서 사방을 호령하리라던 신하들의 기대도, 고구려의 강대함이 인근을 압도하여 태평성대를 가져오리라 믿었던 백성들의 희망도 한순간에 흩어질 것만 같은 위태로운 모습이었다.

'비겁한 고구려.'

사신이란 말이 귓전에 내려앉는 순간 모든 이들이 하나같이 떠올린 생각이었다. 온 신하가 울분과 치욕에 몸을 떨었으나 강력하고 무비(無比)했던 미천왕 직후의 고구려에서 태왕의 권위란 절대적인 것이었다. 사유는 모든 반대를 물리치고 억지로 자신의 뜻을 관철시켰다. 결국 많은 예물을 든 사신 일행이 모용부를 향해 내키지 않는 길을 떠났다. 그리고 신하들이 염려하고 예견했듯 이들은 모용황에게 모진 매질을 당한 채 절뚝거리며 돌아왔다.


일의 전말이 알려지자 고구려 조정은 분노로 펄펄 끓어올랐다. 흥분한 대소 신료들은 벌 떼같이 대전에 모여들어 낮과 밤을 잊은 채 모용부의 징벌(懲罰)을 외쳐댔다. 다시 한번 사신을 보내라는 태왕의 기가 막히는 고집에 맞서 신료들은 조속한 출병을 요구하며 분연히 일어섰다. 아예 갑주를 갖추고 조정에 나타나는 젊은 장수도 있었고 며칠을 굶으며 꿇어 엎드린 문관들도 있었으며 노신들은 통곡하며 선대 태왕을 불러댔다. 사유를 제외한 조정의 모든 고구려인이 한뜻으로 출병을 요구했다.

"부디 명을 거두소서. 어찌하여 우리보다 약한 상대에게 친교를 애걸한단 말입니까."

"폐하, 사신이 아닌 군사를 보내소서! 화친 대신 정벌을 논하소서!"

사신행을 자처하고 나서는 이가 없자 사유는 평소 강직하기로 소문난 태대사자 경림을 지목했다. 그러자 백발이 성성한 이 노신은 망치와 끌을 들고 나타나 사유 앞에서 스스로 입을 부수고 눈을 찔렀다.

"소신에게는 화친을 말할 입도, 도당(徒黨)의 비웃음을 지켜볼 눈도 없으되 다만 긍지와 기개가 있나이다."

온 얼굴이 피범벅이 된 채로 경림은 몇 번이고 대전 바닥에 머리를 짓찧었다. 사유는 그를 말리고 달래며 황급히 전의를 불러 살피게 하였지만, 강직한 신하는 식음을 전폐하고 의원을 거부했다. 그럼에도 사유는 제 뜻을 꺾지 않았다. 마치 눈과 귀를 틀어막기라도 한 듯 온갖 항의와 반대 앞에서도 사신행을 맡을 이가 없는지 묻고 또 물을 뿐이었다. 태산 같은 태왕의 명이었건만 아무도 사신으로 나서려 하지 않았다. 뜻이 있는 신하는 긍지를 지키려 하였고, 겁이 많은 신하는 제 안녕을 지키려 하였으며 생각이 많은 신하는 뻔히 일이 실패할 것을 짐작했다. 왕과 신하는 그렇게 몇 날 며칠을 평행선을 그으며 대립할 뿐이었다.

그러던 어느 날 한 사람이 대전에 모습을 드러냈다. 그의 갑작스러운 등장에 모든 신하는 입을 다물었고 들끓던 조정은 가라앉았다.

"내가 가지요."

이 한마디에 뜨거운 격론을 토해내던 입들이 모조리 얼어붙었다. 사유마저도 그 한마디에 무어라 답하지 못하고 눈만 크게 뜰 뿐이었다. 이미 쉰이 훌쩍 넘은 여인이, 그것도 태후의 신분을 가진 여인이 적국으로의 사신행을 자처하고 나섰던 것이다.

"태왕께서 달리 말이 없으시니 허락한 것으로 알겠소."

태후는 폭풍의 여파를 지켜보지 않았다. 오랜 칩거를 깨고 나온 그녀는 그 한마디만을 남기고 자리를 떴다. 직후 조정에는 일대 소동이 벌어졌고, 이내 정신을 차린 사유는 체통을 잊은 채 그녀가 기거하던 북전(北殿)으로 달려갔지만 이미 그녀는 성문을 나선 후였다. 머지않아 그녀가 사신의 인수(印綬)를 챙겨갔다는 관리의 보고를 받으며 사유는 어찌할 바를 모른 채 제자리에 주저앉고 말았다.

# 사신은 어디로

도하의 청산.

이름처럼 푸르른 나무가 울창하게 우거진 이 땅은 청년 족장 모용외가 극성으로 옮겨가기 전까지 본거지로 삼았던 곳이며, 과거 우문부에 의해 멸망 직전까지 몰렸던 모용부가 권토중래(捲土重來)를 꿈꾸며 숨어들어 터전으로 삼았던 곳이기도 했다. 모용외는 이 땅에서 산적이었던 반강과 관군이었던 도환을 만나 재기의 희망을 품었으며 주아영의 헌신적인 도움으로 세력의 기반을 마련할 수 있었다. 이처럼 특별한 역사를 지닌 이곳 청산이 당금에 이르러서는 오가는 이 하나 없이 쓸쓸히 버려졌다. 지나치게 험준한 지형 탓도 없지 않았지만 그것은 무엇보다 아버지 모용외의 근거지였던 이 땅에 대한 모용황의 경계 때문이었다. 사람들은 모용황의 눈이 두려웠던 탓에 이곳을 찾을 엄두를 내지 못했다.

일 년 내내 인적이라곤 찾아보기 힘들었던 그 산기슭의 야트막한 봉분 앞에서 조용한 목소리가 흘러나왔다.

"이 땅을 사랑하셨지요."

목소리의 주인공은 봉분 속 망자가 그토록 잊지 못하고 평생을 그리워했던 바로 그 인물 주아영이었다.

"모용 대선우……."

일기당천이라는 생전의 명성에 어울리지 않게 초라하기만 한 봉분을 향해 고개를 숙인 아영은 과거를 회상하듯 옅은 미소를 떠올리며 묻힌 이의 이름을 읊조리고는 가만한 손짓으로 술병을 들어 봉분 언저리를 적셨다.

"서른 해가 흘렀거늘 청산의 만산홍엽(滿山紅葉)도, 도하에 헤엄치는 연어 무리도 변한 것이 없더이다. 우습지요. 이제 와 생각하니 저 노루가 이 산의 노루인지 저 산의 노루인지 알 길이 없고 알 일도 없습니다."

나지막한 목소리로 봉분 속 고인에게 말을 걸며 술병의 술을 다 따라낸 그녀는 봉분 옆 비스듬한 곳을 찾아 앉았다.

"오직 사람 사는 일만이 한때 내린 소낙비처럼 덧없습니다."

멀찍이 산허리 어름에 눈길을 던져두고 시간을 잊은 듯 말없이 앉아있던 그녀는 해가 기울어갈 즈음에야 비로소 몸을 일으켰다.

"다만 지나는 비를 처마에 숨어 피하는 것이 또한 사람의 삶이오라 다시 뵈옵거든 실없는 계집이라 꾸짖으소서. 대선우, 여기 우리 은원의 씨앗을 두고 가외다."

알 듯 모를 듯 드문드문 몇 마디를 더 이은 그녀는 곧 산길을 내려가기 시작했다. 수년 만에야 묻어난 사람의 흔적, 가끔 산새나 두어 마리 앉았다 가는 것이 고작이었던 그 외로운 돌무덤의 틈새에 낡은 천 하나가 가지런히 놓여있었다.

낡은 천. 그것은 삼십여 년 전 아영이 우문부의 기습 공격을 받아 사경을 헤매던 모용외를 구한 후 그가 재기할 수 있도록 철과 식량을 지원하고 그 대가로 받아두었던 바로 그 깃발이었다.


이미 초저녁에 들어선 청산 기슭에는 몇몇 인물이 아영을 기다리고 있었다. 행색을 심마니나 수렵꾼 등으로 꾸미고 있었으나 주위를 경계하는 기색으로 보아 결코 범상한 인물들이 아니었다. 그들 가운데 한 노인이 아영의 기척을 알아보고 고개를 숙였다.

"기별을 받고 기다리고 있었습니다. 참으로 오랜만에 뵈오이다, 장주(莊主)."

"엄 선생이시군요."

곧이어 아영은 다른 몇몇의 얼굴을 살피며 반가운 기색으로 인사를 나누었다. 주가장의 인물들. 주태명이 죽고 아영이 평양으로 가 고구려의 태후가 되었음에도 여전히 낙랑에 남아 그녀의 명에 따라 움직이던 수족 같은 이들이었다. 별다른 안부를 묻지 않고 눈짓만으로도 충분한 인사가 된 그들은 곧 근처에 감추어두었던 마필을 끌어왔다.

"극성으로 가십니까?"

아영은 고개를 저었다.

"아니, 평곽으로 갑니다."

평곽이라면 모용부의 근거지인 극성에서 동쪽으로 수백 리나 떨어진 곳이었다. 태후는 분명 모용황을 방문할 사신의 신분으로 온 것이라 들었기에 사내들은 잠시간 의아했지만 이내 그 의문을 표정에서 지우고는 묵묵히 채비를 차렸다.

"평곽은 먼 길입니다. 근처 고을에 들러 수레라도 융통함이 어떻겠습니까?"

아영이 재차 고개를 저었다. 이윽고 그들 일행을 태운 십여 마리의 마필이 힘찬 발굽을 내딛기 시작하여 끝도 없이 펼쳐진 벌판을 달리기를 한참, 이들이 말을 멈추고 지친 몸을 누인 것은 긴 밤이 지나고 새벽녘 동이 터올 즈음이었다. 그렇게 이들이 며칠간이나 주야장천 달려 도착한 곳은 요동 땅의 끝자락 평곽. 고구려와 모용부의 영토가 맞닿은 곳이자 모용외의 또 다른 아들인 모용인이 지키는 땅이었다.

이른 새벽녘, 평곽성의 성문 앞에서 아영은 사신의 패를 높이 들어 보였다.

"그러니까 누구라고?"

"고구려의 주 태후라 합니다. 장군께 면회를 신청하고 있습니다."

새벽부터 뜬금없는 보고를 받고 할 말을 잃은 모용인은 자신의 아우 모용군을 멀거니 바라보았다.

모용군도 고개를 갸웃하며 나름 짐작을 내놓았다.

"고구려 사신들이 뭇매를 맞고 쫓겨나지 않았습니까. 극성보다는 평곽의 대접이 좀 나으리라 생각한 모양이지요."

"그렇지만 태후가 사신이란 말인가?"

"그게 좀 이상하기는 한데……."

"주 태후라면 하는 말마다 독이 든 여자인데 그냥 돌려보냄이 낫지 않겠나? 아무래도 마음이 꺼려진단 말이야."

형의 물음에 모용군은 잠시 생각하다 고개를 저었다.

"늙은 여자 하나 두려워 쫓아냈다는 소문이 나면 그 또한 망신입니다."

"그도 그렇지."

"분명 얄팍한 꾀를 가지고 계략을 던져올 터, 제가 사람 보는 눈이 좀 있으니 합석하기로 하지요. 형님은 그 여자가 무슨 이야기를 하든 불가하다고만 하십시오."

모용인이 고개를 끄덕이곤 물었다.

"접견은 어찌함이 좋겠는가?"

"아무래도 여인인데 분위기를 흉흉히 해 겁을 주면 득이 있지 않겠습니까."

모용군의 말이 그럴듯하다 여긴 모용인은 그와 더불어 자리를 만든 후 외양이 특히 사나운 병졸들을 골라 창과 도끼를 들고 내전에 길게 늘어서 있게 했다. 그 밖에도 형벌에 쓰이는 각종 도구며 위협적인 무기들을 잔뜩 전시해놓고 자신은 갑주를 두른 채 높은 의자에 앉아 사신 일행을 들도록 했다.

"귀하신 태후께서 이 험한 곳까지 어인 행차시오?"

유유히 모습을 드러낸 아영은 대답 대신 모용인을 보며 빙긋이 웃었다. 약이 오른 모용인은 더욱 험한 기세로 물었다.

"모용부가 제집 드나들듯 다녀가는 곳으로 보이오?"

이번에도 아영은 대답 대신 천천히 발걸음을 옮겨 모용인에게 가까이 다가왔다. 그러고는 손을 들어 그의 머리를 쓰다듬었다. 그 모습이 너무나 자연스러워 누구도 제지할 생각을 하지 못한 차였다.

"인아, 네가 그 아이로구나."

행동도 행동이려니와 그녀의 입에서 나온 말 또한 난데없기는 마찬가지여서 주위가 소란스러워졌다. 양쪽에 늘어서 있던 험상궂은 병졸들은 놀란 와중에도 병장기를 움켜쥔 손에 힘을 주었지만 어찌할 바를 몰랐고, 당사자인 모용인은 눈을 크게 뜨며 그녀의 손길을 뿌리쳤다.

"이, 이게 무슨 짓이오!"

아영은 그런 모용인을 정겨운 얼굴로 바라보며 말을 이었다.

"과거 모용 대선우께 네 번째 자식이 생겼다는 소식을 듣고 그토록 기쁠 수가 없었다. 네가 장성하여 이리 어엿한 사내가 된 걸 보니 고맙고 기쁘구나."

모용군이 자리에서 벌떡 일어나 외쳤다.

"적국의 사신은 예를 갖추시오. 그분은 모용부의 장군이오!"

아영은 역시 표정을 바꾸지 않고 그를 돌아보며 말했다.

"모용부가 강성할 수 있었던 것은 예의와 법규에 얽매이지 않은 자유로운 기상이 있었던 덕이다. 이제 와서 너희가 아비의 옛 벗에게 예를 찾느냐?"

"그것은 그렇소만……."

"나는 지금 적국의 사신이나 태후의 몸으로 너희를 찾아온 것이 아니다. 극성으로 향하는 길에 옛 생각이 나 잠시 발길을 했을 뿐이니 긴장할 필요는 없다."

모용씨 두 형제는 말문이 막힌 채 오히려 고구려 태후의 다음 말을 기다리는 수밖에 없었다.

"정으로 찾아온 손님은 정으로 맞는 법이다. 내가 너희 아비에게 그러했고 너희 아비가 내게 그러했느니라."

이제는 기세가 완전히 꺾인 두 형제를 번갈아 보며 아영이 천천히 말했다.

"도하의 청산, 나는 지금 너희 선친의 무덤을 다녀오는 길이다."

"청산!"

외롭게 버려진 묘지 이야기를 하는 아영의 목소리가 촉촉이 젖어 내렸다. 그 목소리가 그들로 하여금 여러 생각을 하게 만들었다. 모용외의 무덤은 모용황에 의해 봉금(封禁)된 지 오래였고 여기엔 그들 형제도 예외일 수 없었다. 모용인 또한 자식인지라 가끔 생전의 아비를 생각하면 미안한 마음과 더불어 자괴감이 드는 것이 당연한 터, 이제 와 엉뚱하게도 적국의 태후가 던져온 말이 그의 마음을 깊이 찔러왔다.

"어찌 아무 말을 않느냐?"

"……."

"자주 찾아뵙긴 하는 것이냐?"

"그것이 여의치 않소."

아영은 짧은 한숨을 한 번 내쉬고는 위로하듯 모용인의 손을 잡아 들었다. 이번에는 모용인 또한 굳이 뿌리치지 않았다.

"너희들의 처지가 딱하기 짝이 없구나."

"……."

"혹여 천하에 기댈 이가 없거든 그때는 나를 찾아도 좋으리라."

마지막 위로의 말을 끝으로 아영은 등을 돌렸다. 정적 속에서 그곳을 벗어나려는데 모용인이 돌연 외치듯 불렀다.

"벌써 가십니까?"

다급함이 깃든 그의 말에 아영은 타이르듯 말했다.

"좋은 모양새는 아니지 않으냐."

"그렇지만……."

"선비와 고구려의 핏줄이 그리 멀지 않거늘 서로 칼을 겨눔이 애석할 따름이다."

애틋한 한마디를 남긴 아영은 곧 모습을 감추었다. 도무지 알 수 없는 방문이었다. 사신의 패를 들고 나타나 자신들을 위로하고 사라진 적국의 태후. 남겨진 두 모용씨 형제는 멀거니 서로의 얼굴만 쳐다볼 뿐이었다.


평곽성 방문을 마친 아영은 극성으로 향하는 대신 그길로 곧장 고구려에 귀환하였다. 소식을 듣고 성문 밖 십여 리까지 달려온 사유와 신하들 앞에서 그녀는 짐짓 애석한 얼굴로 고개를 저었다.

"선비는 고구려의 방문을 허락하지 않았소."

"별고가 없으신 것만으로도 기쁘옵니다."

내내 염려해 온 사유와 신하들은 그녀의 안위를 살피며 안심했다. 몇 마디 안부를 물은 후 그들 중 하나가 나서 물음을 던졌다.

"극성 대신 평곽에 다녀오셨다는 소식을 들었습니다."

"그 또한 별다른 성과가 없었소. 형식적인 인사만을 나누었을 뿐 결국은 박대당한 셈이니 태왕께서는 모용부와의 화친을 포기하심이 옳을 것이오."

떠나갈 때의 단호함과는 어울리지 않는 궁색한 모습으로 아영은 일의 실패를 말하였다. 사유는 복잡한 표정을 떠올렸으며 대다수의 신하는 고개를 저었다. 달변과 지략으로 둘째가라면 서럽다는 그녀마저 극성에는 발을 들여놓지도 못한 채 귀환한 것이었다. 고구려와 모용부의 공생이란 결국 불가능한 일이며 화친이란 사유의 덧없는 소망에 불과한 일이라는 것이 판명 나는 순간이었다. 이에 평양의 조정에서는 신하들의 출정 요구가 다시 고개를 들었고, 사유는 끝도 없는 침묵으로 빠져들었다.

# 대륙을 자르다

그즈음 평곽의 모용인에게는 도통 연유를 알 수 없는 일이 계속해서 일어나고 있었다. 고구려 태후의 생뚱맞은 방문이 있은 지 며칠 지나지 않아 먼 옛날 모용외를 섬기다 은거했던 노신 엄지가 갑자기 서신을 보내와 평곽에 기거하기를 간곡히 청하더니 이제는 수많은 인물들이 행렬을 이루어 평곽성 앞에 나타나 성문을 열라 외쳐대곤 했다. 사람을 시켜 알아본즉, 그들은 무엇에든 하나씩 재주를 가진 진나라의 옛 문인(文人)이거나 장인(匠人)들이었다.

모용인은 그들 가운데 한 사람을 비밀리에 불러들여 물었다.

"어찌하여 이 많은 재인(才人)들이 평곽에 왔단 말이오?"

모용인의 물음에 오히려 그는 의아해하며 되물었다.

"성주께서는 대체 무슨 말씀이십니까? 황금을 산더미처럼 풀어 사람을 모을 때는 언제고 이제 와서 딴청이란 말입니까?"

그의 황당한 소리에 모용인은 일의 추이를 자세히 따져 물었다. 그의 말로는 얼마 전 진의 도성인 건업에서 누군가가 평곽성의 모용인이 재주 있는 자를 모집한다며 엄청난 양의 황금을 뿌렸다는 것이었다. 각기 가진 재주에 따라 관직과 상을 내리겠다는 말에 진제(晉帝)의 무능함과 실정에 관직을 버리고 하야했던 선비들은 마음이 동했고, 필경은 무리를 지어 평곽으로 오게 되었다는 것이었다.

"이제 돌아갈 곳도 없으니 성주께서 거두지 않으면 우리는 모두 죽은 목숨입니다."

건업에서 평곽은 바다를 건너와야 하는 머나먼 길이었다. 건업에서의 약속만 믿고 죽을 고생을 하여 평곽에 도착했는데 이제 와서 무슨 소리냐며 오히려 그는 거센 불만을 토로했다.

"이 무슨 뚱딴지같은 소리란 말인가!"

모용인은 그를 물리고 나서 평곽의 관리들을 모두 불러 모았다. 그러고는 건업의 일에 대해 물었지만 누구도 아는 자가 없었다. 이에 모용인은 짙은 의혹에 휩싸여 무리들을 절대 평곽성 안으로 들이지 말라는 명을 내렸다.

그러나 모용인의 엄명에도 그들은 돌아가지 않았다. 그도 그럴 것이 이미 건업에서는 그들을 반역자로 규정하여 잡히는 대로 죽이라는 명을 내린 터였기 때문이다. 돌아갈 곳이 없었던 그들은 결국 평곽 근방의 작은 고을에 눌러앉게 되었다.

그런데 이 일이 있고 나서 차츰 평곽에 묘한 변화가 일었다. 그들 무리 가운데는 의원 노릇을 하던 자를 비롯해 농작이나 대장 등의 기술을 연구하던 자, 베를 짜는 기술을 가진 자 등

등 여러 재주꾼들이 있었는데 소문을 들은 근방의 모용부 백성들이 이들을 찾아와 진료를 받거나 기술을 배우기 시작한 것이다. 고을을 찾는 사람들의 수가 날마다 늘어나더니 얼마 지나지 않아 이들이 머무는 고을은 더 이상 수용이 불가능할 지경이 되었고 종내는 성안의 지체 높은 자들마저 성문을 나서 이 고을을 방문하는 경우까지 생겨났다. 일이 그쯤 되자 모용인 또한 방관만 하고 있을 수는 없는 노릇이었다.

"우리를 오랑캐라 부르던 자들이 아닌가. 어째서 저렇게 몰려든단 말이냐."

모용인이 불만 아닌 불만을 터트리자 그의 책사 방감이 말했다.

"진제가 무능하여 재사를 푸대접하니 그런 것이 아니겠습니까?"

"한둘도 아니고 저 많은 인간이 모조리 옮겨 온다고?"

모용인의 여러 책사들 또한 글 읽는 식자인지라 평소 진나라의 앞선 문물에 큰 관심이 있었기에 차츰 한뜻으로 모용인을 설득하기에 이르렀다.

"연유는 모르겠으나 우리로서는 좋은 일이 아니겠습니까?"

"황금을 잔뜩 뿌려댔다는데 누구도 아는 자가 없으니 불순한 자가 첩자를 심기 위해 부린 술책이 아니겠느냐?"

"한둘도 아니고 저 많은 인물들을 모두 첩자로 보낼 리 있겠습니까?"

"이상하지 않나? 믿을 수가 있어야지."

"어찌 되었든 저 많은 재주꾼을 받아들이지 않을 이유가 없습니다. 당장 저들에게 모여드는 사방의 백성들을 보십시오. 평곽을 수십 배로 살찌울 절호의 기회입니다."

그래도 모용인은 쉽게 의심을 풀지 않았다.

"아무래도 내키지가 않는단 말이야."

그렇게 모용인이 결정을 차일피일 미루고 있는 가운데 서한으로 귀부의 뜻을 밝혔던 엄지가 마침내 평곽에 도착하였다. 엄지는 한때 모용외의 명에 따라 모용인에게 학문과 병법을 가르친 적이 있기도 했다. 모용인도 그를 제법 잘 따랐기에 수십 년이 지난 지금에 이르러서도 모용인은 스승을 대하는 예로 그를 맞아들였다.

인사를 마치고 엄지가 성문 밖 무리들에 대해 은근히 묻자 모용인은 그간의 사정 이야기를 들려주었다. 그러자 엄지가 껄껄 웃으며 말했다.

"건업의 황금은 제가 풀었습니다."

"무어요?"

전혀 예상치 못했던 엄지의 말에 모용인은 놀라지 않을 수 없었다.

"하야한 이후로 소일거리가 없어 장사를 하였는데 재산이

제법 모였습니다. 이제 옛 주인께 돌아오려는데 빈손으로 오기 무엇하여 재산을 좀 풀었지요. 성주께 바치는 작은 선물로 여기시지요."

"허허."

"어서 들이시지요. 한 명 한 명이 뛰어난 재주꾼들이외다. 그들을 후히 대우하면 향후에는 더 많은 재사가 성주를 찾을 것입니다."

의문이 풀리고 보니 그토록 반가운 일도 없을 것이란 생각이 들었다. 옛 스승 엄지에게 몇 번이나 감사의 뜻을 표한 모용인은 서둘러 평곽의 성문을 열도록 명하였고, 들어온 이들 모두를 각별히 대접했다.

"평곽은 여러분을 진심으로 환영하오!"

그들의 효용은 모용인이 생각했던 것 이상이었다. 군사에서 농작까지 온갖 분야에 탁월한 기술과 견해를 가진 이들뿐만 아니라 요직에 앉아 실무를 담당했던 이들도 수십이 섞여 있었다. 크게 기뻐한 모용인이 매일같이 그들을 찾아 갖가지 기술을 받아들이기에 여념이 없던 어느 날 꼭두새벽부터 엄지가 모용인을 찾았다.

"간밤에 하늘을 보니 별똥별이 하나 떨어지더이다. 아무래도 청산 부근인 것 같아 말씀드리기는 조심스러우나……."

엄지의 말이라면 무엇이든 반색하며 듣던 모용인은 호기심이 동한 중에도 주저하며 물었다.

"청산이요?"

"예, 한번 살펴봄이 어떨지요."

"아무래도 내 형제의 의심이 미칠까 두렵습니다만."

"청산이 금지(禁地)가 된 것은 잘 아는 바이나 하도 상서로운 징조라……. 은밀히 사람이라도 보내어 살핌이 어떨까 합니다."

"그것 참."

금지라는 이유 외에도, 모용인이 청산행을 극도로 꺼리는 데에는 또 다른 연유가 있었다. 모용외가 죽고 셋째 아들인 모용황이 대선우의 자리에 오르자 평소 사이가 좋지 않았던 둘째 모용한은 단부의 단요에게로 귀부했고 넷째 모용인은 아우인 모용소와 공모하여 모용황을 제거하기로 마음먹었다. 그러나 사전에 모의가 탄로 나는 바람에 모용소는 잡혀 죽었고 모든 죄를 모용소에게 덮어씌운 모용인은 간신히 몸을 빼어 평곽으로 도망친 후 은거하고 있었기에 모용황의 감시와 경계가 삼엄한 까닭이었다.

그러나 모용인은 옛 스승 엄지의 청을 끝까지 외면할 수 없었다. 은연중에 거절의 뜻을 밝혔음에도 재차 엄지가 권하자 결국 모용인은 믿을 만한 심복 하나를 골라 청산으로 보냈다.

며칠이 지나 돌아온 심복은 하얗게 질린 표정으로 주위 사람들을 물려달라 청하였다. 모용인이 이를 허락하여 둘만 남게 되자 심복은 조심스러운 손짓으로 천 조각을 하나 내밀었다.

"대선우의 묘소에 이것이 있었습니다."

모용인은 심복의 조심스러움에 의아해하며 천을 펼쳤다. 붉은색 천은 오래되어 닳고 해진 가운데도 쓰여진 글자를 똑똑히 간직하고 있었다.

'일기당천(一騎當千) 천하무쌍(天下無雙) 모용외(慕容廆).'

순간 모용인은 너무도 놀라 이를 떨어트리고 말았다. 그것은 단순한 깃발이 아니었다. 어마어마한 의미를 담고 있는 신물이었다. 과거 다 쓰러져가던 모용부를 일으키며 모용외가 내걸었던, 모용부가 가는 곳마다 항상 선두에서 휘날렸던 단 하나의 깃발. 모용인 또한 그 깃발에 대해 전해오는 이야기만을 들었을 뿐 한 번도 본 적이 없던 물건이었다.

모용인은 옛적부터 모용외를 따랐던 늙은 병사 하나를 은밀히 불러 깃발을 내보이며 물었다.

"이것이 무엇인지 아느냐?"

깃발을 살펴본 노병은 우두커니 서서 입을 열지 못하고 굵은 눈물만 흘렸다. 이상하리만치 숙연한 모습에 모용인이 더 참지 못하고 대답을 재촉하자 노병이 젖은 목소리로 말했다.

"어찌 모를 수 있겠습니까. 온 모용부의 병사들은 저 깃발만을 바라보며 대륙을 달렸습니다."

"그렇다면……."

"틀림없는 대선우의 깃발입니다."

모용인은 울먹거리는 노병을 돌려보낸 후 엄지를 불렀다. 이어서 나타난 엄지 역시 가라앉은 낯빛으로 고개를 끄덕이며 입을 다물었다.

"이 일을 남들이 알게 해서는 안 되오."

엄지 역시 같은 생각을 하고 있었는지 바로 고개를 끄덕였다. 이후로 홀로 밀실에 남아 한나절을 깃발만 바라보며 생각에 잠겼던 모용인은 곧 노병을 포함하여 깃발의 존재를 아는 이들을 모살한 후 이를 깊이 감추었다. 그것은 모용황의 세상에 내보이기에는 너무도 위험한 물건이었다.


한편 극성의 궁궐 깊은 곳, 어둠에 묻힌 모용황의 처소에 송해가 찾아들었다. 익숙한 일인 듯 모용황은 누운 채로 귀를 열었고, 송해는 깊이 고개를 숙인 후 그의 앞에 무릎을 꿇고 앉았다.

"일전 말씀드린 바와 같이 모용인은 진에서 망명한 의원과 목수, 대장장이 따위를 잔뜩 받아들여 평곽의 세를 불리고 있습니다."

"……."

"날이 갈수록 모용인의 명망이 높아져서 평곽으로 찾아드는 이가 그 수를 더해가고 있다 합니다. 온 천지에 평곽만이 난데없는 태평성대를 이루고 있으니, 이는 필시 그가 역모를 꾸미고 있다는 방증일 것입니다."

"그래서?"

모용황은 눈을 뜨지 않은 채로 되묻고는 대답을 기다리지 않고 말을 더했다.

"그놈은 이미 나를 부정하고 쥐새끼처럼 도망친 놈이다. 그러니 얼마간 제 욕심을 부릴 수도 있는 노릇이지."

송해는 모용황의 목소리에 일말의 짜증과 노여움이 담겨있음을 알았다. 깊은 밤에 별것도 아닌 일로 찾아든 자신에 대한 역정이라 생각하면서도 송해는 평소와는 달리 물러나지 않았다.

"무엇보다……."

송해의 그다음 말은 약간의 주저함이 있었다. 그 자신조차 입에 올리기가 두려웠던 것이다.

"……?"

마침내 송해가 말했다.

"돌아가신 대선우의 깃발을 그가 가지고 있습니다."

그 말을 마친 송해가 스산한 기분을 느낀 그 순간, 모용황은 이미 침상에서 일어서 있었다. 그는 잡아먹을 듯 섬뜩한 눈으로 송해를 노려보았다.

"확실한 일이냐?"

"그렇습니다. 더군다나 그는 그것이 무엇인지 알면서도 없애버리지 않고 깊이 감춰두었다고……."

한칼에 반쪽으로 나동그라진 침상 앞에서 모용황은 무서운 분노를 불태웠다. 그가 가장 경계하고 두려워하는 것이 바로 모용외의 망령이 되살아나는 일이었다. 특히 생전의 모용외를 따르던 이들에 대해서는 의심을 거둔 적이 없는 그였다. 모용외의 이름을 입에 담는 자나 그의 무덤을 찾은 자들은 예외 없이 죽었고, 그와 가까웠던 자들은 이유를 불문하고 축출해온 터였다.

모용황은 악문 이빨 사이로 거친 목소리를 내밀었다.

"모용인을 불러들여라. 바로 극성으로 들지 않는다면 내 반드시 그놈을 토벌하리라."


'극성에 들라.'

모용인은 어찌할 바를 모른 채 손을 떨었다. 형제의 정이 끊어 보고 싶으니 즉시 극성으로 오라는 모용황의 서신이 도착한 것이었다. 평소 모용황의 성정을 생각하자 서한에 쓰인 좋은 말이 의심스럽게만 생각되었고 숨긴 바가 있으니 그것이 마음을 더욱 켕기게 하였다. 쉬이 결정을 내리지 못하고 수십 번이나 거듭 생각을 바꾸던 그는 엄지를 불렀다.

"내 형제는 성정이 난폭하고 의심이 많소. 이번에 나를 극성으로 불러들임에는 다른 뜻이 있는 것 같은데 혹여 깃발의 존재를 알기라도 하는 것이 아닐까요?"

모용인의 물음에 엄지가 고개를 저었다.

"그럴 리가 있겠습니까? 깃발의 존재를 아는 사람은 모두 성주께서 직접 주살하지 않으셨습니까?"

"그렇긴 하지만 왠지 꺼림칙하오. 섣불리 극성에 들었다가는 크게 해를 당할까 염려되오."

"음."

"그러나 가지 않으면 내 형제는 또 그 죄를 물어 틀림없이 나를 죽이려 할 것이오. 선생, 어찌해야 하겠소?"

엄지는 낯빛을 무겁게 하고 오랜 시간을 생각한 끝에 의견을 내었다.

"거절함이 옳겠습니다. 애초에 그가 성주를 해할 생각이라면 거절하는 즉시 이빨을 드러낼 것이요, 해하지 않을 생각이라면 거절하여도 별다른 일이 없을 것입니다. 일단 핑계를 대어 거절한 후 추이를 지켜보고 좋은 말로 재차 권유하거든 그때 가시지요."

"그 말씀이 옳소."

고개를 크게 끄덕인 모용인은 최대한의 예의를 갖추어 모용황에게 당장 극성에 들지 못할 사연을 적어 보냈다.

그러나 돌아온 것은 붓을 붉은 피에 찍어 쓴 글씨, 모용인을 반역죄로 처단하겠노라는 포고였다. 또한 평곽을 칠 대규모 토벌군이 준비 중이라는 이야기도 들려왔다. 그 벼락같은 일련의 사건들에 모용인은 두려움을 주체하지 못하여 비명 섞인 신음을 터트렸다.

"선생, 도대체 이 무슨 일이란 말이오!"

"그는 어쩌면 처음부터 트집을 잡아 형제들을 해하려 했던 것 같습니다."

"대체 왜? 무엇 때문에……?"

"모반의 싹을 자르려 함이 아니겠습니까."

엄지의 말에 모용인은 크게 절망했다. 실지로 모용황은 모용광을 죽였고 단부로 도망한 모용한을 쳤으며, 이제는 평곽을 향해 군사를 보낼 준비를 하고 있는 것이었다.

"이제라도 성 밖으로 나가 용서를 구함이 어떻겠소?"

"용서받을 죄가 없는데 어찌 용서를 구하겠습니까. 그리고 항복한다 한들 받아줄 리 없습니다."

모용인은 도주를 생각했으나 그 또한 좋은 방법이 아니었다. 평곽은 모용부의 끝자락에 위치한 터라 도망할 길이라고는 적국인 고구려밖에 없는 셈이었다.

"정녕 이대로 죽음을 기다리고 있는 것밖에 달리 길이 없단 말이오?"

그러나 엄지는 입을 꾹 다문 채 모용인을 바라만 보았다. 이에 모용인은 분하였는지 큰 소리를 내어 엄지를 책하였다.

"이 사태에는 선생의 책임이 크지 않소? 어째서 남의 일처럼 보고만 계시오?"

"……."

"대체 무슨 생각을 하고 계시난 말이오!"

"저를 생각하였습니다."

"무어요?"

"과거 모용 대선우께 입은 은혜를 생각하여 노구를 이끌고 모용부로 재차 귀부하였는데, 이제 두 분 형제의 입장이 서로 갈리었으니 과연 모용황을 따르는 것이 옳은지 성주를 따르는 것이 옳은지 생각하고 있었습니다."

"선생?"

모용인은 더없이 분노하여 금방 베어 넘기기라도 할 듯 그를 노려보았다. 그러나 엄지는 눈 한 번 깜박하지 않고 그를 찬찬히 살피다 준엄한 목소리를 내었다.

"성주, 어째서 깃발을 숨겼습니까?"

갑작스러운 추궁에 이를 곱씹던 모용인은 갑자기 머리를 한 대 얻어맞은 것만 같아 할 말을 잃고 우두커니 서 있었다. 그 꼴을 한참 지켜보던 엄지는 짧은 한숨을 쉬고 굳어진 얼굴을 풀며 좋은 목소리를 내었다.

"성주께서 대선우를 깊숙이 숨기는데 제가 어찌 성주를 모실 수 있겠습니까. 성주, 그 깃발을 평곽의 성벽에 올리지 않는 까닭이 무엇입니까? 모용부에 대선우의 은덕을 입은 자가 저 하나만이라 생각하십니까?"

"음!"

"얼마 전 모용황은 목진과 소련 등 열두 개 군소 부족장의 목을 베었습니다. 하나같이 대선우와의 의리를 지켜 모용부를 섬기던 이들이었습니다. 모용황이 아닌, 그 깃발의 주인을 그리던 이들이란 말입니다. 그런데도 깃발을 높이 걸고 그들의 마음을 한데 모으지 않는 까닭이 대체 무엇이란 말입니까?"

엄지의 말을 들으며 얼굴에 부끄러운 빛을 떠올리던 모용인은 입술을 지그시 깨물었다.

"중과부적(衆寡不敵)이 아니오. 몇 개의 부족과 성이 내게 협력하여도 극성의 군사를 이길 리가 없소."

그런 모용인을 물끄러미 보며 엄지가 입을 열었다.

"고구려는 어떻습니까?"

"고구려?"

엄지의 뜬금없는 흰소리에 모용인은 얼토당토않다는 목소리를 내밀었다. 그러나 그는 곧 근래의 사건들을 생각하였다.

고구려, 곡창 지대였던 하성이 불타 잿더미로 변하고 무수한 양민이 학살당했음에도 사신을 보내어 모용부와 화친하려던 고구려였다. 극성의 모용황은 그 사신들을 핍박하였으나 자신은 그러지 않았다. 고구려 태왕이 그토록 바란다는 평화를 약속한다면 고구려의 원조를 얻지 못하리라는 법도 없지 않은가. 생각은 다른 곳까지 미쳤다. 자신이 맞이했었던 사신, 고구려의 태후. 선친과의 의리를 잊지 않았다던 그녀 주아영은 자신을 너무도 따뜻하게 대하지 않았던가.

'혹여 천하에 기댈 이가 없거든 그때는 나를 찾아도 좋으리라.'

엄지를 물린 모용인은 이후로 반나절에 가까운 시간을 침묵에 잠겼다. 한밤중에 잠을 이룰 수 없어 처소에서 나선 그는 홀로 평곽성을 한 바퀴 돌아보며 고심을 거듭했다. 고구려와의 접경인지라 잘 훈련된 군사가 그득한 평곽성은 이제 엄지 덕택에 수백의 재인마저 거둔 터였다. 도성인 극성의 위용에 그렇게 모자라지만도 않다는 생각이 그를 부추겼다. 무엇보다 물러서려 해도 물러설 곳이 없었다. 마침내 모용인은 주먹을 굳게 쥐었다.

그리고 모용황이 평곽 토벌을 결심하였다는 보고를 접한 날 모용인은 깊이 숨겼던 모용외의 깃발을 꺼내어 평곽의 성벽에 높이 올린 후 사방에 패기로 가득한 외침을 터트렸다.

"선친의 원수를 갚을 자, 나와 함께하리라!"

모용외의 유산이 하늘 높이 펄럭이는 가운데 그는 고구려 태후에게 보내는 서한을 쓰기 위해 붓을 들었다.


　한편 북전 깊은 곳에 자신을 유폐하고 있던 고구려의 태후는 고요히 앉아 사색에 잠긴 채 하루를 보내곤 했다. 그러나 그녀의 머릿속은 고요하지 않았다. 사색이 이어지는 동안 그녀의 머릿속에서는 세상이 스러졌다 새로 세워지기를 반복하고 있었다. 간혹 마음이 어지러운지 두 손을 쥐어짜듯이 주무르는 경우도 있었지만 태후는 대체로 눈을 감고 해탈의 경지에 들어간 듯 미동도 않고 몇 시간을 보내는 일이 많았다.
　그러던 어느 오후 모용인으로부터의 서신이 도착하자 그녀는 쥐도 새도 모르게 평양성을 빠져나가 길을 재촉했다.


　고구려 서북단에 위치한 신성.
　국토의 최전선이라 수시로 외침에 시달리는 이곳에서 고구려 태왕의 아우이자 대장군인 고무가 오랜 기간 심혈을 기울여 키워온 일만여 정예군이 창칼을 높이 한 채 정연한 대열로 명을 기다리고 있었다. 그들의 시선은 일제히 한곳을 향해 있었다. 시선의 끝에는 심원한 얼굴의 여인, 고구려의 태후 주아영이 거센 맞바람에 희끗한 머리를 흩날리며 자신의 아들과 이별을 나누고 있었다.
　"때가 되었다."

"부디 조심하십시오."

피어오르는 모든 걱정을 접어둔 채 무는 잡았던 어머니의 손을 놓았다.

"이랴!"

홀로 말 위에 오른 아영이 힘찬 소리와 함께 말 옆구리를 걷어차자 말은 쏜살같이 성 밖을 향해 내달리기 시작했다. 순간 일만여 군사는 한순간에 창을 높이 들었다가 바닥에 찧으며 함성을 터트렸다.

"와!"

한 명의 호위 군사도 없이 단기(單騎)로 사열한 군진의 환송을 받으며 맹렬히 말을 내달리는 태후. 그 어느 나라의 역사에서도 찾아보기 힘든 기묘한 광경이었으나 이를 지켜보는 병졸 가운데 누구도 이상스레 여기는 자가 없었다. 그것은 주아영 그녀가 지난 반세기 동안 대륙의 균형을 손바닥 위에 올려놓고 살아온 거대한 인물임을 너무도 잘 아는 까닭이었다.


마침내 평곽의 성문이 열리자 단기의 인마(人馬)가 넓은 성문을 통과하여 모용인의 앞으로 다가왔다. 온통 뒤집어쓴 흙먼지에도 아랑곳 않고 아영은 이마에 흐르는 땀을 닦고는 말에서 내리지 않은 채 그대로 모용인을 내려다보았다.

"고구려의 원군은 어떻게 된 것입니까?"

어리둥절하여 묻는 모용인에게 아영은 담담한 목소리로 답했다.

"내가 고구려의 원군이다."

"예?"

"내가 바로 십만 군사이며, 모용황의 숨통을 끊을 칼이다."

아영의 형형한 눈빛을 마주한 모용인은 저도 모르게 고개를 숙였다. 그 허황하기 이를 데 없는 말이 평생 들어온 어떤 말보다 그를 강하게 전율시킨 까닭이었다.

# 평곽의 전화(戰火)

고국원왕 6년.

구름 같은 흙먼지를 일으키며 거대한 무리의 군사들이 요동군 거취현을 지났다. 평곽을 향해 내달리는 모용황의 토벌군이었다. 동족에 대한 토벌군으로는 유례가 없는 규모인 일만여 대군을 맡아 진군해 온 장수의 이름은 적해였다. 그는 대개의 모용부 장수와는 달리 신중하고 침착한 이로 꾀를 부림에도 또한 능통했다. 마침내 평곽에 이르러 주변을 살피니 지세가 험하고 성벽이 단단해 요새라 할 만한지라 그는 한참 생각한 끝에 계략을 내놓았다.

"반란군이란 본래 마음이 쉬이 흔들리는 법이니 그를 이용해야겠다."

적해는 일만 군세를 더욱 과장하여 길게 늘어트리고 북과 꽹과리의 숫자를 늘린 이후 목청이 큰 자들을 성벽 앞으로 내세워 항복의 권고를 외치게 하였다.

"너희는 반역자인 모용인의 휘하에 있었을 뿐 죄가 없다. 투항하는 자는 모두 살려줄 것이다. 또한 가장 먼저 투항하는 자에게는 큰 상을 내리겠노라."

그들의 회유 공작은 며칠간 계속되었다. 그리고 셋째 날, 마침내 그의 계략은 맞아떨어졌다. 밤을 틈타 십여 명의 병사가 성벽을 넘어 투항하니 적해는 그들을 작은 장수로 삼고 상을 내려 위로하였다. 이에 고무되었는지 다음 날 밤에는 그 배가 넘는 숫자가 투항해 왔고 또 그다음 날에는 그 몇 곱절에 달하는 병졸이 투항했다. 그렇게 열흘 가까운 날이 지나자 아예 성문이 열리고 대다수의 병사가 한꺼번에 항복해 오는 사태가 벌어졌다.

"보았느냐. 명분이 없는 반란군이란 이처럼 오합지졸에 불과한 것이다."

적해는 평곽성의 함락을 눈앞에 두고 기세등등하게 외쳤다. 그러나 다음 날 총공격을 기할 것을 명하고 출정한 이후 그 어느 때보다 가벼운 마음으로 잠자리에 든 그는 한밤중에 일단의 소란에 의해 깨어나야만 했다. 황급히 막사를 나선 적해는 자신의 주위를 빙 둘러선 일천여 군사의 창끝을 마주하고는 꿈이 아닌지 몇 번이고 눈을 비볐다. 그간 투항해 온 평곽의 병사들이 무기와 갑주를 단단히 두른 채 시퍼런 눈을 빛내고 있었다.

"한순간도 모용인 장군을 배신한 적이 없다. 장군의 명에 따라 네놈을 사로잡고자 거짓으로 투항한 것일 뿐. 이제는 네놈이 순순히 항복할 차례다."

적해는 달리 저항할 도리가 없었다. 몇몇 호위병이 칼을 뽑아 대들었으나 순식간에 피투성이가 되어 쓰러져야만 했다. 번득거리며 코앞에 다가온 셀 수도 없는 창날 앞에 적해는 무릎을 꿇고 말았다. 수장이 사로잡혔으니 일만 군사 또한 모두 사로잡힌 꼴이었다. 적해와 휘하 장수들은 너무도 간단히 포박당한 채 성안으로 끌려가 적장 앞에 무릎을 꿇었다.

"네 꾀가 나름 기특하더구나. 항복하면 중히 쓰리라."

돌연 들려온 여인의 목소리에 적해는 고개를 들었다. 모용인의 옆에는 고구려의 태후 주아영이 나란히 앉아 자신을 내려다보고 있었다. 하도 한스럽고 억울하여 적해는 그녀와 모용인을 번갈아 가리키며 욕설을 내뱉었다.

"어찌 교활한 여인네와 그에 홀린 반역자가 대장부를 욕보이는가. 비열한 계략에 속아 잡혔으니 이 자리에서 죽고 말리라."

이에 모용인이 답하였다.

"나는 대선우의 자식이며 태후께서는 대선우의 오랜 벗이다. 모용황이 대선우를 내친 원수임은 너 또한 잘 알 터, 어찌 그런 불효자를 위해 아까운 목숨을 버리려 하느냐."

"헛소리 말라. 주공께옵서 대선우의 정통한 후계자임은 천하가 아는 바이다."

"그 정통한 후계자가 선친의 묘소조차 금지로 만드느냐!"

벼락같은 호통에 이어서 모용인은 평곽의 성벽에 높이 휘날리는 깃발을 가리켰다.

"저기 대선우의 깃발이 보이느냐. 나는 하늘의 뜻을 받아 청산에서 이를 얻었고 모용황은 저 깃발을 들었다는 이유로 나를 반역자라 칭하였다."

적해는 눈을 들어 깃발을 바라보다 모용인 근처에 시립한 몇몇 얼굴들을 발견하였다. 익숙한 얼굴이라 잠시간 기억을 떠올리려 애쓰던 그는 이내 짧은 신음을 내었다. 하나같이 모용부에서 중책을 맡던 이들이거나 복속한 부족의 족장들이었다. 게다가 늘어선 군사를 보니 그 숫자가 또한 일만에 가까워 과거 기껏해야 삼사천에 불과했던 평곽군의 규모가 아니었다. 모두가 저 모용외의 깃발 아래 모여든 것이리라. 그렇게 생각하며 갈등하는 그의 머리 위로 주아영의 준엄한 목소리가 재차 떨어졌다.

"나는 비록 고구려인이나 대선우의 명예를 회복하고 모용부의 백성을 구하리라 결심하였다. 대답하라. 과거 대선우도 지금의 모용황처럼 너희 백성의 목숨을 파리 목숨처럼 생각하였는가! 신하와 장수의 숨통을 틀어쥐고 오직 두려움으로 통치하였는가!"

주아영의 물음에 적해는 결국 고개를 꺾었다. 모용인에게는 충분한 명분이 있었고, 그의 곁에 앉아있는 사람은 다름 아닌 고구려의 태후였다. 정말로 고구려의 힘을 등에 업는다면 향후의 승산은 모용황보다는 오히려 모용인에게 있으리라.

"장군과 태후의 깊은 뜻을 모르고 흰소리를 하였습니다."

곧 투항한 적해와 일만여 군사는 모조리 모용인의 휘하에 들어갔다. 그로써 평곽의 군사는 일거에 두 배로 불어나 이만에 달하는 숫자가 되니 소문은 근방으로 퍼져 날이 갈수록 평곽으로 몸을 기대어 오는 이가 늘었다. 이 소식을 접한 모용황은 이에 가담한 이들의 친인척 및 지인들을 모조리 잡아다 참수한 후 다시금 군사를 일으킬 계획을 세웠다.


"소신과 한수 장군을 함께 보내주십시오."

출병을 놓고 생각에 빠진 모용황에게 오른팔 격인 책사 송해가 나서서 분연히 외쳤다.

"적은 모용인의 궁색한 반란군이 아닙니다. 무리의 성격을 논할 때에는 우두머리를 논하는 법, 저들의 우두머리는 모용인이 아닌 주 태후이며 따라서 저들은 고구려의 군사입니다."

"송해."

"그간 소신이 고구려의 전법을 깊이 관찰한바 그들의 수성 (守城)에는 반드시 청야(淸野) 전술이 동원되며 이를 파해(破解)하기에 적당한 장소로는……."

"송해."

재차 던져진 모용황의 목소리에 송해는 입을 다물었다.

"예, 주공."

"나는 두렵다."

도무지 어울리지 않는 소리를 뱉어내며 모용황은 고개를 저었다.

"그 계집이 피 한 방울 흘리지 않고 모용인과 평곽을 집어삼키더니 이제는 칼 한 번 휘두르지 않고 적해와 일만 군사를 온전히 거두었다. 나의 것이 조금씩 그 계집의 것으로 변하고 있다. 이것은 여역(癘疫)이다. 과거 내 아비가 걸렸던 염병이 역신(疫神)에 의해 또다시 이 땅에 창궐한 것이다."

"역신이라니요. 그것은 그저 얕은꾀에 홀린……."

"얕은꾀?"

모용황은 공허한 얼굴에 짙은 비웃음을 떠올렸다.

"지금 네놈 혼자 극성 밖으로 나가라. 나가서 적국의 수만 군사와 여러 군현을 빼앗으라. 네 홀몸으로 그것이 가능하다면 그때에 얕은꾀라는 말을 다시 쓰라."

"……."

"싸움은 적을 인정하는 데에서부터 시작하는 법. 너는 상대할 수 없는 적을 두고 주제넘은 호기를 부렸으니 이미 패한 것과 같다. 패장의 책임을 물어 그 목을 치리라."

송해가 채 비명을 내기도 전에 모용황은 갑자기 칼을 뽑아 심복의 목을 내리쳤다. 끔찍한 광경에 신하들이 눈을 감아버린 가운데, 송해의 목젖 한 치 앞에서 칼을 멈춘 모용황은 무심한 한마디를 뱉어냈다.

"내 온 백성의 생업을 거두어 한 칼을 준비했거늘 네놈이 그 칼을 함부로 내던지는구나. 그간의 공적을 생각하여 목숨만 붙이리라."

그렇게 송해를 내치니 두려움에 질린 송해는 두말하는 법 없이 물러났다. 심복 중의 심복인 그가 그리도 간단히 쫓겨나는 광경을 본 좌중이 모두 눈치를 살피며 침묵만을 지키자 모용황은 이 꼴을 지켜보며 입술을 비틀었다.

"못난 놈들. 시키는 대로만 따르는 그 됨됨이가 불쌍하다. 후대에 이름을 남길 놈이라고는 하나도 없다."

이어서 그는 목소리를 높였다.

"내가 기회를 주마. 네놈들 따위조차 이름을 남길 수 있는 성전(聖戰), 모용부의 망령과 고구려의 역신을 물리치는 위대한 전쟁. 거기서 너희의 존재를 증명하라!"

모용황의 거친 목소리가 대전을 뒤흔들었다.

"모용부의 모든 장수, 병사, 물자를 총동원하여 평곽성을 친다! 이후로 신성을 거쳐 평양성을 함락시킬 때까지 모용부의 그 누구도 돌아오지 못하리라!"

당시 모용부의 세력에 잔존한 인구는 십여만 호(戶)였는데, 모용황이 그 가운데 팔만 군사를 편성하니 두 가구에서 한두 명씩의 병졸을 징발한 셈이었다. 그 팔만 군사 가운데 일만을 남겨 석종과 모여니로 하여금 극성을 지키도록 하였고 이만 군사는 한수에게 주어 동쪽으로 진군시켜 모용인의 휘하로 복속한 양평을 치도록 하였다. 그리고 나머지 오만 군사는 스스로 맡아 지휘하였는데 그 진로를 남으로 향하니 뭇 장수의 의문을 샀다. 극성의 남쪽이란 깊은 바다와 맞닿은 땅이었고 모용부에는 그만한 배가 없는 까닭이었다.

"내가 망령과 역신의 무리를 잡으러 가는데 하늘이 나를 돕지 않을 까닭이 없다. 너희는 걸어서 바다를 건너리라."

군영 내의 술렁임을 한마디로 일축한 모용황이 의문을 갖는 자가 있으면 목을 치리라 선포하니 장졸들은 믿지 못하는 가운데도 남쪽으로 향했다. 그리고 목적지에 도착한 이들은 귀신이라도 본 듯 다리를 떨며 모용황을 향해 무릎을 꿇고 큰절을 올렸다. 수십 년간 결코 얼어붙지 않았던 바닷물이 그해의 혹한에 정말로 얼어붙어 있던 까닭이었다.

"진실로 하늘이 내리신 군주로다."

얼어붙은 바다에 당당히도 올라선 모용황을 보며 오만 군사는 언 바닷길을 한 치의 의심도 없이 밟고 도해(渡海)하기 시작하였다. 육로에 비해 반절도 되지 않는 거리인 데다 사방이 트인 바다 위로 진군하는 군사에 첩자가 드나들 수 있을 리 없으니 이 대군의 진군이란 기습과도 같은 것이었다.

바닷길에 오른 모용황의 본군은 평곽성으로부터 불과 십여 리 근방에 들 때까지도 탐졸(探卒)의 눈에 띄지 않았다. 그렇게나 빠르게, 그리고 그렇게나 많은 전력이 바닷길을 통해 들어오리라는 생각은 평곽의 누구도 하지 못한 것이었다. 얼음바다를 밟고 다가오는 오만 대군의 위용에 평곽군의 군졸뿐 아니라 장수까지도 기가 질렸다.

"귀신이다. 귀신의 군사가 바다를 밟고 몰려온다!"

미처 대비할 시간조차 없었다. 모용황의 토벌군은 거대한 파도처럼 밀려와 근방의 요지와 관문에 주둔하던 군사들을 한순간에 휩쓸었고 쉬는 법 없이 성벽을 때렸다. 그야말로 속수무책이었다. 한 번 제대로 싸워보지도 못하고 평곽군의 사기는 물론 그간 총력을 다해 준비했던 수많은 전술과 전략이 모두 무용지물이 되었다. 근방의 성으로 이어지는 보급로가 순식간에 끊기고 원군이 닿을 길이 차단되니 평곽군은 두껍고 높은 성벽에 의지하여 조금씩 생명을 연장할 뿐 희망을 품을 길이 없었다.

"태후, 길이 보이질 않습니다. 모든 일이 물거품이 되는 것만 같습니다."

검게 죽은 얼굴로 신음하는 모용인에게 주아영은 나지막한 음성으로 대꾸하였다.

"바닷길이라……. 생각보다 모용황의 그릇이 크구나."

"바다가 얼어붙을 줄이야 누가 알았겠습니까. 어쩌면 저놈은 그야말로 하늘이 내린 왕이 아닌가 하는 생각이 듭니다."

"너무 괴로워 말거라. 신성 태수와 일만 군사가 적의 배후 창려로 향하고 있으니."

"신성 태수라 하셨습니까?"

신성 태수란 바로 그 위명 높은 대장군 고무를 가리키는 것임을 모용인 또한 잘 알고 있었다. 과정이야 어쨌든 그는 천하무쌍이라던 모용외를 쓰러뜨린 자였고, 이후로 스무 번이 넘는 전투에서 단 한 번의 패배도 겪지 않은 명장이었다. 그 고무가 고구려 정병을 이끌고 창려, 곧 극성으로 향했다는 말에 모용인은 목소리를 높여 다시 물었다.

"정말로 고무 장군이 극성으로 가고 있습니까?"

"만약을 위한 안배였거늘 이제는 그에게 많은 희망을 걸어야만 하겠다."

모용인은 일말의 희망이 불끈 솟아오름을 느낌과 동시에 그녀의 만전을 기한 안배에 감탄하면서도 은연중에 품었던 의심과 원망이 부끄럽게 생각되었다. 그는 갑자기 절을 올리려 그녀의 앞에 엎드렸다.

"용서하십시오. 고구려의 군사를 한 명도 데려오지 않았다며 태후를 원망했었습니다."

주아영은 얼굴을 부드럽게 하고 그를 잡아 일으켰다.

"몸가짐이 가볍구나. 우두머리가 될 사내는 함부로 무릎을 꿇는 법이 아니다."

마음 한구석이 울컥함을 느끼며 모용인은 몇 번이고 감사의 뜻을 표했다. 그는 평생 그 누구에게도 받아보지 못했던 온기 어린 애정을 아비의 옛 친구 태후에게서 느끼고 있었다. 모용부를 얻으면 고구려와 영원한 형제의 나라로 지내리라, 그렇게 생각하며 모용인은 눈시울을 붉혔다.

"다만 사기가 걱정이구나. 평곽의 군사는 출신 다른 여럿이 모인지라 일방적인 패색을 보이면 쉬이 와해되리라."

"기세를 잃지 않고 시간을 끌겠습니다. 고무 장군이 적의 뒤를 칠 때까지 어떻게든 사기를 지키며 시간을 끌어보겠습니다."

이어진 수성전은 힘들고 고통스러웠다. 갑절이 넘는 군사의 차이가 있었고, 훈련과 무장의 질 또한 크게 모자랐다. 그러나 결사 항전의 의지를 각 장수에게 전달한 모용인은 그 어느 때보다 절치부심하여 수성에 몰두하였고 어떻게든 사기를 잃지 않으려 직접 군진을 뛰며 혼신의 힘으로 군사를 독려했다. 주아영이 몸소 펼쳐내는 고구려의 수성 전술과 기기묘묘한 계책들이 그를 도와 어떻게든 평곽성을 버틸 수 있도록 만들었고 시시각각 극성으로 접근해 간다는 고구려군의 소식이 평곽군의 마음이 무너지지 않도록 지탱해주었다. 그리고 그렇게 근근이 버텨나가던 어느 하루, 그들은 결국 그 열정에 대한 보답을 얻어낼 수 있었다.

"신성의 고구려 군사가 창려에 닿았다고 합니다!"

고무의 군사가 승승장구하며 관문들을 뚫고 모용부의 심장 깊숙이 들어간다는 소식을 들으며 모용인은 뛸 듯이 기뻐했다.

"이제 모용황은 회군하거나 적어도 군사의 반절은 물리리라!"

경사는 그뿐이 아니었다. 극성에서 도망해 단부로 투항했었던 모용한이 단부의 수장 단요에게 군사를 얻어 극성을 지키던 석종의 군사와 일전을 벌이고 있다는 소식 또한 들려왔다. 연이은 낭보에 환호성을 터트리며 모용인은 그때까지 철저히 아껴오던 고기와 술을 풀어 장졸을 독려하고 스스로를 위로하였다. 그리고 마침내 그는 주먹을 굳게 쥐었다.

'어쨌든 내가 저들을 여기 잡아두면 극성은 속절없이 무너질 것이 아닌가. 이제는 내가 모용부를 갖는 것이 머나먼 꿈만이 아니게 되었다.'

마음을 다잡은 모용인이 주 태후를 향해 말했다.

"적의 마음이 흔들렸을 터, 한번 큰 싸움을 벌여볼 만합니다."

주아영 또한 그의 뜻에 고개를 끄덕이니 이튿날 그는 드디어 본격적으로 모용황의 토벌군과 맞서기를 외치며 전면전을 명했다.

"우리의 의지를 보여라. 적은 배후에 칼을 맞았으니 결코 함부로 싸우지 못하리라. 쉽게 물러서지 말라."

성문이 활짝 열렸고, 모용인은 이만 군사와 함께 적진을 향해 달렸다.

그러나 그것은 엄청난 오산이었다. 적은 그 어떠한 동요도 없었고 조금의 침체도 없었다. 성문을 열고 뛰쳐나온 평곽의 군사를 향해 모용황의 군사는 그 순간만을 기다리고 있었다는 듯 전력을 다해 맞받아쳐 그들을 무참히 도륙한 것이었다.

그간 어떻게든 아끼고 아껴왔던 군사가 허무하게 사라진 날이었다. 겨우 반절의 군사만을 보전하여 달아난 모용인은 성문을 굳게 닫아걸었고 모용황의 군사는 기세를 타고 더욱 거세게 성문을 두드렸다. 본거지를 위협받는 군사라고는 도무지 생각할 수 없는 모습이었다. 단 한 명의 군사조차 극성으로 돌아가지 않고 평곽을 향해 으르렁거리는 토벌군의 사기는 시간이 갈수록 더해갈 뿐이었다. 마치 극성에 대한 소식은 성 안쪽에만 들려오는 것 같았다.

"극성은 대체 어떻게 되었단 말인가!"

머잖아 답으로 돌아온 것은 모용한과 단부의 군사가 석종에게 대패하여 전멸에 가까운 손실을 입었다는 소식이었다. 더군다나 하루가 멀다 하고 전해져 오던 고구려 군사의 소식은 언제부터인가 끊겨 있었다. 평곽은 차츰 절망에 잠겨들었다. 끊어진 소식에 주아영은 경직된 얼굴로 입을 꽉 다물고 있었고, 모용인은 얼굴이 흙빛으로 물든 채 어찌할 바를 몰라 그저 주저앉을 뿐이었다.

# 재사의 길

한편 평양의 고구려 조정에는 일대 소란이 벌어지고 있었다. 그때까지도 평곽의 사태를 모용부의 내란으로만 알고 있었던 조정에 신성 태수 무가 일만 군사를 이끌고 극성을 공략한다는 소식이 전해져 온 것이었다. 태왕마저도 보고받은 적없던 소식이었다. 태왕 사유가 굳은 얼굴로 침묵만을 지키는 가운데 조정은 원군을 보내야 한다는 편과 독단을 벌인 고무 대장군을 불러들여 벌해야 한다는 두 파로 나뉘어 설전을 거듭했다.

그리고 그 소란의 한가운데서 한 사내가 갑주를 걸친 채 평양성에 나타나 태왕을 뵙기를 청하였다. 금방 말을 타고 달려온 듯 흙먼지로 범벅이 된 그를 본 수문장은 눈이 휘둥그레져 어전 회의 중이던 조정으로 뛰어들었다.

"폐, 폐하. 지금 신성의 전령이!"

모든 신하가 너 나 할 것 없이 대전 밖으로 달려나갔다. 굳게 입을 닫고 있던 전령은 오로지 사유가 나타나기만을 기다렸다 입을 열었다.

"폐하, 지금 평곽으로 가셔야만 합니다."

"평곽? 극성은 어쩌고 평곽으로 가라는 말인가. 도대체 고무 대장군은 어떻게 된 것이야?"

사유를 대신해 신하들이 재차 다그쳤고, 이에 전령은 고개를 저었다.

"신성의 누구도 극성에 간 적이 없습니다."

너무도 엉뚱한 대답이었다.

"그럴 리가! 분명히 일만 정예군이 신성을 떠났다는 소식을 들었는데?"

"모든 것은 태후마마의 계책입니다. 고무 대장군과 군사는 지금 평곽에 있습니다."

놀란 신음이 사방에 가득 터져 나오는 사이로 전령은 재차 사유를 급박히 재촉하였다.

"폐하, 지금 즉시 가셔야만 합니다. 이제 모용부의 멸망이 눈앞에 와 있습니다."

알 수 없는 소리였으나 사유는 동생의 요청에 서둘러 말에 올랐다. 평곽까지의 먼 길을 달리는 내내 사유는 무엇을 생각하는지 여느 때와 다르게 이를 꽉 악물고 있었다.

평곽과 서로 돕는 형세를 이루고 있던 배후의 요지 양평은 한수가 이끄는 이만 군사를 맞아 압도적인 군세의 차이에 밀려 쉽게 함락되었다. 그리고 그 소식을 들은 근방의 거취나 신창 등의 현은 희망이 없음을 알고 모두 한수에게 투항하여 모용황의 선처만을 기다렸다. 그렇게 멸망의 순간으로 접어드는 것을 보면서도 평곽은 침묵만을 지켰다.

성벽 위에서 펄럭이던 모용외의 유산도, 몇 수 앞을 내다보던 주아영의 심계(深計)도 더는 희망을 전해주지 못했다. 두껍고 단단했던 평곽의 성벽은 이미 반절 이상이 무너졌고, 이만에 이르던 군사는 이제 불과 오천도 안 되는 부상병의 무리로 변모해 있었다. 원조를 약속했던 근방의 세력은 이미 등을 돌린 지 오래였고 휘하에 복속했던 근방의 성들은 어느 하나 남김없이 함락되어 있었다. 그간 양평 일대를 평정한 한수의 이만 군사가 진군해 온 모용황의 본대와 합류하자 이제 토벌군은 도합 칠만에 이르고 있었다. 그때까지도 극성으로 향했다던 고구려군은 소식이 없었다. 아마도 전멸하였거나 공략에 실패하여 회군하였으리라. 모용인은 그렇게 생각하였다. 이제는 어디에도 길이 없었다.

"모든 것이 끝났구나."

속절없이 기다리던 날들이 이어지다 모든 희망이 사라졌음을 확인하고 만 날 마침내는 주아영도 고개를 떨구었다. 그리고 그날 밤 그녀는 홀연히 자취를 감추었다. 엄지를 비롯한 몇몇 인물 또한 사라졌다. 모용인은 배신감에 몸을 부르르 떨었으나 이해하지 못할 것도 아니었다. 애초부터 이 싸움은 그의 전쟁이었고, 그녀는 부탁에 의해 머물렀을 뿐이었다. 돌이켜 생각하니 그간의 일이 모두 일장춘몽(一場春夢)이라 홀로 남은 모용인은 물거품이 되어버린 꿈에 눈물을 흘리며 몸부림치다 마지막 결심을 냈다.

'투항.'

모용인은 스스로를 포박한 뒤 백기를 들고 성문 앞에 나섰다. 열린 성문으로 모용황이 들었고 살아남은 장수와 군사는 모조리 사로잡혀 양옆으로 바닥에 무릎을 꿇린 채 모용황의 처분만을 기다렸다. 위풍당당한 모습으로 성내에 든 모용황은 그들 중 누구에게도 눈길을 주지 않았다. 천천히 그들의 사이로 말을 몰며 모용황이 바라본 것은 오직 성벽 위에 높이 휘날리는 모용외의 깃발이었다.

"망령!"

모용외의 깃발을 바라보며 모용황은 나직이 중얼거렸다.

"아비여. 아무리 잘라내어도 당신은 모용부에 휘날리고 있구려."

깃발은 흡사 그 말에 응답이라도 하듯 더욱 거세게 펄럭였다. 말에서 내려 성벽으로 오르는 길을 걸으며 모용황은 연신 독백을 이어갔다.

"이제는 꺾일 때도 되었소. 이제 나는 내 자식을 제외한 모든 모용씨를 죽일 셈이오. 그다음은 고씨요. 천하의 모든 고씨를 죽이고 나면 그다음에는 다시 주씨를 죽이겠소."

성벽에 올라 한 걸음 한 걸음 깃발에 다가가면서 그는 칼을 뽑아 들었다.

"당신이 품었던 연정 하나가 얼마나 큰 재앙을 뿌렸는지 저승에서라도 똑똑히 보시오."

깃대와 깃발이 반으로 잘리며 떨어지는 순간 모용황은 깃발과 함께 펄럭이던 모용외의 모습을 온전히 지웠다. 오랜 시간이었다. 이미 죽어 무덤에 묻히고서도 그의 그림자는 결코 사라지지 않고 끈덕지게 모용황을 괴롭혀 온 것이었다. 모용황의 눈에 비로소 온전히 하나가 된 모용부가 들어왔다. 높은 성벽 위에서 그는 사방을 둘러보다가 문득 커다란 웃음을 터트렸다.

"으하, 하하하, 으하하하!"

그의 웃음은 그칠 줄을 모르고 오랜 시간 온 성벽을 울렸다. 한참을 발광하듯 터트려낸 웃음의 끝에서 그는 큰 소리로 성벽 아래의 군사와 장수들을 바라보며 외쳤다.

"연(燕)이다. 이것이 과거 내 아비가 세우지 못했던 나라의 이름이다."

냉정하기 짝이 없는 모용황도 건국을 선언하는 이 순간만은 감격하여 목소리가 갈라졌다.

연. 제비가 날아오는 마지막 북쪽 땅 모용부. 날이 추워지면 강남으로 내려가는 제비에게 모용부와 강남은 각기 또 다른 고향이라, 모용부의 강역은 강남까지 아울러야 한다는 의미로 과거 모용외가 일으킨 뜻에 사도중련이 붙여준 이름이었다.

"천 년을 잇는 제국이 되리라! 온 세상을 정복할 대제국이 시작되는 순간이다. 모두 외쳐라. 지금 이 순간 그 위대한 역사가 탄생되었도다! 내가 바로 연의 첫 황제, 모용황이다!"

천지가 떠나갈 듯 환호성이 일었다. 과거 모용외와 사도중련이 미처 이루지 못했던 모용부의 꿈이 이제 서른 해가 지나서야 다시 모용황의 입에서 터져 나온 것이다.

"연 만세!"

"모용 황제 만세!"

"연 만세!"

"모용 황제 폐하 만만세!"

모용부의 장졸은 엎드려 숨이 끊어질 듯 무한히 그 이름을 연호했다. 바다를 밟고 일어선 황제. 하늘이 내린 왕. 그리고 그를 따르는 하늘의 군사. 이제 모용황은 약속한 대로 고구려를 짓밟고 동쪽의 하나뿐인 황제로 거듭날 것이었다. 그의 아비 모용외의 용맹에 지략까지 겸비한 모용황은 충분히 그러한 모습을 보였고 그의 백성들은 뒤늦게 그가 결코 보통 사람이 아니라는 걸 깨우치고 있었다.

"시작과 끝이 함께하니 세상사 참으로 공교롭도다."

평곽성 뒤의 야트막한 남산. 그 정상 부근에서 일말의 조소가 담긴 한마디가 흘러나왔다. 홀연히 자취를 감추었던 주아영, 그녀가 평곽성을 바라보며 던진 말이었다. 그녀의 곁에는 엄지를 비롯한 몇몇 인물이 함께 서서 연 건국의 장면을 지켜보고 있었다.

"결국 모든 것이 말씀하신 대로 되었습니다."

"그래. 그렇게 되었다."

탄성 어린 목소리에 이어 약간 감회에 찬 주아영의 말이 오갔다. 목소리의 주인공은 무였다. 극성으로 향한 것으로 세상에 알려졌던 그는 이 순간 그의 어머니와 함께하고 있었다.

"평곽으로 든 것은 이만, 나머지 오만 군사가 십여 리 안쪽에 주둔하고 있습니다. 우리 군사보다 도합……."

"장수를 잡으면 일백 군사를 잡는 셈이고……."

뚱딴지같은 주아영의 말에 잠시 고개를 갸웃하던 무는 이내 빙그레 웃으며 그녀의 말을 받았다.

"장군을 잡으면 일만 군사를 잡는 셈이며……."

태자 책봉의 날 밤, 그가 애써 마음을 추스르며 내놓은 물음에 대한 어머니의 대답, 그때의 문답이 다시 이어졌던 것이다.

"왕을 잡으면, 그 군사를 모조리 잡는 셈이다."

주아영이 단호하게 말을 맺었다.

그리고 마침내 무가 활을 들었다. 끊어질 듯 팽팽히 당겨진 시위는 이내 화살 한 발을 쏘아냈고, 질 좋은 기름에 절여진 화시(火矢)는 거센 바람을 타면서도 불꽃을 꺼트리지 않은 채 오백 보(步)를 날아 평곽의 성벽을 넘었다. 그것이 신호였던 듯 연이어 수하들이 쏘아붙인 수백 대의 불붙은 화살이 그 뒤를 따랐다.

모용황의 눈에 번쩍이는 불빛이 들어왔다. 성벽 아래에서는 연신 천지가 떠나갈 듯 연 황제를 연호하는 환호성이 일어 귀가 먹먹한 가운데 불빛이 기나긴 곡선을 그리며 그의 발 언저리에 떨어졌다. 불화살. 그 정체를 확인한 순간 그의 눈이 성벽 안에 즐비한 항아리에 미쳤다. 미처 확인할 틈도 없었던 그 항아리들은 성벽 밑 여기저기에 숱하게 놓여있었다. 좀처럼 놀라는 법이 없던 그의 눈이 찢어질 듯 부릅떠졌다.

"……!"

연이어 날아든 불화살이 항아리를 깨트리고 그 안에 넘실대던 기름에 불을 붙였다. 순식간에 일어난 불길은 다른 항아리에 닿았고, 항아리들은 연쇄적으로 터져나갔다. 하나의 항아리가 터질 때마다 근처 수십의 항아리들에 불을 이어 붙였다. 수백, 수천 개의 항아리가 키워낸 불기둥은 순식간에 하늘 끝을 찔러버렸다. 거대한 화마(火魔)가 폭풍처럼 평곽 성내를 덮었다.

단 하나뿐인 성문은 그 많은 군사가 한꺼번에 뛰어나가기엔 너무도 좁았다. 불타는 군사들이 서로 부대끼며 몸부림치다 자리에서 쓰러지니 하나 있는 성문이나마 불붙은 시체 더미로 막혀버린 꼴이었다. 성벽으로 뛰어올라 투신하는 자, 피아(彼我)를 구분 않고 칼부림을 하며 달리는 자, 몸에 불이 붙어 괴로워하다 스스로 목을 찌르는 자……. 불길은 승전군과 패전군을 가리지 않고 성안의 모든 것을 잿더미로 만들며 처절한 지옥도(地獄道)를 그려냈다. 그 가운데 누구도 모용황의 안위를 살필 겨를이 있을 리 없었다.

"주, 주군……!"

평곽의 병화(兵火)는 십여 리 밖, 남은 오만여 군사를 이끌던 한수의 눈에도 똑똑히 들어왔다. 모용황의 충신이자 모용부 제일의 무장 한수는 갑주를 걸치는 것조차 잊은 채 말에 올라 군사를 닥치는 대로 이끌고 평곽으로 달렸다. 그리고 평곽성 근처에 다다라서 그는 정연히 늘어선 고구려 정병을 목격했다.

"……고무."

이미 몇 번 보아온 낯익은 얼굴. 선두에서 말을 세운 채 비스듬히 철창을 늘어트린 장수는 틀림없는 고구려 장수 고무였다. 한수는 달리는 말을 멈추지 않았고 고무와 일만여 신성군은 기다렸다는 듯이 일제히 활을 들어 달려오는 적을 겨누었다. 엉망진창으로 뒤엉킨 싸움이 시작되는 가운데, 평곽을 집어삼킨 불길은 여전히 춤을 추고 있었다.

멀리서부터 숨 가쁘게 말을 달려온 사유 일행에게도 그 거대한 불길은 똑똑히 보였다. 사유는 말을 멈추고 불타는 평곽성을 바라보았다.

"저 안에 모용황이 있다는 말인가?"

상황을 보고받은 사유의 물음에 무의 전령은 고개를 숙여 수긍하였다. 이윽고 뒤따르던 신하들의 감탄과 환호성이 물밀듯이 터져 나왔다.

"아아!"

"도대체 태후께서는!"

기쁨에 못 이긴 신하들이 외쳤다.

"세상에 이게 다 무어란 말입니까. 누가 그분을 사람이라 하겠습니까! 고구려를 수호하는 신령이십니다. 신령이 태후의 몸을 타고 세상에 나셨습니다!"

전해오는 감격이란 말로 다 못 할 것이었다. 그야말로 십만 군사로도 해내지 못할 일을 그들의 태후가 홀몸으로 이루어 낸 이 믿지 못할 광경을 보면서 고구려의 장졸들은 할 말을 잊었다. 그간 사유의 온건 일색인 치세 하에서 막힌 가슴만 부여 잡던 그들에게 이 광경은 통쾌하고 시원하다 못해 감동적이기까지 한 것이었다. 사유의 편에서 그의 친화책을 지지하던 이들조차 주먹을 흔들며 환호성을 터트렸다.

"대장군께서는 저곳에 계십니다."

전령이 가리킨 곳에는 접전을 벌이는 무의 일만여 군사가 있었다. 어떻게든 평곽성으로 다가가려는 한수의 오만 군사를 막아선 이들은 적을 농락하듯 진퇴를 거듭하며 조바심으로 초조한 한수의 발목을 잡아두고 있었다.

"끝이구나! 저 싸움이 끝나기 전에 모용황은 이미 뼈까지 불타 없어지리라!"

무의 용맹스러운 모습에 신하들이 다시 한번 환호하는 가운데 묵묵히 이를 지켜보던 사유는 말고삐를 잡아챘다. 그가 향하는 곳은 전장이었다. 신하들도 더없이 상쾌한 마음으로 그의 뒤를 따랐다. 한사코 화친만을 주장하던 그들의 태왕마저도 이제는 직접 전장에 나서 용기를 북돋우려 하고 있었다. 대를 이어 내려오던 숙적 모용부와의 싸움이 마침내 마무리되는 순간이 다가오고 있었다.

# 흩어지다

　무는 정신을 모았다. 어머니는 도무지 사람의 것이라 생각할 수 없는 신묘한 계책으로 일을 벌였고 그 마지막 매듭을 짓는 순간을 자신에게 주었다. 이제 평곽이 완전히 불타 그 안의 모든 생명을 앗아갈 때까지 적을 묶어두기만 하면 모든 일이 끝나는 것이었다. 길고 길었던 모용부와의 숙명적인 대결을 종식시키는 마지막 한칼이 자신의 손에 있었다.

　그동안 무는 이 순간만을 위해 살았다. 내면에서 들끓는 격정과 야망을 제어하며 나라를 위해, 아버지와 어머니를 위해, 그리고 형을 위해, 자신의 한 몸을 바칠 순간만을 기다리며 무는 살아왔다. 자신에게는 아무것도 바랄 것이 없었다. 오로지 나라만을 위해 살 것이었다. 아버지와 어머니, 그리고 왕과 왕후와 왕자. 이들은 곧 나라였고, 자신의 뼈와 살이었다. 아버지에 대한 원망과 형에 대한 갈등이 왜 없었겠는가마는 무는 신체만큼이나 영혼도 강했다. 무는 자신의 모든 갈등을 우국충정으로 승화시키는 데 온갖 노력을 다했고 또 이겨냈다. 이제 때가 되어 어머니의 부름이 있었고 무는 환호하며 이에 응했던 것이다.

"이노오오옴!"

순간 한수가 괴성을 지르며 불나방처럼 달려들었다. 그러나 천하의 내로라하는 영웅들 사이에서 평생을 부대껴온 무였다. 한수의 창을 잡은 자세나 말을 모는 모양만으로 이미 몇 수 아래임을 알아본 그는 굳이 합을 섞을 것도 없이 그를 비껴서 말을 내달리고는 몸을 뒤집어 등 뒤로 화살을 한 대 쏘았다. 아득한 어린 나이에 뭇 장수들의 감탄을 자아냈던 배사(背射)의 재주는 이번에도 여지없이 목표를 정확하게 꿰뚫으니 한수는 허무하게도 등짝에서 피를 흘리며 낙마하고 말았다.

"기세를 높여 적을 막아라. 모용황의 죽음이 알려지는 순간 적은 투항하리라."

어쨌거나 적은 아군의 다섯 곱절이 넘는 대군이었다. 자칫하면 기세가 꺾이는 것 또한 순간이리라. 무는 누구보다 앞서서 모용부 군사의 한가운데로 뛰어들었다. 날아드는 칼을 걷어내고 찔러오는 창을 피하며 신들린 듯 적을 쓰러뜨렸다. 한참 무아지경에 빠져 싸우던 무는 시간이 제법 흘렀음을 느끼고 흘낏 등 뒤를 바라보았다. 평곽의 불길은 여전히 하늘을 가득 메운 채 아귀처럼 일렁이고 있었다. 이쯤 되면 모용황이 살아남았을 가능성은 없으리라 생각하며 회심의 미소를 짓던 무는 어느 순간 눈을 크게 부릅떴다.

"아니!"

백기(白旗). 휴전을 뜻하는 십여 기의 백색 깃발이 돌연 모용부가 아닌 고구려 군사들의 손에 들려져 있었다. 그리고 그 신호에 맞추어 군사들은 각자 병장기를 거둔 채 물러서고 있는 것이었다. 무는 순간 몰려드는 어지럼증에 아찔하여 몸을 비틀거렸다. 무언가 일어나서는 안 될 일이 일어나고 있었다. 그는 창을 거세게 휘둘러 주위의 적군을 몰아내고 미친 듯이 말을 달려 후방으로 향했다.

"도대체 이게 무슨!"

악을 쓰듯 외치던 무는 도무지 믿을 수 없는 광경을 보았다. 자신의 형, 고구려의 태왕이 직접 백기를 높이 든 채 평생 한 번도 본 적 없는 표정으로 입을 악다물고 자신을 노려보고 있었다.

"형님……?"

"군사에 명하라. 어떻게든 모용부를 도와 저 불길을 잡으라고!"

무는 벌어진 입을 천천히 다물었다. 그리고 믿을 수 없다는 듯 고개를 저었다. 가당키나 한 일인가. 백기라니. 불길을 잡으라니. 이유는 알 수 없으나 태왕은 이 통렬한 승리의 순간을 직접 가로막고 있었다. 무는 눈가를 떨며 이를 악물었다. 그러고는 세차게 고개를 저었다.

"그럴 수 없습니다."

그러나 태왕은 이제 무를 보고 있지 않았다. 대신 주위의 장수들을 향해 평소 그 어느 때에도 내지 않았던 신경질적이고 다급한 목소리로 날카로이 외쳤다.

"무얼 하느냐! 당장 불길을 잡으라 하지 않느냐!"

"형님!"

사유는 무의 말은 들은 척도 않고 머뭇거리는 장수들을 향해서 재차 비명과도 같은 고함을 쳤다.

"가라지 않느냐! 따르지 않는 자는 이 자리에서 참수할 것이다!"

사유는 제대로 잡을 줄도 모르는 칼을 뽑아 들고 있었다. 그제야 장수들은 서둘러 군진을 뛰며 군중에 태왕의 명을 전달하였다. 이윽고 고구려 군사들은 반으로 갈라서서 적에게 길을 내어주고, 나아가 이들을 도와 움직이기 시작하였다. 믿을 수 없는 그 광경에 무는 어떠한 생각도 할 수 없었다. 제자리에 서서 분노에 찬 눈으로 사유를 응시할 뿐이었다.

"태왕의 명이다! 불을 꺼라!"

"싸움은 끝났다! 적을 도와 불을 꺼라!"

맹공을 퍼붓던 고구려군은 어리둥절해하면서도 마침내 태왕의 엄명이라는 말에 적을 도와 화재 진압에 나섰다.

그렇게 수만 군사가 한뜻으로 불길을 잡기 위해 물을 길어

나르고 나서도 평곽의 불길은 한참이 지나서야 잡혔다. 불길을 잡고 보니 이미 성내에 갇혔던 군사와 백성들은 태반이 불타 죽었고 전각이든 가옥이든 모조리 불타 폐허로 변해있었다.

모용부 장졸들은 온통 재로 뒤덮인 광경에 진저리를 치며 그제야 자신들의 왕인 모용황을 애타게 찾기 시작했다. 한참을 찾아도 보이지 않던 모용황은 온 성을 다 헤집고 나서야 어느 시체 더미 깊은 곳에서 발견되었다. 그는 살아있었다. 끊어질 듯 미약한 숨을 겨우 몰아쉬는 그에게 모용부 장졸들이 달려가 울부짖었다.

"폐하, 이게 대체 무슨 일이란 말입니까."

심한 화상으로 몸의 절반이 알아볼 수 없게 일그러진 모습이었다. 말라붙은 피와 진물로 범벅이 된 모용황은 타다 남은 옷만으로 겨우 그의 신분을 증명하고 있었다. 모용부의 온 장졸이 통곡하며 그를 부축하여 걸음을 옮겼다.

"모용 선우."

그때였다. 문득 사유의 목소리가 조용히 울렸고, 급박함과 조바심에 저만치 밀려나 있던 의문이 그제야 다시 전장에 돌아왔다. 승리의 순간에 백기를 잡아 든 고구려의 태왕에게, 도무지 알 수 없는 행동을 보인 주인공에게 온 눈길이 한꺼번에 쏠렸다. 수천수만의 눈길을 한 몸에 받으며 천천히 걸음을 옮긴 사유는 모용황의 바로 앞까지 다가와 모든 의문을 일축하듯 돌연 고개를 깊이 숙였다.

"모용 선우, 사죄드립니다."

"……네놈."

흉측하게 일그러진 얼굴로 이를 악문 모용황에게 사유는 거듭 고개를 숙였다.

"고구려의 뜻이 아니었습니다. 고구려는 오로지 모용부와의 화친을 원할 뿐입니다."

사유는 고개를 숙이다 못해 엎드리듯 모용황에게 용서를 구했고 차오르는 모멸감을 참지 못한 모용황은 이를 듣지 못한 척 그를 향했던 눈길을 거두었다. 그리고 문드러진 입술 사이로 나오지 않는 목소리를 억지로 짜내어 주위의 장수들을 채근했다.

"가자."

곧 장수들은 거의 정신을 잃어 고개를 떨어트린 모용황을 업고 그 자리를 떴다. 이를 따라 모용부의 남은 군사도 모두 걸음을 옮겼다. 천 가지 만 가지 의문으로 가득한 전장. 그러나 물러나는 이들도 보내주는 이들도 아무 말이 없었다. 한없이 가라앉은 침묵 속에서 그렇게 평곽의 전화(戰火)는 마무리되었다.


고구려의 태후 주아영은 산 위에서 이 모든 광경을 지켜보고 있었다. 이제 싸움은 끝났다 여기고 온전히 태후의 차림을 갖춘 채 태왕을 기다리고 있던 그녀는 사유의 도착부터 백기가 올라가기까지, 마침내는 불길을 잡고 모용황을 구해내는 장면에 이르기까지 수만 가지로 바뀌는 표정 속에서 홀로 감정을 추슬렀다.

도저히 참아낼 수 없는 울화와 분노를 필사적으로 억누르며 사태를 지켜보던 그녀는 마침내 사유가 모용황 앞에 고개를 숙이며 사죄하는 광경에서는 결국 견뎌내지 못하고 깨물었던 입술을 터트리고야 말았다. 한 줄기 붉은 피를 흘려내던 그녀의 입술이 부르르 떨리며 마침내 소리를 만들어냈다.

"보고 계십니까?"

그녀는 하늘을 우러르며 말했다. 갑갑하게 내려앉은 적막보다 더욱 무거운 목소리였다.

"당신의 선택이 어떤 결과를 낳았는지 똑똑히 보고 계십니까?"

주아영의 떨리는 손이 자신의 머리께로 향했다. 그리고 태후의 관을 잡았다. 삼십여 년 전 을불이 씌워준 금관을 그녀는 양손으로 들어 바닥에 내려놓았다. 그러고는 천천히 절을 올렸다. 무릎을 꿇고, 손을 바닥에 놓고, 이마를 땅에 대었다. 한스러운 독백이 그 뒤를 이었다.

"모두가 틀렸습니다. 저 아이가 틀렸고, 저 아이를 선택한 당신이 틀렸고, 당신을 선택한 제가 틀렸습니다."

바닥에 댄 손끝에 점차 힘이 들어갔고, 흙바닥을 파고드는 그녀의 손톱에 피가 맺혔다. 고요한 가운데도 떨리는 목소리가 마침표를 찍어내듯 통한의 한마디를 뱉어냈다.

"지어미의 도리도, 태후의 도리도, 어미의 도리도 이제 모두 내려놓겠습니다."

아영은 금관을 그 자리에 둔 채 돌아섰다. 이제껏 그녀를 믿고 따라온 이들, 낙랑과 모용부, 고구려를 오가며 온 천하를 주유해 온 이들이 멍한 얼굴로 혹은 눈물을 흘리며 그녀를 바라보고 있었다. 아영은 더없이 가라앉은 얼굴로 그들을 마주하였다.

"나는 이제 영원토록 나서지 않을 것이다."

비통한 신음이 여러 사람의 입에서 흘렀다. 그들은 태후의 마음을 달랠 길이 어디에도 없음을 알고 있었다. 통렬한 비책이, 자식을 향한 애정과 나라를 위한 정성이 막 결실을 맺으려는 바로 그 순간 자식이자 나라인 사유가 그것을 저버렸다. 일찍이 누구도 겪어보지 못한 배신감이 그녀의 마음을 갈기갈기 찢어놓았음을 처음부터 끝까지 생생히 목도한 탓이었다.

"너희들은 고구려에 목숨을 구걸하지 말라. 나의 세월 또한 마지막까지 죽느니만 못한 일들로 채워지리라."

아영은 소매를 들어 비수를 꺼냈다.

"그 세월 내내 너희의 명복을 빌겠다."

엄지가 두 손으로 칼을 받아 들었다.

"잊지 않을 것입니다."

그녀가 태어나던 순간부터 함께했던 주가장의 가신. 주인의 정인이었던 모용외를 따랐다가 다시 주인의 곁을 지키고자 고구려로 돌아왔던 그. 그의 늙은 목소리는 결코 동요하지 않을 것만 같던 아영의 눈을 흔들리게 만들었다.

"홀로 모용부를 꺾은 단 일인의 영웅이 있었음을. 바로 그분을 제가 모셨었음을."

엄지는 곧 번뜩이는 단도를 들어 일말의 망설임도 없이 제 목젖을 찔렀다. 신음 한 번 내지 않고 절명해 버린 그의 뒤를 다음 사람이 따랐다. 반평생 신분을 감추고 송해의 심복으로 살아간 인물, 그는 평곽의 소식을 극성에 과장하여 전한 이였다. 다음으로는 평곽의 화재를 준비한 인물이 단도를 받아 들었다. 곧 건업에 금을 풀어 재사를 모집한 자, 고구려군이 극성으로 향한다는 거짓 소문을 전한 자가 이어서 스스로 목숨을 끊었다.

아영은 붉은 선혈로 물든 입술을 뭉그러지도록 깨물었다. 모두가 친정에서부터 자신의 뜻에 단 한 번의 어그러짐이 없이 평생을 따라준 이들이었다. 수족이 잘려나가는 듯한 고통을 느끼며 아영은 두 눈을 똑바로 뜨고 그 참극을 끝까지 지켜보았다. 우두커니 서서 자리를 지키던 그녀는 마지막 한 명이 숨을 끊는 순간 모질게도 떴던 눈을 감아버리고 말았다. 억지로 가라앉힌 마음이 끓는 소리를 내었다.

"만사에 통했다 여겼건만 세상사 정말 시작과 끝을 알 수 없구나."

회한에 찬 한마디를 남긴 채 그녀는 쓸쓸한 발걸음을 떼어놓았다.

그렇게 평양으로 돌아간 그녀는 스스로 북전에 유폐해 버렸다. 과거의 유폐와는 달랐다. 가끔 걷곤 하던 궐의 정원에도, 간혹 얼굴을 내비치던 창가에도 태후의 모습은 더 이상 보이지 않았다. 그렇게 그녀는 북전에서 누구와의 접촉도 끊은 채 스스로를 살아있지 않은 인물로 만들어버렸다.

# 누구를 위한 나라이냐

"폐하!"

평곽에서 돌아오던 사유의 행렬은 평양에 거의 이르러 잠시 동안 멈춰 서야 했다. 덩치가 커다란 사내 하나가 마치 멧돼지처럼 그들을 향해 달려든 까닭이었다. 바로 조불이었다.

"폐하!"

다 늙은 노인의 목청이라고는 도무지 믿기 어려운 우렁찬 목소리와 함께 행렬 속으로 뛰어든 조불은 사유의 바로 앞을 가로막았다.

"그러셔서는 아니 되었습니다! 암만 그래도 그러셔서는 아니 되었습니다!"

"무엄하시오. 어전이거늘……."

"윽!"

시위 하나가 사유의 앞으로 나서서 조불을 제지하려다 채 말을 맺지 못하고 그 자리에 고꾸라졌다. 조불의 거센 손아귀가 있는 힘껏 그의 뺨을 후려친 때문이었다. 조불은 사유에게 한 발짝 더 가까이 다가가 윽박지르듯 소리쳤다.

"폐하! 낳아준 어머니를, 한배를 타고 난 동생을 시기하는 법이 어디 있습니까! 하물며 질투 때문에 이미 세운 공을 가로막는 군주가 도대체 어디 있단 말입니까!"

"……."

"고래로 시기심으로 나라를 망치는 여인은 보았으나 군주를 본 적은 없습니다. 어찌 그다지도 못난 짓을 하셨단 말입니까!"

달리 볼 여지없는 분명한 하극상에 신하들이 나서서 막을 법도 하였으나 누구 하나 꿈쩍하는 이가 없었다. 오히려 그들은 가슴속으로 조불의 용기에 박수를 보내고 있을 터였다. 조불은 틀림없이 그들 모두가 하고 싶은 말을 대신하고 있었다.

"소신 폐하에게 직접 들어야만 하겠습니다. 혹여 모용황을 달래는 척 속이고 이제 온 군사를 몰아 방심해 있는 극성을 치려는 계략이셨던 것입니까? 만일 그렇다면 이 조불, 이 자리에서 목숨을 끊어 사죄하고 저승에서라도 매일매일 소리 높여 웃으며 춤을 추겠나이다."

"……."

"부디 그렇다 대답해 주십시오. 이 조불로 하여금 돌아가신 선왕 폐하께 고개를 들 수 있도록 하여주십시오. 폐하, 폐하!"

"그렇지 않소."

"폐하!"

"그렇지 않소. 대당주께서 잘못 생각하셨소."

냉담한 사유의 목소리에 급기야 조불은 엎드려 울음을 터트렸다. 일흔 넘은 노장의 통곡이 끝도 없이 이어지자 이를 기다리다 못한 사유는 그를 지나쳐 말을 몰았다.

마지막 한 군사가 지날 때까지도 자리를 벗어나지 않던 조불은 결국 기력이 다하여 그 자리에 쓰러지고 말았다.

"고구려는 이제 끝났구나!"

원래도 심히 노쇠한 몸뚱이였다. 쓰러지고서도 통곡을 멈추지 않던 조불은 원통함을 이기지 못하고 한 맺힌 한마디를 끝으로 숨을 거두었다.

조불, 대를 이어 고구려를 받쳐온 큰 장수였다. 옛적 상부를 몰아내고 을불을 세운 일등 공신이었으며 용맹과 인정을 겸비한 장군으로 크고 작은 전투마다 군사의 중심이 되어온 인물이었다. 그런 그의 죽음은 지금까지의 일에 더하여 고구려에 큰 파란을 불러일으켰다. 평양에 남아 조정의 벼슬을 살던 절노부의 인물들은 그의 주검을 거두어 고향 절노부로 돌아가 버렸고 그의 은혜를 두터이 입은 장수들 가운데 많은 이들이 하야했다.

조정은 크게 흔들렸다. 많은 공석이 생겨난 가운데 남은 이들조차 고개를 떨군 채 입을 다물었고 전후의 수습에 적극적으로 나서는 이가 없었다. 더욱이 사유가 내전에만 틀어박힌 채 두문불출하니 장계를 올리고 결재를 얻을 방법이 요원하여 조정은 열리는 듯 열리지 않는 듯 구색조차 갖추지 못한 채유야무야 시간이 흐르고 있었다.

꽤나 오랜 시간이 지난 후에야 무는 사유의 방문 앞에 섰다. 열리지 않는 방문을 향해 무는 가라앉은 목소리를 내었다.

"많은 생각을 하였습니다. 스스로 묻고 스스로 답해보았습니다."

사유는 방문을 열지도, 답을 하지도 않았다. 무는 오랜 시간을 기다린 끝에 다시 입을 열었다.

"모용황의 목숨도, 모용선비 백성의 목숨도 모두가 소중합니다. 저도 그렇게 생각합니다. 화친이야말로 최상책임을 저 또한 압니다."

"……."

"그 사실, 저 말고 많은 사람이 압니다. 기꺼이 농구 대신 병장기를 잡고 나선 고구려 백성들도, 나라를 위해 평생을 바치는 고구려 장수도, 여인의 몸으로 천하 사방을 몸소 다니신 어머니도, 전장에서 최후를 맞이하신 아버님도, 그 어느 누구도 평화를 마다하는 사람은 없습니다."

"……."

"그러나 그 모두가 지금의 형님을 지지하지 않을 것입니다."

"……."

"이 나라는 형님만의 나라가 아닙니다. 고구려인 모두의 나라입니다."

무는 그 말을 마지막으로 돌아섰다. 그리고 몇 발짝을 옮겼을 때였다. 영원히 침묵하고 있을 것만 같던 사유의 처소에서 소리가 흘러나왔다.

"네가 말하는 고구려인이란 누구를 가리키느냐?"

"고구려에 사는 모두를 뜻합니다."

걸음을 멈춘 무에게 사유의 물음이 이어졌다.

"접경에도 수많은 백성이 있다. 고구려 군사가 진군하면 그들은 고구려 백성이요, 모용부 군사가 주둔하면 그들은 모용부 백성으로 변모한다. 그들은 누구냐?"

무는 순간 움찔하였다. 누구보다 그들을 잘 아는 것이 본인인 까닭이었다. 무의 대답을 기다리지 않고 방 안의 사유가 말을 이었다.

"정녕 무지렁이 백성이 나라를 사랑하여 농구를 내던지고 장수들이 오직 국가만을 사랑하여 목숨을 바친다고 생각하느냐? 그들이 정녕 고구려에 태어났다는 이유만으로 자기 목숨보다 더 고구려를 사랑한다고 생각하느냐는 말이다. 아니다. 그들은 국가의 힘에 강제당하고, 나라라는 당위에 속아 전장으로 내몰리는 것일 뿐이다."

"……?"

잠시 사유의 말을 곱씹던 무는 이내 세차게 고개를 흔들었다. 사유는 탁상에 앉아 지어낸 생각만으로 거룩하고 아름다웠던 고구려인의 희생을, 결단을, 극기를 모두 부정하고 있는 것이었다. 무의 얼굴에 조금씩 분기가 차올랐다. 결코 사유를 대함에 있어 무례한 적이 없던 무였으나 이번만큼은 가슴에서 터져 나오는 소리를 막을 수 없었다.

"정녕 그렇게만 생각하십니까? 그것이 얼마나 편향된 생각인지 정녕 모르시겠습니까?"

"……."

"나라와 가족, 이웃을 지키고자 목숨을 초개처럼 버리고 나선 그들의 신념과 고구려에 대한 자부심이 그럼 모두 나라가 강제해 어쩔 수 없이 따르는 위선이요, 거짓이란 말씀이십니까?"

"……."

다시 사유는 말이 없었고 무는 그 자리에 선 채 몇 번이고 호흡을 골랐다. 한참이 지나서 무는 다시 입을 열었다. 예전의 침착하고 예의 바른 목소리로, 무는 마지막 말을 던져놓았다.

"형님의 칼이 되겠다는 맹세, 그것은 변하지 않습니다. 앞으로 다시는 형님께 다른 말씀을 드리지 않겠습니다. 바라건대 부디 만인이 바라는 성군이 되어 주십시오. 그것만이 이 아우가 원하는 것입니다."

"……."

　무는 그 말을 끝으로 평양성을 떠났다. 다시 신성으로 돌아
간 그는 예전과 다름없이 군사를 훈련시키고 외적을 견제하
는 데에 진력하며 지나간 일을 입 밖에 내는 법 없이 세월을
보내었다. 누군가 그의 가슴속을 들여다보는 재주가 있다면
아마도 다 타버려 숯검댕이 되어버린 오장육부만을 발견할
것이었다. 온 가슴이 터져나가는 고통이 날마다 이어졌지만
무는 다시 한번 나라를 위해 자신을 죽였다.

　그러나 모두가 그와 같지는 않았다.

　언제부터인가 평양의 궁성 앞에는 하야했던 신하와 뜻있는
사람들이 모여들어 나라의 꼴을 개탄하고 조정의 반성을 촉
구하며 시위를 벌이기 시작하였다. 나날이 불어나는 이들 무
리에는 일단의 백성들마저 끼어들기 시작했고, 종내는 수천
의 인파가 되어 떠들썩한 목소리를 내었다. 신하 중에 나서서
이 사태를 수습하려는 자가 없으니 이들의 탄원은 강도를 더
해가 결국은 태왕을 향한 직접적인 불만도 서슴없이 터져 나
오는 지경에 이르렀다.

　"아아, 갈 곳 잃은 배와도 같구나. 이 나라는 어디로 간단 말
인가."

　평곽에서의 회군 이후 그 기억도 차츰 스러져가고 있을 즈

음, 가장 연로한 중신이자 왕후의 외종조부가 되는 국상(國相) 명림중수는 휑한 대전에서 깊은 한숨을 내쉬었다. 본래 태왕을 위시하여 문무백관 모두가 꽉 들어차야 하는 조회의 자리였지만 반도 되지 않는 신하들만이 입조하였고 그마저도 할 말을 잊은 채 서로 눈만 마주치고 있을 뿐이었다.

"입을 열어봐야 나올 것은 원망과 비난뿐, 차라리 자리를 파함이 옳으리. 다들 돌아갑시다."

명림중수의 말에 자리한 신하들은 선선히 고개를 끄덕였다.

각기 태왕을 향한 불만을 간신히 억누르고 있음이 확연했고 아마 누군가 물꼬를 터주기만 했다면 그 불만들이 봇물처럼 터져 나올 터였으니 오히려 잘되었다는 생각으로 신료들이 삼삼오오 대전을 나서려는데 한 목소리가 뒤에서 따라왔다.

"대신들은 걸음을 멈추라."

익숙한 목소리였건만 낯선 어조였다.

"태왕 폐하!"

드디어 모습을 드러낸 태왕. 대신들은 걱정스러움과 반가움이 겹쳐 한꺼번에 뒤를 돌아보았지만 그들이 알던 온순하고 맑은 얼굴은 그곳에 없었다. 대신 피로와 짜증이 섞여 짙게 찌푸려진 얼굴만이 있었다. 그 급격히 변한 모습에 의문을 떠올리는 신하들에게 태왕은 이질적인 어투의 추궁을 던져왔다.

"그대들은 누구의 허락을 받고 조회의 자리를 떠나느냐? 조

정이 언제부터 허락도 구하지 않고 마음대로 드나드는 곳이
되었더냐?"

"그것은……."

사유는 완전히 다른 사람으로 변해있었다. 태왕의 내면이
이제 다져지고 또 다져져서 돌처럼 단단해져 있음을 신하들
은 그의 탁한 목소리와 단호한 어조로부터 직감할 수 있었다.
그는 늘 상대의 의견을 먼저 구하고 그것을 깊이 생각하여 우
회적으로 답하곤 했으나 지금의 태왕은 예전의 그 태왕이 아
니었다.

누군가의 궁한 대답이 꼬리를 서리는 순간 사유는 신경질적
으로 목소리를 높이며 신하들의 말을 잘랐다.

"여러 날 생각하여 작금의 사태를 판단하였다. 장군이 거사를
벌임에 있어 태왕을 속이고, 제가 회의의 고추가가 태왕의 앞을
가로막아 기만하며, 관리가 제 마음에 따라 조정에 들고 나기를
일삼으니 나라의 기강이 서려야 설 수가 없다. 금후로 고구려
신민은 언행을 기함에 있어 두 번 조심하여야 할 것이다."

그의 급격한 변화에 대한 놀라움이 가시기도 전에 사유는
다음 말을 던져왔다.

"오늘 자리한 모든 대신의 봉록을 일괄 삭감한다. 또한 자
리하지 않은 대신은 관직을 삭탈한다. 그 모든 것에 앞서 지금
궐 앞의 불온한 무리를 모두 잡아 하옥하라."

독선적인 모습이었다. 자신을 속인 어머니와 아우, 그리고 그들을 지지하는 백성과 신하, 그것들이 유약한 사유의 마음을 깨트려 저러한 모습으로 만들었는지 모를 일이었다. 태왕의 낯선 모습에 신하들은 일말의 불안감이 가슴에 꽉 차오르는 것을 느꼈다. 그러한 것을 아는지 모르는지 사유는 연이어 다른 이야기를 던져왔다.

"인근 각국과의 외교가 험악하며 크고 작은 전쟁이 자꾸만 발발함은 변방의 영토가 정돈되지 않은 채 버려진 까닭이다. 나는 이를 방비하기 위하여 장구한 축성(築城)을 기획하고자 한다."

"……!"

"고구려 변방, 서쪽 끝부터 동쪽 끝까지 오십 리마다 하나씩 성을 쌓을 것이다. 또한 도성 바깥에 외성(外城)을 쌓고 사방의 요처에 자성(子城)들을 쌓을 것이다. 그러니 여러 대신은 먼저 성을 쌓을 만한 터를 조사하고 그에 들어가는 물자와 인력 및 그를 수급할 방도에 대해 보고하라. 기한을 길게 두지 않을 것이니 서두르라."

뚱딴지같은 소리였다. 거의 백여 개에 달하는 축성이라니. 거두절미하고 이를 외치는 태왕의 모습에 대신들은 탄식하였다. 누군들 성벽의 이로움을 몰라서 그와 같은 생각을 떠올리지 않았을까. 그러나 축성이란 많은 물자와 인력, 그리고 시간을 요하는 일이기에 수십 번의 검토 끝에 요지를 골라 긴 세월을 통해 이루어지는 법이었고 그렇게 세워진 성에는 얼마간의 정예한 군사를 주둔시켜 근방을 방비케 하는 법이었다. 그러한 성 백여 개를 한순간에 쌓겠다니 그보다 허무맹랑한 말도 있기 힘들었다.

"폐하, 그만한 물자와 인력을 어찌 조달하려 하십니까? 그러한 축성은 나라의 재정은 물론 백성의 근간을 뿌리째 뽑는 일이 될 수 있사옵니다."

그러나 태왕은 자신의 할 말만 던진 채 대전을 나가버리고 말았다.

이후로 간곡하기 이를 데 없는 간언과 진정이 거듭되고 조정의 큰 신하들이 하나같이 불가함을 외쳤으나 사유의 고집은 흔들림이 없었다. 오히려 반대의 뜻을 가진 이들을 무차별로 축출하기 시작하니 결국 사유의 무모한 계획은 어떻든 차차 진행되기에 이르렀다.


축성의 첫 가래질이 시작된 곳은 환도성이었다. 환도성은 본디 졸본성과 국내성에 이어 고구려의 세 번째 도읍지였는데, 동천왕 21년에 위(魏)나라 유주자사 관구검의 침공으로 무너져 평양성으로 천도한 이후 백 년 가까이 폐허로 방치된 상태였다. 사유는 무슨 까닭에서인지 무너져 내려 기틀만 남은 옛 도성을 재건하라 명하였고, 대형 울지를 축성 책임자로

임명하여 공사를 재촉했다.

수단과 방법을 가리지 않고 거두어들인 자재와 자금, 모든 군사 훈련을 중지하고 모여든 병졸들, 나아가 각 가정마다 강제로 차출된 인부들이 모여들어 태왕이 지시한 곳부터 성터를 닦기 시작하였다.

"튼튼하고 크게 지어야만 할 것이다."

사유는 매일같이 작업을 확인하고 독려하러 현장을 향하다 결국은 근방에 임시로 거처까지 차리고, 그곳에서 장계를 받고 조회를 열기 시작하였다.

"이것이 나의 전쟁이다."

기단석이 놓이고 성벽이 올라가기 시작하여 윤곽이 드러나자 이를 바라보며 사유가 던진 말이었다. 참으로 오랜만에 사유는 밝은 표정으로 웃었다. 그러나 그를 바라보는 대신들은 너 나 할 것 없이 무거운 마음을 주체할 수 없어 남몰래 한숨을 흘려냈으며 병졸과 백성은 노역에 지친 몸을 가눌 길 없어 불만을 쏟아냈다.

"폭군의 모습이 아닌가. 그것도 비겁한 폭군이 아닌가."

"차라리 전장에 나가는 게 낫지."

"그러게. 시원하게 한판 붙어 이기면 되지, 이 무슨 생고생이람."

노역에 끌려 나온 백성이나 병장기 대신 연장을 든 병사나

불평불만을 쏟아내기는 매한가지였다. 그들은 하나같이 요하 벌판을 내달리며 이르는 곳마다 승전고를 울리던 을불의 고구려를 그리워하고 있었다. 개마대산을 울리며 진군(晉軍)을 궤멸시킨 개마기병의 위용, 최비의 낙랑군을 전멸시키다시피 한 낙안평 대전, 그리고 천하 불세출의 영웅 모용외를 죽음에 이르게 한 하성 전투까지, 아직도 기억에 생생한 영광스러운 고구려의 추억이었다.

그러나 그 추억만을 되새기기에는 현실의 고통이 너무도 컸다. 축성이란, 더구나 사유가 고집하는 석성(石城)의 축성이란 농사일과는 달라서 고되기만 한 것이 아니라 위험하기 짝이 없는 일이었다. 필요한 돌을 구하기 위해 암산(巖山)을 부수거나 거대한 바위를 굴려 내려야 했고, 다시 그것을 다듬고 운반해야 했다. 당연하게도 그 과정에서 죽고 다치는 일 또한 허다했다.

사유는 신축하는 모든 성의 성벽을 돌로 쌓을 것을 명했다. 황하족의 성들은 대부분 흙으로 된 토성(土城)이거나 벽돌로 쌓은 전성(甎城)이었고 이전까지 고구려 또한 도성 등의 주요 성곽을 제외하고는 토성이 주를 이루고 있었다. 그러다 보니 성벽의 강고함에 기대어 싸워야 하는 수성(守城)의 이점을 양보해야만 했고 장마철이나 봄철 해동기가 끝나고 나면 유실되거나 허물어지는 곳이 많아 보수와 정비에 드는 노력 또한 만만치 않다는 단점이 없지 않았다.

그에 비해 석성, 그것은 꿈이었다. 일단 쌓고 나면 천 년을 견뎌내겠지만 그 과정이 너무도 지난하였기에 아무도 꿀 수 없었던 꿈이었다. 더구나 나라 안의 모든 성을 돌로 쌓는다면 거기에 소요되는 인력과 비용과 시간은 상상조차 할 수 없을 만큼 어마어마할 것이었다. 그럼에도 불구하고 사유는 불가능해 보이는 그 꿈을 향해 한 발 한 발 다가갔다.

"적의 화살에 우리 병사들이 상하는 일이 없도록 성벽 위에 돌로 가퀴를 지어라."

"성문은 두꺼운 비자나무로 엮어 화공(火攻)에도 끄떡없게 하라."

"성문 앞으로 옹성(甕城)을 내어 성문을 보호할 수 있게 하라."

환도성이 점차 모습을 갖추어 감에 따라 태왕 사유의 주문 또한 늘어만 갔고 이미 피골이 상접한 인부들 중에는 그런 태왕을 원망하며 쓰러지는 자가 속출했다. 전쟁을 피해 물러선 태왕. 나라의 온 힘을 쥐어짜 두터운 성벽을 짓고 그 뒤에 몸을 숨기려는 태왕. 만백성 가운데 누구로부터도 환영받지 못하는 모습이었다.

고국원왕 7년. 그렇게 고구려는 태왕 일인의 고집으로 인해 끝이 보이지 않는 도피와 자조의 세월로 접어들었다.

# 알 수 없는 소년

고국원왕 11년.

여느 해와 다름없이 이해의 가을에도 성대한 동맹제가 열렸다.

평양성 동향(東向)의 깊고 깊은 암굴. 일 년 내내 인적이 없는 이 암굴 깊숙한 곳에 여섯 명의 사내가 들었다. 서로 말 한마디 건네는 법 없이 어두컴컴한 동굴 안을 제집처럼 걸어 들어가 다다른 곳에는 흰 천이 둘둘 감겨진 목각 인형이 있었고, 이들은 경건한 태도로 알 수 없는 주문을 외며 인형을 함께 이고 암굴을 나섰다. 그들은 한참을 흐트러짐 없이 걸어 평양의 궁궐로 향했다.

"오오!"

궐 앞에는 이미 높디높은 제단이 차려져 있었고, 주위를 빽빽이 메우고 있는 군중들 사이를 지나 목각 인형은 제단 위로 올려졌다. 제단 위에서 기다리고 있던 제사장은 인형이 올바르게 세워지는 것을 본 후 인형을 감은 흰 천을 풀어내고, 그 앞에 무릎을 꿇고 앉아 두 팔을 하늘로 치켜들었다. 반질반질하게 옻칠이 된 목각 인형에 햇빛이 비치어 빛나는 모습을 보며 제사장은 더없이 경건한 태도로 절을 올렸다. 동시에 모여든 인파가 일순간에 숙연해지며 모두 함께 제단을 향해 깊숙한 절을 올렸다.

"천지를 홀로 비추시는 태양신이시여, 여기 배필을 모시어……."

이것은 목각 인형에 접신(接神)된 동굴신(隧神)으로 하여금 태양신(日神)을 맞이하게 하는 의식이었다. 동굴신은 여성을 뜻하고 태양신은 남성을 뜻하니, 그것은 두 신의 교합으로 이듬해에 풍성한 수확을 기원하는 고구려의 제사로서 시월 동맹제의 시작을 여는 절차이기도 했다. 이어지는 동맹제의 모든 행사 역시 제사의 의미를 가진 것이지만 대개의 제사들이 조상신을 향한 편안한 의례인 데 반해 이 제례만큼은 자연신을 향한 것이었다. 따라서 지극히 경건하게 치러지는 것이 관습이었기에 수천 인파가 모여들었음에도 제단에는 엄숙한 침묵이 흐르고 있었다.

"이상하다."

경건한 적막을 깨트린 것은 소년티가 나는 목소리였다. 그러나 다음 순간 누군가의 제지가 있었던 듯 약간의 소음과 함께 소년의 목소리는 더 이상 들리지 않았고 제례는 무사히 끝날 수 있었다. 이윽고 북소리가 울리며 다음 절차가 소개되고 사방이 점차 소란해지자 아까 목소리의 주인공이 불만을 토로했다.

"왜 입을 막아요?"

"이 접신 의식은 경건해야만 하는 법입니다. 동굴 속에 깊이 들었던 목각 인형은 음지(陰地)를 상징하며 태양이 목각 인형을 비춤은 음지에 양기(陽氣)가 깃드는 것이니 농작이 훌륭히 성공하기를 비는 온 백성의 염원과도 같은 것입니다. 그런 백성의 염원을 방해하셔서야 되겠습니까?"

"그것은 알지만……."

골똘히 생각하며 설명을 듣던 소년은 곧 고개를 젓더니 물음을 던졌다.

"태양신은 한 분뿐이지요?"

"그렇습니다."

"그러면 해도 하나뿐인 거지요?"

"그렇습니다."

"해가 하나라……. 해가 하나뿐인 게 말이 되나?"

소년은 또 한번 제 홀로 고개를 저었다. 그러고는 한참을 말 없이 앉아 무언가를 생각하다가 곧 자리에서 일어나 어디론가 달려갔다. 그 광경을 보며 소년의 물음에 답하던 어른은 종내 깊은 한숨을 쉬며 중얼거렸다.

"또 시작하셨군. 정말로 알 수 없는 왕자님이야."

열 살쯤이나 되었을까 한 그 소년은 사유의 맏아들 구부였다. 교육을 맡은 고구려 조정의 유수한 문사들로 하여금 끝없이 고개를 절레절레 흔들게 하는 고구려의 골칫덩어리 왕자였다.

구부는 어릴 적부터 생각하고 행동하는 바가 매우 남달랐다. 여섯 살이 되던 어느 날인가는 빈 잔에 오줌을 누는 행위를 하다가 야단을 맞은 적이 있었는데 벌을 서면서도 전혀 반성의 기미를 보이지 않았다. 그리고 다음 날은 궁중의 시종들을 시켜 궁성 앞에 큰 솥을 백 개나 걸어 하루 종일 물을 끓였다. 이는 작지 않은 소동이라 평소 구부의 행동 대부분을 너그러이 보아 넘기던 왕후 정효도 이날만큼은 회초리를 들고 구부를 불러들였다.

"왕자가 어제도 못된 짓을 하더니 오늘은 큰 소동을 벌이는구나. 이번만큼은 너를 매로 다스려야 하겠다."

그럼에도 구부가 끝까지 반성하는 말을 않자 정효는 회초리를 들어 매섭게 구부의 종아리를 때렸다. 그러나 구부는 이를 앙다물고 매를 맞을 뿐 잘못했다는 말은 끝끝내 하지 않았다.

"끝까지 반성을 하지 않을 것이냐?"

"반성할 일을 하지 않았습니다."

종아리에 피멍이 들고서도 구부가 고개를 바짝 들고 대꾸하자 정효는 화가 난 중에도 무언가 이상하다는 생각이 들었다.

"네가 그런 짓을 한 까닭이 따로 있느냐?"

구부는 몇 번 눈물을 글썽이더니 이내 울음을 터트렸다. 그리고 서럽게 울며 이야기를 꺼냈다. 이야기는 지난번 비류수(沸流水) 유역에 범람했던 유례없이 큰 홍수로부터 시작했다. 수해를 입은 백성을 달래러 행차한 사유를 따랐던 구부는 홍수의 참혹한 피해에 가슴이 너무나 아팠다는 것이었다.

"적어도 스무 날에 하루는 비가 내립니다. 물이 하늘에서 땅으로 온다는 말입니다. 그러나 반대로 땅에서 하늘로 물이 가지는 않습니다. 땅으로 온 물은 점점 늘어나기만 하는 것이고, 그러면 결국 물난리가 납니다. 소자는 땅으로 온 물을 어떻게 없앨지를 생각했습니다."

"물을?"

"사람이 물을 마시면 없어집니다. 하지만 물 마신 사람은 오줌을 눕니다. 그래서 사흘간 열 잔의 물을 마셔보았는데, 똑같이 열 잔만큼 오줌을 누었습니다. 결국 땅에 온 물은 마셔서는 없어지지 않는 것이었습니다."

그쯤 듣던 정효는 손에 쥔 회초리를 떨어트렸다.

"계속 생각하다 밥을 지으면 물이 없어지는 것을 떠올렸습니다. 해서 밥 짓는 궁녀를 찾아 물어보았더니, 굳이 밥을 짓지 않아도 물은 끓이면 없어진다는 것이었습니다."

"그래서 솥을 걸고 물을 끓였느냐? 땅에 온 물을 없애어 물난리를 막으려고?"

구부의 설운 소리를 끝까지 듣고 정효는 무어라 할 말을 잃었다. 그녀는 제 자식의 얼굴을 다시금 찬찬히 살펴보았다. 고운 마음 씀씀이 때문만이 아니었다. 알 수 없는 이상한 기분이 온몸을 휘감았다. 난생 처음 들어보는 묘한 이야기에 문득 그녀는 당시 홍수를 물리려 조정에서 벌였던 푸닥거리를 떠올렸다.

'하늘님, 하늘님, 앞으로 잘 모실 터이니 부디 이 물난리를 거두어주십시오.'

홍수나 태풍이나 그런 것들은 그냥 하늘이 내리는 벌이었다. 재산이 쓸려가고 가족이 죽어나면 한바탕 섧게 울고 나서 제 운명이려니, 제 지은 죄의 대가려니 여기고 살아가는 것이 세상이었다. 홍수가 왜 나는지, 홍수를 어떻게 없앨지를 궁리했다니 다른 어느 누가 그런 생각을 해보았을까. 정효는 어찌 답해야 할지를 몰랐다. 그저 그런 자식을 때린 자신이 견딜 수 없이 미워 눈물을 보이고 말았다.

"어머니, 소자가 잘못했습니다. 소자가 잘못했습니다. 다시는 그러지 않겠습니다."

어머니의 눈물을 보고 구부가 더욱 서럽게 따라 울자 정효는 정신을 차렸다. 어쩌면 이야말로 구부의 비범한 싹을 자르는 일이 될지도 모른다는 생각에 그녀는 서둘러 구부를 격려하며 달랬다.

"아니다. 너무나 잘했다. 앞으로도 네가 하고 싶은 일은 무엇이든지 하여라. 누구의 말도 듣지 않아도 좋다."

그 일이 있은 후 그녀는 구부의 교육을 맡은 이들에게 구부가 하는 일은 결코 막지 말고 오히려 장려할 것을 명하니 이후로 구부는 더욱 자유로이 행동하여 궐내는 하루도 구부의 소동에서 조용할 날이 없었다.

"어느 녀석이 잘 달릴까?"

동맹제 의식에서 빠져나온 구부는 왕실의 마구간에 들어섰다. 말들을 둘러보던 구부는 모르겠다는 듯이 고개를 갸웃거리며 주위를 살피다 반쯤 졸음에 빠진 병사 하나를 발견하고는 빙그레 웃더니 갑자기 소리를 꽥 질렀다.

"병사!"

어린 소년의 목소리에 게슴츠레한 눈으로 소리 난 곳을 돌아본 병사는 구부를 알아보고 깜짝 놀라 퍼뜩 시립하며 대답했다.

"왕자님을 뵈옵니다!"

"직무 중 졸다니 그 죄를 어찌 물어야 하느냐!"

병사는 무어라 대답을 하지 못하고 손만 부르르 떨었다. 엄한 눈초리로 그를 노려보던 구부는 곧 목소리에 더욱 힘을 주어 물었다.

"이름이 무엇이냐?"

"우앙이라 하옵니다."

"묻겠다. 우앙, 너는 말을 잘 부리느냐?"

"그렇습니다!"

"내가 네 말을 타는 요령을 보아야겠다. 잘 타면 아까운 인재이니 눈감아 줄 것이되 잘 타지 못하면 부득불 엄벌에 처해야만 하겠다."

잔뜩 긴장한 우앙은 부리나케 말 한 마리를 끌고 나와 구부의 앞에 섰다.

"어찌 보여드리면 되겠습니까?"

"나를 뒤에 태우고 할 수 있는 한 빨리 달리면 될 것이다."

우앙은 시키는 대로 구부를 제 뒤에 태우고 말 달릴 준비를 마친 후 다시 물었다.

"어디로 가야 하겠습니까?"

구부는 씩 웃더니 손가락을 들어 하늘을, 그리고 조금씩 뉘어가는 서편의 해를 가리켰다.

"저 해를 따라가라."

"해를……?"

"그래. 저 해를 따라 달리면 된다."

우앙은 곧 구부를 뒤에 태운 채로 제가 가진 최고의 기량을 발휘하여 말을 달리기 시작했다. 과연 우앙은 말을 능숙하게 타는 자라 말은 바람같이 달려 서쪽을 향하기 시작했다. 서쪽 성문을 지나고, 성 밖 고을을 지나고, 벌판을 지나 평양성이 거의 보이지 않을 지경이 되자 궁성에서 너무 멀어짐을 걱정한 우앙이 몇 번이나 멈추려 했으나 그때마다 고개를 젓던 구부는 해가 뉘엿뉘엿 저물 즈음에야 말을 멈추는 것을 허락했다. 그러고는 짐짓 고개를 갸우뚱거리며 한마디를 던졌다.

"아직 네 실력을 모르겠다. 내일 마저 보자꾸나."

그러더니 민가를 찾아들어 제 신분을 당당히 밝히고는 우앙과 함께 하룻밤 머물 것을 청하였다. 우앙은 온갖 걱정으로 얼굴빛이 완전히 죽어 어쩔 줄을 몰랐다. 이제는 졸음에 대한 문책보다도 도망병이, 그것도 왕자를 데리고 도망한 꼴이 된 것이 더 큰 걱정이었다.

"괜찮다. 네가 내일도 말만 잘 달리면 결코 험한 일은 당하지 않을 것이다."

구부는 아무렇게나 우앙을 달래더니 품에서 작은 금덩어리 하나를 꺼내어 건넸다. 그러고는 이를 받아야 할지 말아야 할지 몰라 망설이는 그를 두고 밖으로 나가 앉아서는 저물어가는 해를 지켜보다가, 해가 온전히 질 때쯤 그 자리에 누워 잠들었다.

"가자."

이튿날 새벽같이 일어난 구부는 우앙을 흔들어 깨워서는 말에 올랐다. 그리고 다시 서쪽으로 말을 달릴 것을 명하였다. 다음 날도, 그다음 날도 구부와 우앙은 서쪽을 향해 달렸다. 구부는 결코 돌아가잔 말을 하지 않았고, 우앙은 이미 될 대로 되라는 심정이었다. 그렇게 며칠이 지나서 그들은 결국 고구려 국경까지 넘어서고 말았다.

"왕자님, 이제 말씀해주십시오."

"무얼?"

"다른 뜻이 있으시기에 이렇게……."

이미 서쪽으로 달린 날이 열 손가락으로 다 꼽지 못할 만큼 지난 어느 하루, 그제야 속은 것을 알았는지 새삼스레 물어오는 우앙의 질문에 구부는 빙긋 웃으며 답했다.

"해라는 놈의 정체를 알기 위함이다."

"예?"

"해는 아침에 동쪽에서 나타나서 서쪽으로 사라진다. 그런데 서쪽으로 사라진 그놈이 다음 날 아침에는 꼭 동쪽에서 도로 나타난단 말이야."

"그렇습지요."

"해가 서쪽에서 동쪽으로 돌아오는 것을 본 적이 있나?"

"없습니다."

"그러면 어제 사라진 해랑 오늘 나타난 해가 같은 놈일까?"

"그, 그건……."

"다른 놈이겠지?"

"예에."

"그런데 사람들은 자꾸 해가 하나라잖아. 그래서 서쪽으로 가는 거야. 서쪽으로 가다보면 어제의 해가 머물고 있는 곳을 찾을지 모르니까."

"아……."

수긍하면서도 우앙은 무언가 이상하다는 듯 제 머리를 긁었다. 그리고 그 어수룩한 모습에 킬킬거리며 웃던 구부의 얼굴빛이 점차 어두워졌다. 해를 쫓는 이유, 서쪽으로 가는 이유, 그 진실이 그다지 유쾌한 것만은 아니었는지 구부는 점차 무거운 얼굴이 되었다. 그는 며칠 전의 기억을 떠올렸다.

# 해를 쫓는 이유

여느 때와 같이 탁상에서 서책을 읽다 턱을 괴고 깊은 생각에 빠져 있던 구부는 문득 들려온 헛기침 소리에 천천히 고개를 돌렸다. 또래의 소년들이 서책을 읽고 외우기에 열중하는 것과는 달리, 구부는 유학의 고전들에 대해 사뭇 비판적 논거를 내놓거나 스승들의 일관된 시각 외에 자신만의 해석을 내놓곤 해 주위를 놀라게 하는 경우가 많았다.

"왕자님!"

무겁고 깊은 것이 평소 대하던 사람들의 목소리가 아니라는 느낌이 들어 구부는 책을 덮으며 자리에서 일어났다. 고구려 다섯 부족의 대가(大加)들이었다. 제가 회의가 아니고서는 한자리에 모이기도 힘든 중신들이 묘한 깊은 눈매로 그를 바라보고 있었다.

"신들이 왕자 전하의 공부를 잠시 방해해도 되겠습니까?"

중신들의 몸에 밴 긴장감을 느끼며 구부는 무심한 듯 고개를 끄덕였다.

"나라의 근간은 무엇이라 생각하십니까?"

약간은 도발적이라 느껴지는 질문에 구부는 일부러 가장 평범한 말들만을 골라 대수롭잖게 답했다.

"재물보다는 사람이 우선해야 하겠지요. 왕을 중심으로 한 나라에 사는 모든 이들이요."

"백성이란 무엇입니까?"

"나라에 기대어 살아가는 사람들이요."

"신하란 무엇입니까?"

"나라를 받치는 사람들이요."

"왕이란 무엇입니까?"

"나라를 이끄는 사람이요."

별날 것도 없는 판에 박힌 단순하고 무성의한 대답이었다. 이에 중신들은 서로를 쳐다보며 한 번씩 고개를 끄덕이더니 매우 의미심장한 질문을 던졌다.

"백성과 신하와 왕이 서로 다른 방향을 보고 걸으면 어찌 되겠습니까?"

막힘없이 편하게 답해가던 구부는 이번에도 대충 답하려다 갑자기 어떤 알지 못할 예감이 들어 움찔했다. 그다지 면식도 없는 중신들이 예고 없이 갑자기 찾아와 강요하듯 쏟아내는 이 이상한 질문들을 어떻게 받아들여야 할까. 문득 이들이 무엇을 묻는지 사무쳐오는 바가 있었고 그것은 바로 불안으로 이어졌다. 구부는 갑자기 말을 더듬었다.

"그, 글쎄요."

"전하께서 태왕이시라면 그 문제를 어찌 해결하겠습니까?"

"제가 왕이면요?"

구부는 침을 삼키며 한참 시간을 끌었다. 제 입술에만 눈길을 모으며 기다리는 중신들 앞에서 이도 저도 대답하지 않은 채 눈만 깜박이던 그는 문득 깨물었던 입술을 놓으며 얼굴을 크게 찡그렸다. 그러고는 야단맞을 일이 두렵다는 듯 잔뜩 울상이 된 눈망울로 중신들을 번갈아 처다보다 고개를 떨어트렸다.

"죄송해요."

"예?"

"그동안 주야장천 놀기만 했지 책을 열심히 읽지 않았어요. 앞으로는 열심히 공부할게요."

갑자기 어린애처럼 자책하는 구부의 모습에 중신들은 당황하여 이러지도 저러지도 못하고 서로를 처다만 보았다. 시간이 제법 지나고 한 중신이 눈을 찡그리며 고개를 몇 번 가로젓자 그들은 서로 고개를 끄덕이고 구부를 타이르듯 말했다.

"아닙니다. 자책하지 마십시오."

그들이 간단히 인사를 표하고 물러가려는 태를 보이자 구부는 더욱 울상이 되어 더듬거리는 말투로 배웅했다. 그러자 그들이 억지로 좋은 표정을 꾸미어 웃는 가운데도 한숨 소리가 들릴 지경이었다.

"아니올시다."

한낮의 묘한 방문이 그렇게 끝이 나려는 순간 돌연 이들의 걸음을 붙잡는 높은 목소리가 들려왔다.

"무릇 왕도란 감히 왕을 반대하는 신하를 일벌백계하여 백성들에게 본보기를 보이거나 아니면……."

구부는 눈을 크게 뜨며 새로이 나타난 인물을 바라보았다. 자신의 스승인 태대사자 평강이었다. 어딘지 모르게 불편한 미소를 떠올리며 다가온 스승이 그의 어깨를 두드리며 말했다.

"왕이 자신의 몸을 씻고 신하와 백성 앞에 나아가 죄를 칭하고 용서를 구해야 한다고 하지 않았습니까."

평강은 구부의 바로 앞에 다가와 섰다.

"다른 사람도 아닌 왕자님께서 이미 제왕의 도를 논하며 몇 번이고 직접 하신 말씀이 아닙니까."

평강의 목소리가 이어지자 구부는 자리에서 벌떡 일어섰다. 일순 소년답지 않게 복잡한 감정으로 뒤얽힌 얼굴이 연신 표정을 바꾸었다. 경악과 분노의 표정이 찰나 간에 스쳤으나 순식간에 침착한 기색으로 가라앉더니 종내는 어쩔 줄 모르는 겁먹은 소년의 얼굴로 자리 잡았다.

"그, 그냥 책에서 읽은 내용이에요."

그러고는 쭈뼛거리다 갑자기 자리를 박차고 쏜살같이 줄행랑을 쳐버렸다. 대가들과 평강은 굳이 그런 구부를 쫓지 않고 그 뒷모습을 지켜보았다. 혀를 차며 탄식하던 평강은 왕자의 진짜 속내를 몇 번이고 따져보느라 여념이 없는 대가들을 향해 낮은 목소리를 중얼거리듯 내었다.

"우리 뜻을 이미 짐작하신 탓이 아니겠소. 실로 훌륭한 재목이시오."

대가들은 고개를 끄덕였다. 그러나 순수한 감탄만이라기에는 너무도 비장한 분위기였고 그들은 하나같이 제 입술을 깨물며 무거운 숨소리를 내었다.


구부는 사방을 하염없이 걸었다. 아직 어린 소년이었지만 그는 방금 일어난 사건의 전말을 어렴풋이나마 깨닫고 있었다. 조정과 백성이 모두 등을 돌려 외톨이가 된 부왕 사유. 그리고 그 해법을 어린 자신에게 물어온 고구려 다섯 부족의 우두머리. 그들의 저의란 어렵지 않게 짐작할 수 있는 것이었다.

"스승님까지…… 아얏!"

중얼거리던 구부는 곧 제 이마를 움켜잡으며 자리에 주저앉았다. 하늘만 보며 걷다 무언가에 머리를 부딪친 것이었다. 얼얼한 이마를 만지며 눈을 뜨고 보니 부딪친 것은 바로 왕후전의 대문이었다. 구부의 이마에 부딪힌 대문은 미끄러지듯 열리며 안의 풍경을 보여주었다. 화초들이 단아하게 가꾸어진 정원을 홀로 거닐던 아불정효는 별안간 나타난 구부를 보고 얼굴을 찡그렸다.

"호호, 또 무슨 생각을 하느라 하늘 떨어지는 줄도 모르고……."

더없이 자애로운 얼굴로 다가오는 어머니를 향해 구부는 얼른 반가운 인사를 올리지 못하였다. 무슨 표정을 지어야 하는지 갈등하는 듯 그렇게 어정쩡하게 선 구부를 반기던 왕후는 곧 이상한 낌새를 눈치챘는지 미간을 찌푸리며 물었다.

"네 필시 무슨 일이 있는 게로구나."

"……"

"어미에게도 하지 못할 말이 있느냐?"

쉬이 말문을 열지 못하던 구부는 고개를 떨어트렸다. 그러고는 몇 번을 더 망설이다 작은 목소리로 물음을 던졌다.

"부왕께서 그리도 틀리셨나요?"

돌연한 물음에 놀란 왕후는 아들을 깊숙이 바라보았다. 작게나마 일그러진 구부의 표정으로 보건대 필시 제 아비를 비난하는 말을 들었음에 틀림없으리라. 안타까운 기운이 왕후의 고운 얼굴을 몇 번이나 스쳤다. 언제고 자신에게 던져질 질문인 줄은 알았건만 마땅한 대답을 준비하지는 못한 터였다.

"누군가 폐하를 욕하더냐?"

구부는 입을 다물고 고개를 저었다. 기다려도 말이 없자 왕후는 다시 천천히 물었다.

"너는 폐하를 어찌 생각하느냐?"

"그게……."

"편히 말해보거라."

"전쟁은 서로 번갈아 따귀를 때리는 일과 비슷해요. 어느 한 쪽이 맞고 그만두어야 끝나는 거지요. 많은 사람들은 자신이 때린 뒤 그만두려 하지만 아버지께서는 맞고 끝내려는 거예요. 즉 사람들은 거짓으로 전쟁을 끝내려 하고, 아버지는 참으로 전쟁을 끝내려 하시는 거예요."

느린 가운데도 또박또박한 구부의 대답을 다 듣고 난 왕후는 자신도 모르게 옷자락을 잡은 손에 힘을 주며 입술을 깨물었다. 그 긴 시간 누구에게도 들을 수 없었던 태왕에 대한 정연한 변호를 어린 구부가 너무도 천연덕스럽게 늘어놓고 있었다.

'얼마나 많이 고민하였으면…….'

한편으로는 마음이 아픈 일이었다. 제 아비를 반대하는 많은 소리 가운데서 저만은 아비를 이해하고 같은 편에 서기 위해 얼마나 많은 질문을 스스로 던져보았을지 보지 않아도 눈에 선했다. 그 덕에 저리도 똑똑히 대답할 수 있었으리란 생각이 들어 왕후는 구부를 꼭 껴안았다.

"네가 맞다. 내 너를 달래려 하였는데, 오히려 네가 이 어미를 깨우쳐주는구나. 네가 참으로 영특하고 참으로 효자로다."

그러나 구부는 왕후와 달리 여전히 굳은 표정이었다. 뻣뻣이 안긴 채로 한참 생각을 하던 구부는 곧 다른 물음을 던졌다.

"그래서 숙부께서는 멀리 신성에 계신 거지요?"

왕후는 저도 모르게 그를 안았던 팔을 풀었다.

"할머님께서는 북전에 스스로를 유폐하신 거고요. 부왕을 가리지 않으려고…… 부왕 곁에서 빛을 내지 않으려고요."

슬쩍 물러선 구부는 더없이 진중한 눈으로 왕후를 바라보며 물었다.

"어머님께서는 누군가 어머님을 태왕으로 추대하려 한다면 어찌하시겠어요?"

무언가 큰일이 있었음을 짐작할 법한 물음이었으나 불행히도 왕후는 그만큼 헤아림이 깊지 못했다. 그저 다른 가족처럼 그녀마저 멀리 떠나갈까 두려워 묻는 말로만 알아들은 그녀는 구부의 손을 어루만지며 다정히 답하였다.

"누가 내게 태왕이 되라 하겠느냐? 장자인 네가 있는데."

"어머님도 그런 생각을 해본 적이 있나 보네요."

"사람이란 이런저런 생각을 다 해보는 법이란다. 행동에 옮기지 않는다 하더라도."

"생각하는 것만으로도 죄가 될 수 있는 일들이 있을 거예요. 특히 가족이라면."

순간 정효는 온몸이 굳어버린 채 자신도 모르게 떨리는 몸을 진정시킬 수 없었다. 대대로 왕후를 내온 연나부의 대가와 당주들 사이에서도 수군거림이 있었고 그들은 다름 아닌 자신의 피붙이들이었다. 그때 자신은 그들에게 죄를 묻기는커녕 잠시간 고개를 끄덕이기도 했던 것이었다.

그로부터 며칠이 지난 동맹제의 날, 제례에 참가하려 모여든 나라 안의 온 중신들과 다섯 부족의 대가들은 연신 구부의 얼굴을 흘낏거리며 살폈다. 그러나 구부는 의식 중에 어디론가 사라지더니 해질녘까지도 나타나지 않았고 이튿날에도 찾아볼 수 없었다. 온 평양성을 뒤져도 구부는 없었다. 과거 을불과 무, 사유가 모두 그러했듯 유년기의 방랑이 마치 고구려 왕실의 전통이라도 되는 양 그 또한 궁성을 떠난 것이었다. 다만 이제까지와 다른 것이 있었다면 그것은 구부가 남겨놓은 한 통의 서신에 담긴 짤막한 내용이었다.

─ 아버님, 저는 이제껏 서쪽 하늘에 저물었던 그 수많은 해들이 어디로 가는지 밝히고 오겠습니다.

이미 수차례 종적을 감추었다가 엉뚱한 곳에서 나타난 전력이 있는 왕자였다. 조정의 동요는 전대 왕자들 때처럼 크지 않았고 걱정은 깊지 않았다. 다만 문사들 몇몇이 왕자가 돌아오기 전까지 해의 출몰에 관한 답을 내어놓으라는 명을 받았을 뿐이었다.

# 이상한 장군

선대 태왕 을불은 영웅담을 넘어 수없는 신화와 민담의 주
인공이 되어있었다. 도망자의 신분에서 태왕이 되기까지의
행보, 특히 어린 나이에 안국군의 무덤에서 수병(守兵)들을
감복시킨 이야기며 호구책으로 잠시 소금 장수를 했던 이야
기, 낙랑 땅에서 양운거를 만나 무예를 수련했던 이야기, 무휴
장자를 만나 목숨을 구한 이야기, 상부의 직찰대장 해추를 잡
았다 놓아주고 다시 잡은 이야기……. 이 무수한 일화들은 이
제 긴긴 겨울밤 할머니가 손주를 다독여 잠재울 때 들려주는
단골 얘깃거리가 되었다. 또한 재위 삼십 년간 단 한 번도 패
한 적이 없었던 을불의 전쟁은 온갖 영웅담의 보고였다. 그리
하여 미천왕과 그의 장수들은 반신반인(半神半人)과도 같은
존재가 되어 고구려인의 추앙을 받고 있었다.

그리고 그들 가운데 유일하게 살아있는 인물, 서쪽의 낙랑
을 지키고 있는 아불화도는 칠순이 넘은 나이에도 소문에 어
긋남이 없이 여전한 위용을 자랑하고 있었다. 평곽 전투 이후
로 부쩍 기승을 부리는 모용부도 결코 낙랑만큼은 건드리는

일이 없었으며 백제나 진 등은 한 해에도 몇 번씩이나 사절을 보내어 친교를 다지는 데다 근방의 약소 세력들은 낙랑에 조공을 바치고 그 보호를 받으며 살아가니 고구려에 흉흉한 기운이 도는 중에도 낙랑의 위세만큼은 과거 최비의 시절보다도 갑절은 더했던 것이다.

이해 고국원왕 11년 가을, 아불화도는 십 년 만에 갑주를 갖추어 입었다. 그의 출전은 사유가 태왕으로 즉위한 이후 처음 치러지는 전쟁이었다. 삼천여 명의 백제 군사가 대방의 경계를 넘어왔다는 소식에 아불화도는 친히 휘하의 일천여 기병을 몰아 접전지로 내달렸다.

"밥을 지을 솥도, 막사를 지을 천도 놔두어라."

아불화도가 이끄는 고구려 중갑기병은 과연 명불허전(名不虛傳)이었다. 천지를 울리는 발굽 소리와 함께 온 사방에 먼지구름을 흩날리며 전장에 나타난 이들은 숨 한번 돌릴 새도 없이 대방의 수비군과 접전을 벌이던 백제군의 옆구리로 짓쳐들었다. 막아서는 방패는 바닥에 떨어지고 들린 창 자루는 부러질 뿐이었다.

백제군으로서는 척후병의 보고조차 받지 못한 채 당한 급습이었다. 활은커녕 칼질조차 제대로 해보지 못한 백제군 병사가 태반이었다. 그야말로 부서지듯 무너져버린 백제군 진영의 한복판에서 가장 앞서 달리던 아불화도는 혼이 빠져 도주하는 백제군 수장의 뒷덜미를 거센 손아귀로 움켜잡았다. 직후 그의 벽력같은 고함이 혼란스러운 전장을 뒤흔들었다.

"항복하라!"

삼천여 백제군은 일순간에 모조리 무릎을 꿇었다. 너무나 압도적인, 너무도 순식간에 판가름 난 승부라 다치고 죽은 자조차 얼마 되지 않는 전투였다. 전투보다도 사로잡은 포로의 처우를 결정하는 것이 더 어려울 지경이었다. 명을 달라는 부장들의 요구에 아불화도는 무릎 꿇은 적장을 향해 물음을 던졌다.

"너희 잡졸을 어떻게 처우함이 옳겠느냐?"

"부디 용서하여 목숨만 살려주십시오."

백제군의 수장은 아불화도의 짧은 추궁에 기다렸다는 듯 이마를 땅에 대고 엎드렸다.

"침략한 까닭이 무엇이냐?"

"근간 몇 번 주변 오랑캐에게 승리를 거두어 자신이 있었습니다. 이만한 정예군이면 고구려를 쳐부수고 대방을 얻을 수 있을 줄 알았습니다. 깊이 후회하고 있으니 다시는 국경을 넘지 않겠습니다. 은혜를 베풀어 살려주신다면 몸값을 후히 바치겠습니다."

"지나치게 솔직하고 또 지나치게 비굴하구나!"

아불화도는 엎드린 채 두 손을 싹싹 비는 적장을 보며 한숨을 흘렸다.

"비굴한 자는 대개 간교하여 죽임이 옳고 솔직한 자는 대개 의리가 있어 수하로 거둠이 옳다. 너는 둘 모두에 속하니 어떻게 해야 하느냐?"

"어린 자식들이 있나이다."

"무슨 말을 해야 할지 아는 자이니 그냥 풀어줌이 옳으리."

"감사합니다. 참으로 감사합니다."

감복한 백제군의 수장은 황망 중에도 아불화도에게 몇 번이고 절을 올리고서야 물러났다. 곧 떨어진 명에 따라 전원이 고스란히 석방되어 돌아가는데, 백제군의 수장은 적장의 도량과 적군의 강대함에 탄복하여 돌아가는 내내 그들을 칭송하였다.

"기쁘구나."

석방된 백제군 수장은 대방에서 십여 리 남짓 멀어지고서야 뒤를 돌아보며 엉뚱한 한마디를 던졌다. 이에 뒤따르던 그의 부장이 약이 올라 흥분한 목소리를 내었다.

"기쁘기는커녕 치욕스러운 일이 아닙니까. 어찌 기쁘다고만 하십니까."

부장은 새로 장군으로 부임해 온 이 사람의 하는 일 모두가 싫기만 했다. 특히 적장 앞에서 지나친 비굴함으로 목숨을 구걸한 그에게 노골적으로 대드는 참이었다.

"너는 기쁘지 않단 말이냐?"

"아니, 대장부가 비굴하게 목숨을 구걸한 것이 뭐가 기쁜 일입니까?"

"허허. 한심한 놈."

그는 부장의 뒤통수를 한 대 후려치며 한숨을 쉬었다.

"이번 일은 두 배로 기쁜 것이다. 내가 지옥문 앞까지 갔다 되돌아온 게 우선 기쁘고, 전쟁에 패했음에도 온전히 군사를 보존하였으니 장수로서 또한 기쁜 것이다."

"아니, 장부가 명예를 잃고 살아서 무엇을……."

"그럼 너는 명예롭게 죽어라."

백제군의 수장은 돌연 칼을 뽑아 세차게 내리쳤다. 이에 질끈 눈을 감은 부장은 저도 모르게 양손을 내저으며 외쳤다.

"자, 장군! 살려주십시오!"

"너는 참 이상한 놈이다. 살기도 싫고 죽기도 싫으니 어쩌란 말이냐."

부장이 무어라 답을 하지 못하는 가운데 그는 도로 칼을 칼집에 넣고 빙긋 웃었다.

"절이나 한 번 더 하자꾸나. 참으로 고마운 분이 아니더냐."

곧 백제군의 수장은 멀리 고구려 진영을 향해 무릎을 꿇으며 큰절을 올렸다. 이러지도 저러지도 못하던 부장도 결국 그를 따라 절을 올리니 곧이어 백제군 장졸 모두가 낙랑 방향으로 절을 올렸다.

"좋구나! 뚱한 자존감에 굳어버린 놈이라고는 하나도 없지 않느냐. 이 부여구, 너희들과 함께라면 곧 천하를 얻을 것만 같다."

자신을 부여구라 말한 백제군 수장은 이윽고 군사들에 영을 내려 진평 땅으로 돌아가기 시작했다. 이 패잔병들은 하루에 반나절만을 걸었으며 돌아가는 내내 노래를 불렀고 멈출 적마다 고기와 술을 먹고 마셨다. 강가에 이르러서는 멱까지 감으니 세상 그 어느 승전군도 이들보다 즐겁지는 못할 것이었다. 모두 부여구의 명에 의한 것이었다. 그렇게 즐거이 회군하는 장졸들은 새로 부임한 느슨한 장군 부여구를 차츰 마음 깊이 사랑하게 되었다.

"이상한 일이다. 전쟁에 졌음에도 병사들이 오히려 이겼을 때보다 더 좋아하다니!"

돌아가는 내내 하는 일마다 반대하던 부여구의 부장 막고해는 비로소 제 상관의 비범함을 깨닫고 혀를 내둘렀다. 군사들이 오히려 고국으로 돌아감을, 곧 있을 해산을 아쉬워함을 본 까닭이었다.

"세상일이란 모두 마음이 지어낸 게 아니더냐. 무슨 일이든 좋게 생각하면 정말로 좋은 일이 되는 것이다."

부여구와 함께 걸터앉아 지는 해를 보던 막고해는 부여구가 던진 말에 크게 고개를 끄덕이다 문득 손을 들어 먼 곳을 가리켰다. 그곳에서는 단기(單騎)의 군마가 필사적인 속도로 그들을 향해 달려오고 있었다. 눈을 가늘게 뜨고 이를 살피던 막고해가 급히 물었다.

"장군, 저기 미친 듯이 달려오는 자는 고구려의 전령으로 보입니다. 지난번 그 장수가 보낸 전령일까요?"

"세상에 아이를 태우고 달리는 전령도 있느냐?"

부여구의 핀잔에 자세히 보니 정말로 군마에는 두 사람이 타고 있었다.

"뭐하는 놈이기에 아이를 태우고 전장을 저리도 경주하듯 달린답니까. 신기한 놈이군요."

"마침 심심하던 터에 잘되었다. 가서 세워보아라."

부여구의 지시에 의해 몇몇의 군사가 앞을 가로막자 달리던 군마는 급히 멈추어 섰다. 과연 그들은 전령이 아니었다. 바로 구부와 우앙, 해를 쫓아 서쪽으로 달리던 엉뚱한 두 인물이 가쁜 숨을 몰아쉬고 있었다.

"아, 해가 또 져버리고 말았다."

말을 몰던 우앙은 백제군의 복색을 알아보고는 심장이 멎을 듯 놀라 얼굴을 굳혔고 구부는 지는 해를 서운한 듯 바라보다 말에 탄 채로 막고해에게 작은 은붙이를 던지며 당당히 말했다.

"보아하니 얼마 전 고구려와 일전을 겨루고 돌아가는 바로 그 백제군인 모양인데 군막에 묵을 곳을 잡아주시오."

엉겁결에 은붙이를 받아 든 막고해가 되물었다.

"너희들은 누구냐? 온 목적이 무엇이고, 어디로 가는 것이냐?"

"나는 고구려의 학자이며 해를 따라 서쪽으로 가는 중이오. 고구려 대장군으로부터 생사육골(生死肉骨)의 은혜를 받은 지 며칠 되지도 않았는데 설마하니 나를 괴롭히지는 않겠지요?"

명쾌히 대답한 구부는 씩 웃으며 은붙이를 하나 더 꺼내어 던졌다.

"가장 맛있는 식사도 부탁하오."

"고구려의 학자?"

막고해는 손에 들려져 있는 은붙이를 살폈다. 민간에서 통용되는 것이 아닌 양 은붙이는 상당히 정교하게 세공되어 있었다. 막고해가 부여구의 기색을 살피려 하는데, 묘한 표정으로 지켜보던 부여구는 이미 양팔을 벌리고 웃음을 가득 띤 채 어린 고구려 학자를 맞이하고 있었다.


백제군 군영의 중앙에 위치한 부여구의 막사에서 구부와 우앙은 상다리가 부러질 만한 성찬을 마주했다. 창백해진 얼굴로 음식을 입에 대지도, 그렇다고 구부에게 무어라 말을 하지도 못하는 우앙, 구부를 신기하다는 듯 찬찬히 뜯어보는 부여구, 그리고 태평스러운 얼굴로 즐거이 음식을 씹어 삼키는 구부, 이 세 사람의 표정은 각기 달랐다.

"평양에서 해를 쫓아 여기까지 왔다고?"

부여구는 구부가 젓가락을 놓기까지 한참을 기다렸다 물었다.

"보름도 넘었소."

구부의 의뭉스러운 대답에 부여구가 다시 물었다.

"해는 왜 쫓는가?"

"해라는 놈은 항상 동쪽에서 서쪽으로 가지요. 어제도 그랬는데 오늘도 동쪽에서 서쪽으로 갔단 말이오. 그러려면 이놈이 언젠가는 되돌아가야 하는데, 아무리 봐도 돌아가는 꼴을 볼 수가 없잖소?"

"그래서?"

"아무래도 밤을 타고 돌아가는 모양인데, 어쨌든 돌아가려면 돌아가는 지점이 있지 않겠소? 그래서 그 돌아가는 지점을 찾으려고 서쪽으로 가는 중이오."

"찾지 못하면?"

"그때는 해가 하나가 아니라 여럿이라는 말이지요. 어제의

해, 오늘의 해, 내일의 해가 다 다른 해라는 말이오."

부여구는 거기까지 듣고서야 빙그레 웃었다.

"고구려의 학자라……. 하하, 학식도 그렇지만 배짱이 웬만한 장수는 따라갈 수도 없을 정도군. 적국의 군막에 잠자리를 청하는 게 마치 제집 안방에 이불 깔라는 투니."

"설마하니 장군씩이나 되는 인물이 은혜를 원수로 갚겠소?"

"어쨌든 군막에 와 돈을 내놓으며 잠자리를 청하는 학자라니, 대단해. 우리 통성명이나 하지. 내 이름은 부여구. 백제의 상장군이네."

비류왕의 차남인 부여구는 어딘지 끌리는 이 고구려의 어린 학자에게 자신을 강조하고 싶어 목소리에 무게를 주었으나 구부는 별 큰 관심사가 아니라는 듯 태연히 고개를 끄덕이고는 침상에 벌렁 드러누웠다. 그리고 부여구가 무어라 더 묻기 전에 이미 잠에 들어 쌔근거리니 부여구는 허허로운 웃음만 짓고 자신의 막사를 비워주었다.


이튿날, 닭이 울자마자 일어난 구부는 한잠도 이루지 못한 우앙을 불러 떠날 채비를 차렸다. 그제야 사람의 안색으로 돌아온 우앙이 준비를 서두르는데 언제 일어났는지 부여구가 그들 가까이로 다가왔다. 부여구는 인사를 생략하고 바로 입을 열었다.

"산해경(山海經)에 보면 해는 둥근 하늘을 타고 서쪽 곤륜산까지 가서, 함지(咸池)라는 연못에 빠졌다가 땅 밑을 지나서 다시 동쪽 끝의 부상(扶桑)이라는 나무에서 떠오른다는 기록이 있어. 즉 곤륜산이 바로 그대가 찾는 해가 되돌아가는 곳이라는 이야기지."

부여구의 말을 귀 기울여 듣던 구부는 자못 심각한 표정으로 한참 들은 말을 곱씹다가 이내 크게 웃음을 터트렸다. 그러는 양을 보고 있던 부여구 역시 함께 웃으며 물었다.

"그렇게 우스운가?"

"곤륜산에서 돌아온다는 건 어쨌거나 한인(漢人)들의 전설일 터. 그 너머의 서역인(西域人)들은 해가 뜨거워 살이 검게 탄다는데 그럼 그 해는 무어란 말이람? 한인들은 세상이 모두 자기네 머리 안에 있다고만 생각하는 바보들이군."

"맞다. 그들은 제 땅 너머의 것들은 생각하는 법이 없지. 곤륜산이 서쪽 땅끝이라는 생각 또한 그런 데서 기인했을 테지. 하지만 그런 생각이나마 기록하여 전해진다는 것은 고래로 천문에 대한 관찰이 끊이지 않았다는 말이 아닌가. 찾아 물어볼 만한 가치는 있다는 소리지."

구부가 은연중에 고개를 끄덕이는데, 거기까지 말한 부여구는 지그시 구부를 바라보며 권유했다.

"마침 우리도 서쪽으로 가는 중이다. 어떤가, 서쪽으로 더

갈 생각이 있다면 내가 국경까지 안전하게 데려다주지."

부여구는 이 어리지만 특이한 고구려 학자에게 묘하게 끌리는 데가 있었다. 구부는 생각할 것도 없이 승낙하였고, 그들은 동행하게 되었다.

며칠 지나지 않아 구부는 부여구가 그간 보아온 여타 유자(儒者)들과는 생각하고 말하는 바가 크게 다름을 발견할 수 있었다. 그는 읽어보지 않은 고서가 없음에도 불구하고 옛 지자(知者)들의 가르침에 대하여 대부분 회의적이었으며 그에 관한 본인의 확고한 생각이 있었다. 여태껏 책에서 물음을 얻고 책에서 답을 찾기만 해온 구부에게 그와의 문답은 너무도 즐거운 것이라 구부는 부여구에게 잠시도 쉬지 않고 질문을 던졌고, 부여구 역시 구부의 색다른 질문들을 좋아하여 되도록 깊이 생각하여 답하였다.

# 구부의 소

　그렇게 백제군과 함께 천천히 서쪽으로 향하던 어느 하루, 구부는 흥미로운 것이라도 발견한 듯 갑자기 말에서 내려 달려갔다. 구부가 이른 곳에는 죽은 지 며칠 되었는지 파리가 잔뜩 꼬인 농부의 시체가 있었는데 그 옆에는 피골이 상접하도록 야윈 소 한 마리가 주저앉아 있었다. 소는 필사적으로 꼬리를 휘둘러 제 주인의 시체에 달려드는 파리들을 쫓고 있어 구부는 그 모습에 빠져들었다. 꽤나 오랜 시간이 흐르자 같이 말을 몰던 부여구가 구부를 재촉하였다.

　"그만 가지."

　그러나 잔뜩 얼굴에 힘을 주고 있던 구부는 이를 들은 척 만 척하고 소와 농부의 시체에 더욱 가까이 다가가서는 별안간 소리를 질렀다.

　"이놈아! 저리 가거라."

　다음 순간 부여구는 입을 떡 벌렸다. 구부가 돌연 힘차게 소를 걷어찬 까닭이었다. 가뜩이나 다 죽어가던 소가 슬피 울며 갑자기 나타난 난봉꾼을 바라보는데 구부는 거듭 거세게 소를 걷어찼다. 연이은 발길질에도 원체 구부의 몸이 작아 소가 꿈쩍도 않자 구부는 나뭇가지를 주워 찌르고 돌을 주워 던지는 등 온갖 패악을 부렸다. 결국 견디다 못한 소가 일어서서 그 자리를 피하고서야 씩씩대던 구부는 행패를 멈추고 돌아섰다. 그러나 구부가 등을 보인 순간 소는 어느새 농부의 곁으로 다시 돌아갔다.

"이놈이!"

구부는 다시 소를 쫓아갔고 소는 황소고집이라는 말의 유래를 직접 보여주기라도 하듯 그에게서 도망쳤다가 농부에게 돌아가기를 끈질기게 반복하였다. 구부의 못된 장난질은 한참이나 지난 후에야 중단되었고 땀을 잔뜩 흘린 채 소를 노려보던 구부는 결국 졌다는 듯 고개를 저었다.

"회군이다, 회군!"

알 수 없는 소리를 던진 구부가 이번에는 농부의 시체에 다가갔다. 그러고는 땅이 꺼져라 한숨을 쉬더니 두 손을 모아 공손히 절을 올렸다.

"현인의 다스림이 깊어 감히 이길 도량이 없습니다. 살았으면 스승으로 모셨을 것을."

군사를 먼저 보내고 뒤에 남아 구부의 행동거지를 의아하게 지켜보던 부여구는 한참 생각하던 끝에 고개를 끄덕이더니, 돌아온 구부의 등을 토닥였다.

"소가 저대로 있으면 죽을 것이라 여겨 그리하였나?"

그러나 구부는 대답하지 않았다. 도리어 얼굴을 더욱 굳혀 심각한 빛을 보이니 부여구는 그것이 부끄러워 그런 줄로 여겨 한마디를 덧붙였다.

"소 한 마리라도 가여워하며 목숨을 살리고자 애쓰는 마음이 보기 좋다."

"그런 것이 아니오. 전쟁을 한 것이오."

"전쟁?"

잠시 생각하던 부여구는 웃으며 물었다.

"그래, 그래서 이겼나?"

"어찌 이기겠소. 내 나라는 임금과 신하와 백성이 서로를 미워하는데."

부여구가 무어라 더 물어보려는데 구부는 여느 때와 달리 퉁명스레 중얼거리고는 입을 닫아버렸다. 이후로 한참을 말 없이 가다가 부여구는 돌연 무슨 생각이 난 듯 제 이마를 치며 구부를 불렀다.

"혹 농부를 군주로 보고 소를 신하로 보았는가?"

제 심중을 알아챈 부여구가 신기하였는지 구부는 고개를 끄덕였다.

"임금이 죽고서도 신하가 떠나지 않는 모습에 화가 났던 것이군. 일개 농부와 미물 주제에 너희 고구려보다 더욱 돈독한 군신의 정을 쌓는 모습이 불쾌했던 것이야."

　부여구는 이제까지와는 다르게 심상찮은 눈으로 구부를 살피며 재차 확인하듯 물었다. 이에 구부는 다시 고개를 끄덕였다. 이후로 부여구도 무언가를 생각하니 둘 사이에는 더 이상 말이 없었다. 그렇게 날이 저물고 야영지에 도착하여 침상에 몸을 눕힐 때쯤 문득 부여구가 입을 열었다.

　"세상에 살아가는 모든 이에게 꿈과 의지가 있는 것은 아니다. 꿈과 의지란 선택받은 자들에게만 있지. 그들이 바로 군주이다. 군주는 신하와 백성에게 제가 품은 꿈과 의지를 보여주며 신하와 백성은 그것을 마치 제 것인 양 받아들인다."

　구부는 갑자기 터져 나오는 백제 장군의 달변에 숨을 죽였다.

　"농부는 풍작을 하리란 꿈과 의지가 있었고, 아무런 이유 없이 그저 살아있기만 하던 소는 그 꿈과 의지를 농부에게서 부여받은 것이다. 소는 농부가 그 꿈과 의지를 향해 달려가는 내내 그와 함께했을 것이며 마침내 달성하였을 때에 함께 즐거움을 누렸을 것이다. 풍작의 결과물은 소에게도 일정량 돌아갔을 것이며 그때 소는 마치 제 꿈이 이루어진 양 행복했을 것이다."

　구부는 그저 귀 기울여 듣고만 있었다.

　"이제 농부가 죽었으니 소는 꿈도 의지도 잃었다. 그런 까닭에 갈 곳 또한 잃고 그 자리에서 과거의 기억만을 되새기는 것이다."

부여구는 말 없는 구부가 무슨 생각을 하는지 짐작할 수 있었다. 아마도 신하와 백성에게 외면당하는 고구려의 태왕을 떠올리고 있으리라. 고구려 태왕 사유는 저를 대신하여 제 어미와 동생이 보여준 고구려의 꿈과 의지를 억지로 꺾었고 그렇기에 군주로서의 자격을 상실하고 홀로 남은 것이었다. 부여구는 어린 구부가 제 나라를 생각하는 마음이 각별한 것을 느끼고는 기특하다는 표정을 지은 채 막사를 나섰다.


다음 날 일행은 백제의 서쪽 국경에 다다랐고, 구부와 부여구는 진심으로 이별을 아쉬워했다.

"이 길을 그대로 걸어가면 연나라 땅이라네."

"오랫동안 길동무가 되어줘서 고맙소, 부여구 장군. 이제 헤어져야 하는군요."

"끝내 자네는 이름을 밝히지 않는군."

"……."

"묻지 않겠네. 그런데 어제 내가 해석한 소의 심정은 맞는 것인가?"

구부는 웃으며 고개를 끄덕였다.

"상당 부분 일리가 있소."

"허허, 학자에게 인정을 받으니 내 마음도 썩 좋군. 하나 이건 알아두게. 나는 학자가 아닌 장군이기에 충실한 대답을 할 수 있었던 것이야."

"무슨 뜻이오?"

"학자는 말로만 세상을 따지기에 실상은 모르는 것이 많지. 결국 세상을 정돈하고 사람의 생과 사를 가르는 것은 이 손에 든 한 자루 칼인데 말이야."

평소와는 다른 어법과 표정을 보이는 부여구의 입가에는 묘한 비웃음이 걸려 있었다. 이를 놓치지 않은 구부는 다소 발끈하여 답했다.

"일리가 있다고 하였지 온전히 맞다 하지는 않았소."

"허허, 사실 그런 것에 맞고 틀리고의 판정은 없지 않은가. 만인이 만인의 해석을 할 테니. 세상사란 그런 것 아니겠나. 만 명의 사람이 있다면 만 개의 세상이 있는 법이니까. 한데 학자란 참 우스운 사람들일세. 그중 하나만이 옳다고 평생을 말로만 우기며 살아가니. 실상은 파리 한 마리 죽일 힘도 없으면서 말이야."

구부는 고개를 가로저었다.

"천만에! 학자가 사람을 죽이지 못한다는 건 틀린 생각이오. 장군은 보이게 죽이고 학자는 보이지 않게 죽일 뿐, 둘 다 죽여야 할 자는 죽이는 법이오."

"학자가 사람을 죽인다? 그건 내게는 허튼소리로만 들리네."

두 사람은 이상하리만치 조금도 지지 않고 맞섰다. 적당히 물러날 줄 모르는 나이인 구부는 그럴 법도 하였지만 부여구 역시 평소와는 다르게 말끝마다 구부를 도발하며 독설을 던져왔다.

"장군은 자신보다 힘이 없는 자를 죽이지만 학자는 오히려 자신보다 강한 자를 죽이는 차이가 있으면 있을까 학자도 사람을 죽인다는 말이오."

"자네는 사람을 죽여본 적이 있나?"

"없소."

"그럼 이제까지 한 말이 모두 허언 아닌가?"

"해보지 않았다고 해서 못 한다고 얘기할 수는 없소."

"그럼 앞으로는 할 수 있나?"

"죽여 마땅한 자라면 죽일 수 있소."

"언제? 나이 육십이 된 후에? 하하하하!"

부여구는 구부를 조롱하며 크게 웃었다. 이런 부여구의 모습을 잠시간 바라보던 구부는 불쑥 한마디를 내었다.

"오랫동안 길동무를 해주고 모용부와의 국경까지 데려다주었으니 뭔가 은혜를 갚고 싶소. 뭐라도 얘기해 보시오."

순간 묘한 표정을 얼굴에 떠올린 부여구는 한참이나 구부를 응시하며 희미한 미소를 짓다 갑자기 얼굴빛을 진지하게 군히며 말했다.

"연나라 모용황의 책사 가운데 송해라는 자가 있지. 참으로 독하고 무서운 자라네."

"송해?"

"그자가 없어지면 우리 백제로서는 큰 근심 하나를 내려놓을 텐데. 고구려도 마찬가지이고."

"날더러 그를 죽이라는 건가요?"

"아니, 그런 건 아니네만 자네가 하도 호기롭게 사람을 죽일 수 있다고 해서 말일세. 설마 그를 죽이는 게 가능하다고 생각하는 건 아니겠지? 그는 진짜 살아있는 사람이니까. 말 속에만 존재하는 게 아니라."

"하지요."

"무어?"

"송해라는 자를 없애겠단 말이오."

부여구는 얼른 두 손을 내저었다.

"행여 그런 생각일랑 하지도 말게. 그냥 농담으로 한번 해본 말이야."

"내가 도리를 좇는 학자이거늘 말에 책임을 져야 하지 않겠소."

"제발 그러지 말라니까. 그냥 농담을 했을 뿐이라고. 그대가 하도 물러나지 않기에 해본 소리일 뿐이야."

"아니, 나는 하겠소."

구부의 목소리가 가장 단호해진 지점에서 부여구는 갑자기 말투를 진지하게 바꾸어 구부 앞에 허리를 깊이 숙이고는 큰절을 올렸다.

"정 그러겠다면 꼭 부탁하네."

바로 뒤에 선 우앙의 표정이 더욱 시커멓게 변하는 것을 아는지 모르는지 구부는 마주 엎드렸다.

"내가 이번에 송해를 죽이면 장군은 다음번 나의 부탁을 하나 들어주시오."

"그거야 이를 말인가!"

그것을 마지막으로 대화를 멈춘 두 사람은 서로의 손을 붙잡았다. 어쨌거나 서로를 높이 보고 많은 이야기를 나눈 사이였기에 그들은 헤어짐을 진심으로 아쉬워하며 작별을 고했다. 떠나가는 구부의 등 뒤를 가만히 지켜보는 부여구에게 부장 막고해가 다가와 물었다.

"어리지만 인재가 아닙니까."

"그럼. 대단한 인재지."

"한데 송해라니, 될 법이나 한 소리입니까? 척 봐서는 두 분이 무척 정이 든 것 같았는데 어찌 저 어린 소년을 사지로 보내십니까?"

부여구는 빙긋 웃었다.

"재미있지 않겠나. 저만한 인재에 천운 또한 따라줄는지."

"정말 저 어린 소년이 송해를 죽이려 들 걸로 생각하십니까?"

"나 또한 궁금해. 두 갈래 길 중 저 아이가 어떤 길로 갈지."

"두 갈래라면?"

"하나는 피하는 거다. 나와의 약속을 어기고 송해를 죽이기는커녕 찾지도 않는 거야. 그러면 저 아이는 내게 평생 마음의 빚을 안게 된다. 굳이 내가 엎드려 절을 한 건 빚의 무게를 늘리기 위해서야. 저 아이는 평범한 학자가 아니야. 못해도 대장군이나 재상이 될 아이지. 장차 고구려의 동량이 될 자이니 내게 평생의 빚을 지워놓는 거야. 생각만 해도 유쾌한 일이 아닌가."

"또 하나는요?"

"송해를 죽이려다 그 자신이 죽는 거다. 어리지만 진실된 걸로 보아 이 길을 택할 가능성이 더 커. 나는 친구를 잃지만 백제는 큰 득을 보는 것이야. 장차 저 아이가 고구려의 동량이 되면 고구려는 감당 못할 나라가 될 테니까."

"저 어린아이가 장차 대장군이나 재상이 된다고요?"

부여구는 잠자코 고개를 끄덕였다.

"저 아이는 보통 사람과 아예 싹이 달라. 저 어린 나이에 칼을 쥐지 않았어도 칼 든 무사보다 강하잖나. 평생 칼 한 번 못

잡아본 소년이 송해를 죽인다? 누가 감히 그런 말을 입 밖에 낼 수 있단 말이냐. 지금 저 아이를 죽이는 게 맞아."

"장군님께서는 정말 그를 좋아하는 것 같았는데 한편으로는 그가 죽기를 바라시니 이해하기가 참 힘듭니다."

"죽으면 그뿐이고, 살아남으면 내 친구가 되는 거야."

부여구는 눈에 아득한 구부의 뒷모습을 보며 알 수 없는 웃음을 머금었지만 다른 한편으로는 어딘지 쓸쓸하고 후회스러운 표정을 떠올리곤 했다.

# 약속을 지키다

"글자란 참 재미있는 것이다."

바닥에 송宋이라는 한자 하나를 써놓고 한참을 들여다보던 구부가 빙글거리며 말했다.

"사실 글자란 그림을 간소히 옮긴 것이라 생긴 것만 보아도 뜻을 짐작할 수 있지."

"소졸은 까막눈인지라……."

"이 목木은 본래 나무를 그린 그림이다. 그 위에 관을 하나 씌운 것이 이 송宋이라는 글자이지."

"나무에 관을요? 한데 왕자님, 소졸에게 글이라도 가르치시렵니까?"

생뚱맞다는 듯 묻는 우앙에게 구부는 웃으며 고개를 끄덕였다.

"그래. 한 글자만 가르쳐 보련다. 너는 이처럼 관을 쓴 나무를 본 적이 있느냐?"

"없습니다……. 아, 아니 있습니다. 그, 한두 개도 아니고 고을 어귀마다 있는 장승이 바로 관 쓴 나무 아닙니까?"

"그래. 맞다."

구부는 무엇이 그렇게도 좋은지 연신 웃으며 말했다.

"이 글자 하나로 나는 부여구를 이겼다."

"예?"

"너 혹시 칼춤이라든가, 노래라든가, 혹 그런 잡기에 재주가 있느냐?"

"그럴 리가 있겠습니까."

"그러면……."

한참 이런저런 것을 물으며 고개를 주억거리던 구부는 곧 무엇이 신나는지 우앙의 등을 두드리며 웃었다.

"너는 지금부터 벙어리에 귀머거리다."

"예?"

"그리고 용한 의원이지."

"평생 침 한 번 맞아본 적 없는 제가 어찌……."

밑도 끝도 없는 소리에 우앙이 당황하여 말을 잇지 못하는 데 구부는 걱정하지 말라는 듯 밝게 웃었다.

"무엇을 듣든, 무엇을 말하고 싶든 허공에 손만 흔들어라. 내가 다 알아서 하마."

"왕자님께서는 의술도 아십니까?"

"모른다."

우앙이 재차 묻자 구부는 그의 뒤통수를 쥐어박았다.

"열 개의 병 중 아홉 개는 기분이 좋으면 낫는 법이야. 그보다 너는 이제 벙어리라니까."

"그…… 어이쿠!"

입을 열려다 또다시 얻어맞은 우앙은 이후로 입을 열지 않았다. 그들은 길 가다 나타난 어느 한적한 마을 어귀에서 타고 온 말을 팔고 낡은 옷을 구해 입었다. 그리고 걸어서 서쪽으로 향하기를 십여 일, 결국 그들은 적국 연나라의 도성인 극성에 들었다.

본래 궁핍이란 상대적인 것이라 이웃이 모두 함께 가난한 곳에서는 오히려 다툼이 덜한 법이었다. 다만 그 가난이 생존의 문제에까지 다다르면 자연스레 타인에 대한 관심까지 사라지기 마련. 벌써 일고여덟 해가 지나도록 온 백성에게 내려진 징집령이 거두어지지 않은 연나라의 극성이란 바로 옆에서 사람이 죽어나가도 표정 하나 바꾸지 않는 일이 비일비재한 곳이었다.

"아으으어……."

알 수 없는 괴성이 한산한 저잣거리를 흔들었으나 고작 몇몇 행인이 고개를 돌려 소리 난 곳을 훑어볼 뿐이었다. 그곳에는 한 거지꼴의 소년이 입에서 게거품을 흘리며 모로 누워 발버둥을 치고 있었다.

"먹질 못해 저 꼴이구먼."

돌아갔던 행인들의 고개조차 얼마 지나지 않아 제자리로 돌아왔다. 별로 희귀한 광경도 아닐뿐더러 관심을 가진들 할 수 있는 일이 없는 때문이었다. 그러나 얼마의 시간이 지난 순간, 행인들의 고개는 다시 발버둥 치는 소년에게로 향하여 못 박힌 듯 그 자리에 머물렀다. 그것은 소년에게 달려든 한 사내가 품속에서 은침을 꺼내 든 까닭이었다.

"의원……?"

행인들이 숨죽여 지켜보는 가운데 사내는 빠른 손놀림으로 소년의 이곳저곳을 주무르며 침을 놓았다. 얼마 지나지 않아 소년의 흩어졌던 동공이 제자리로 돌아오는가 싶더니 이내 경련하던 몸이 멈추었다. 쓰러졌던 소년은 거짓말처럼 벌떡 일어났고, 순간 저잣거리에는 환호성이 일었다.

"의원, 의원이다!"

실로 오랜만에 나타난 의원이었다. 극심한 화상을 입은 모용황을 돌보기 위해 온 나라의 의원이란 의원은 모조리 궁성으로 소집된 터였고, 그나마 가뭄에 콩 나듯 남은 의원들은 지체 높은 환자들만으로도 일손이 벅차 일반 백성을 돌볼 겨를이 있을 리 없었다. 그야말로 몇 해 만에 나타난 의원인지라 순식간에 모여든 인파가 주위를 메우며 소란을 벌였다.

"의원님! 부디 제 아들놈도 좀 봐주십시오. 걷지를 못한 지가……."

"마누라가 당장이라도 세상을 뜰 지경입니다. 제발……."

수도 없이 쏟아지는 부탁에도 의원은 답하지 않았다. 다만 몇 번 고개를 젓더니 품에서 종이 한 장을 꺼내서는 높이 들어 보였다.

'농아(聾啞).'

갑자기 군중의 소란이 멈추었다. 스스로를 듣지도 말하지도 못한다고 밝힌 의원은 다시금 다른 글자가 쓰인 종이를 들었다.

'일일일인(一日一人).'

하루에 한 명. 역시 명의는 다른 법이라며 사람들은 오히려 더욱 큰 희망을 품었다. 언제 소란을 벌였냐는 듯 그들은 질서 정연하게 줄을 만들어 의원을 향해 길게 늘어섰다. 의원은 한나절이 다 가도록 그 자리서 그들의 순번을 정해주었고, 저물녘이 되어서야 모여드는 이들을 물렸다. 그리고 거의 백여 명에 가까운 이들의 명단을 만든 의원의 뒤에서는 좀 전 간질로 뒹굴던 소년이 언제 그랬냐는 듯 두 눈을 빛내며 의원을 돕고 있었다.


'먼저 이 탕약을 한 그릇 드시오.'

의원은 그 누가 찾아와도 같은 말로 진료를 시작하였다. 침을 놓고 약재를 처방하는 일에 우선하여 정체를 알 수 없는 탕약을 한 사발 들이켜게 하였는데 그것은 다리가 아픈 환자, 머리가 아픈 환자, 하물며 배탈이 난 환자까지도 같았다. 진료를 마치고 돌아가는 이들에게 주는 처방문 또한 한결같아 이 탕약 며칠 분을 미리 지어주는 것이었다.

"아니, 정말로 만병통치약이라는 것이 있나 봅니다!"

"있지."

구부가 빙글거리며 고개를 끄덕이자 우앙은 어안이 벙벙하여 이 볼수록 놀라운 왕자를 붙잡고 재차 물었다.

"어찌 왕자님께서 그런 약을 만들 줄 아십니까?"

"배웠지."

"배워요? 대체 어떤 이인(異人)께서 그런 것을 가르쳐줍니까?"

"비법은 궐 소주방의 이름 모를 식모로부터 전해져 온 것인데 말이야."

구부는 씩 웃고는 달여놓은 탕약 한 사발을 우앙에게 내밀었다. 우앙은 미심쩍은 얼굴로 받아서 한 모금 들이켜더니 순식간에 사발을 다 비우고는 갑자기 탄성을 내었다.

"참으로 달고 맛있습니다. 세상에 이런 약도 있습니까?"

"꿀물이다."

"예? 꿀이요? 그게 만병통치약일 리는 없잖습니까?"

"실은 그렇지. 그러나 하루에 한 명만 보면 그 자체로 이미 최고의 명의가 아니겠느냐. 하늘처럼 믿는 용한 의원이 주면 냉수를 마셔도 만병이 낫는 법이다."

과연 그랬다. 신통하게도 찾아온 사람들이 모두 입을 맞춘 듯 병이 나았다며 우앙을 칭송하니 채 한 달도 되지 않아 소문이 극성에 넘쳐흘렀고 문전성시를 이루어 몰려드는 이들 중에는 아프지 않은 이들까지도 있는 지경이었다.

"이게 어떻게 된 일입니까? 소졸이 진짜 명의가 되고 말았습니다."

"후후, 마음에 철석같은 믿음이 생겼으니 병이 나을 수밖에."

"한데 이게 무슨 놀음입니까?"

"기다려 보거라. 곧 일이 생길 테니."

구부의 예상은 며칠 지나지 않아 현실로 다가왔다.

"갈 곳이 있다."

갑자기 나타난 병사 예닐곱 명이 내민 날카로운 창끝이 우앙의 목에 다가왔다. 귀머거리 의원의 입과 귀가 되어온 구부가 다급한 손짓으로 말을 전달하였고, 잠시 머뭇거리던 우앙은 고개를 저었다.

"순번을 기다리라 하십니다."

창은 우앙의 목에 더욱 가까이 다가왔고 질겁한 구부는 두 손을 들어 그들을 만류했다. 이에 병사 중 하나가 구부를 걷어차 쓰러뜨리며 한층 힘을 준 목소리를 뱉어냈다.

"황제 폐하를 뵙는 일이다. 네가 끝까지 순번을 고집하면 앞선 순번이 모두 죽으리라."

우앙은 급히 달려가 구부를 일으키다 병사들의 흉흉한 기세를 보고는 할 수 없다는 듯 고개를 끄덕였다. 그리고 구부를 향해 손을 몇 번 까딱하니 구부는 곧 신음하는 중에도 우두머리를 향해 또박또박 고했다.

"청이 있다 하십니다."

"무어?"

"조정의 여러 대신들이 입회한 곳에서 폐하의 상세(傷勢)를 살피시겠답니다."

구부의 당돌한 언변에 우두머리는 킬킬거리며 웃었다.

"우스운 놈들이다. 너희가 무엇이라고 감히 폐하를 독대케 할까. 당연히 여러 대신이 함께 계실 것이다."

그제야 우앙과 구부는 고개를 끄덕이고 두말없이 병사들의 뒤를 따랐다.


흉측하게 일그러진 얼굴이었다. 녹았던 살점끼리 아무렇게나 엉겨 붙은 채 아물었고 뒤집어진 피부는 돌아올 길 없이 속살과 근육을 밖으로 훤히 드러내었다. 그것이 평곽성의 불길에서 가까스로 살아난 연나라 황제 모용황의 얼굴이었다. 높은 옥좌에 앉아 우앙과 구부를 내려다보는 그를 대신하여 한 신하가 입을 열었다.

"밤만 되면 견디지 못할 격통을 겪으신다. 상세를 정확히 짚으면 큰 상을 내릴 것이요, 그렇지 않으면 살아서 나가지 못할 것이다."

우앙은 다소 위축된 얼굴로 어깨를 움츠렸다. 그러나 늘어선 신하들은 익숙한 광경인 듯 입술을 비틀며 비웃음을 떠올렸고 뒤따르던 구부는 아무것도 모르는 듯 명랑한 목소리로 모용황의 앞에 나아가 고했다.

"먼저 폐하께 고할 것이 있습니다."

모용황이 미미하게 고개를 끄덕이자 구부는 곧 활짝 웃으며 말했다.

"믿기 어려우시겠지만 사실은 제가 의원입니다. 이자는 소인의 스승께서 부리던 종으로 소인의 나이가 적어 여느 환자들이 믿지 못하기에 대신 내세운 것이옵니다."

신하들 몇몇의 얼굴에 놀라는 빛이 스쳤으나 모용황은 무슨 상관이냐는 듯 물었다.

"그래서?"

"소인이 폐하의 병을 제대로 구완치 못하여 죽임을 당하더라도 이자에게는 죄가 없으니 살려주옵소서."

퍼뜩 놀란 우앙이 무언가 입을 열려는데 구부가 입을 막으려는 듯 이어서 고했다.

"이자가 무척 심약하여 의술에 방해가 되니 먼저 내보내 주실 수 있을는지요."

"주인 된 도리를 아는 아이로구나. 좋을 대로 하라."

모용황이 선선히 허락하자 우앙의 얼굴은 더욱 흙빛이 되었다. 정말로 병에 차도가 없거든 구부 자신을 죽이라는 뜻인 까닭이었다. 그러나 우앙은 별다른 행동을 할 수 없었다. 그저 구부에게 무슨 말이라도 하려는 듯 입을 몇 번 벙긋거리다 대전 밖으로 물러날 뿐이었다.

"가까이서 살피도록 해주십시오."

모용황에게 조심스레 다가선 구부는 상처를 더듬고 맥을 짚는 등 한참 동안 이런저런 진료를 하였다. 기다리기 지루할 정도로 오랜 시간 동안 상세를 살피던 그는 곧 차분히 결론을 내었다.

"송구하오나 외상은 벌써 아문지 오래이옵니다. 이미 상한 외양은 어찌할 수 없으나 이와 건강에는 아무런 관계가 없사옵니다."

"결국 네놈 또한 연유를 밝히지 못했단 말이로다. 폐하께 병환이 있음은 틀림없는 터, 이제는 네놈의 모자람을 물어야만 할 일이다."

눈을 부릅뜬 신하 하나가 크게 소리치자 구부는 손을 입가에 가져다 대어 조용하라는 듯 그의 입을 막고는 제 할 말을 이었다.

"외상보다는 다른 데에 문제가 있습니다. 기가 흐트러져 희미하고 맥의 흐름이 막혔다 트이기를 반복하는 것이 화병이옵니다. 얻은 울화를 삭일 길이 없어 가슴에 담아두면 소화와 호흡에 곤란을 겪게 되는데 이것이 길어지면 자연히 간장을 상하게 됩니다."

"말 같지도 않은 소리! 상세를 볼 줄 모르니 괜한 소리를 하는구나!"

본래 모용부의 근신(近臣)이란 열에 아홉은 칼 쓰는 무장이었다. 크게 역정을 내며 달려온 다른 신하 하나가 금세라도 후려칠 듯 구부의 멱살을 잡았다. 그 순간 메마르고 을씨년스러운 목소리가 신하의 행동을 막았다.

"울화라……."

모용황은 다른 생각이 들었는지 음침한 목소리를 내밀어 신하의 말을 자르고 그러잖아도 벌겋게 드러난 눈을 더욱 붉히며 저 혼자 중얼거리다 삭은 가래를 뱉고는 쉰 늑대 울음 같은 소리를 냈다.

"울화라. 나는 어려서부터 모든 것을 참아만 왔지. 또한 참지 않았을 때마다 실패했다."

"……."

"평생을 울화와 함께 살았으니 병이 될 만도 하지. 네놈은 정말 상세를 볼 줄 아는구나."

"과찬이옵니다. 이에 대한 처방은……."

"되었다."

모용황은 벌건 잇몸을 드러내며 음산하게 웃었다.

"병마를 잡든가 병으로 죽든가 결판을 내면 될 일 아닌가."

알 수 없는 살기와 더불어 탁한 음성을 흘려내며 눈빛을 번뜩이던 모용황은 곧 구부에게 돌아갈 것을 허락했다.

"물러가라."

그러나 구부는 즉시 허리를 숙이고 몸을 일으키는 대신 제자리에 못 박힌 듯 움직이지 않았다. 오히려 모용황을 향해 한 걸음 다가가더니 입을 열어 낭랑한 목소리로 고했다.

"잠시만 시간을 더 허락하소서."

"……?"

"마음의 병 또한 처방이 있는 법이라, 의원 된 도리로 반드시 처방을 드려야만 하겠습니다."

모용황의 섬뜩한 눈길을 받아내며 구부는 재차 입을 열었다.

"아뢰기 송구하오나……."

구부는 잠시 말을 멈추고 뜸을 들이더니 모용황의 좌우로 길게 늘어선 신하들을 죽 훑어보고는 별안간 그들을 꾸짖듯 목소리를 높였다.

"폐하의 울화는 첫째로 신하의 무지에서 비롯되었으니 먼저 이를 벌하셔야 마음의 병이 풀어질 것이옵니다."

갑자기 터져 나온 구부의 엉뚱한 소리에 깜짝 놀란 신하들은 이내 눈을 치켜뜨고 주먹을 부르쥐었다. 식식거리는 소리가 이곳저곳에서 새어 나왔으며 분통이 터진 나머지 황제의 앞이라는 사실을 잊고 칼자루에 손을 가져간 이들까지 있었다. 그러나 구부는 아랑곳 않고 제 할 말을 계속하였다.

"고구려 태후의 계략을 상대할 지략가가 없어 폐하께서 몸이 상하신바 마땅히 모든 책사는 제 모자람에 벌을 청하며 근신해야 할진대 입바른 소리만 하며 환심만 사려 하니 그것이 폐하의 울화를 키우는 가장 큰 원인이옵니다."

간 큰 소리였다. 미치지 않고서야 도무지 입 밖에 낼 수 없는 구부의 이야기에 조정은 할 말을 잃고 침묵에 빠졌다. 그리고 그 침묵을 깨고서 모용황의 웃음소리가 터져 나왔다.

"하, 하하! 하하하!"

모용황은 무엇이 그리 우스운지 목청이 터져라 한참을 웃어젖혔다. 그러고는 한껏 편안해진 얼굴로 좌우를 향해 기분 좋게 말했다.

"훌륭한 진단이다."

"……."

"실로 오랜만에 나를 즐거이 웃겼으니 훌륭한 진단이 맞다. 여봐라! 이 아이에게 황금 한 근을 주어 보내라. 한데 처방이란 무엇이냐? 나더러 내 책사를 모조리 죽이기라도 하라는 것이냐?"

즉각 답하지 않는 구부를 두고 모용황은 비웃음을 흘리며 물었다.

"내 책사를 모조리 죽이면 내 병마가 사라진단 말이냐?"

"그것은……."

여전히 구부가 머뭇거리자 모용황은 더욱 짙은 비웃음을 떠올리며 한 손을 들었다.

"내 책사의 모자람을 모른 것은 내 잘못이요, 좋은 책사를 거느리지 못한 것도 내 잘못이다. 네놈이 처방이랍시고 내 허물만을 들추는구나."

그러고는 언성을 높여 외쳤다.

"여봐라, 이 아이가 참으로 맞는 말을 하였으니 황금 한 관을 더 주어라. 또한 용서할 수 없는 말을 하였으니 끌고 가 목을 쳐라!"

구부가 열변을 토하는 내내 벙어리가 되었던 신하들은 너무도 통쾌한 모용황의 분부에 너 나 할 것 없이 얼굴을 활짝 폈고 모용황은 더 볼 필요 없다는 듯 일어서서 등을 돌렸다.

"송해!"

속절없이 끌려가던 구부가 별안간 한 이름을 외쳤다.

"송해이옵니다. 실상 연나라 조정에는 구름 같은 명신과 책사가 있사오나 오직 저 송해라는 자가 제 무지함을 모르고 가장 윗자리에 앉아 아랫사람들의 충언을 막으며 폐하의 눈을 흐린 것이옵니다. 저자만 벌하신다면 차후로는 만사형통할 것이옵니다."

다급한 외침이었으나 모용황은 그저 피식 웃을 뿐 뒤도 돌아보지 않고 대전을 나섰다. 그렇게 구부의 죽음이 결코 피할 수 없는 일이 되려는 찰나 중신 가운데 시립하였던 신하 하나가 빠르게 모용황의 앞으로 나아가 엎드렸다.

"폐하!"

바로 송해였다. 꿇어 엎드린 채 얼굴을 한없이 붉게 물들인 그가 모용황을 향해 간절한 목소리로 고했다.

"폐하, 저 아이의 욕보임이 너무도 지나치나이다. 소신에게 기회를 주신다면 연나라 조정이 그리 만만한 곳이 아님을 깨달은 다음 죽게 해주고 싶나이다."

그러나 모용황은 경멸과 조소가 뒤섞인 얼굴로 그를 흘낏 쳐다보고는 그냥 지나쳤고 송해는 더욱 분하고 원통한 듯 그의 등에 대고 연신 간절한 목소리로 청했다.

"소신이 목숨을 걸고 저 아이로 하여금 부족함을 느끼게 하여 스스로 입을 부수게 하겠사옵니다. 결코 연나라의 책사가 모자라지 않음을 폐하 앞에서 증명해 보이겠나이다. 부디 허락해주소서."

"네 그릇이 정말로 작구나."

모용황은 얼굴을 일그러뜨리며 송해를 노려보았다. 신하를 보호하고 사기를 진작하려 구부의 비난을 스스로의 허물로 돌렸음에도 송해가 제 자존심만을 내세워 경거망동하니 한심하기 짝이 없었다. 그러나 송해는 나름 모용황의 근신 중의 근신이었다. 목숨까지 거론하며 간청하자 더는 무시할 수 없었는지 모용황은 코웃음을 치는 와중에도 고개를 끄덕이며 도로 자리에 앉았다. 이에 송해는 몇 번 더 고개를 조아리며 모용황에게 감사를 표하고는 곧 일어서서 구부를 보며 독한 목소리를 내었다.

"네가 감히 폐하의 병인(病因)이라 지껄인 것은 내 미처 주태후가 천륜과 인륜을 저버린 악독한 계집인 줄 짐작하지 못한 탓이다."

송해는 이를 바득바득 갈며 구부를 향해 내뱉었다.

"네가 아는 척이 심하니 어디 나와 더불어 학식을 겨루어보자. 네가 무엇을 묻든 내가 답하여 보이마. 내 답이 맞거든 너를 죽일 것이요, 답하지 못하거든 내가 스스로 목숨을 끊으리라."

"경솔히 목숨을 거론하지 마시오. 내 아직 나이가 어려 감히 명신(名臣)과는 학식을 겨룰 도리가 없으나 제 뿌리도 모르는 자보다는 아는 바가 많소."

꾸짖듯 던져오는 구부의 말에 송해는 더욱 얼굴이 붉어져 외쳤다.

"무어?"

"그대의 송(宋)이라는 성씨의 뿌리를 알기에 하는 말이오. 본인은 모르겠지만."

"도대체 무슨 개소리냐!"

"아니라면 한번 말해보시오. 그대의 성씨는 어디서 유래하였소?"

연신 얼굴을 벌겋게 물들이며 외치던 송해는 그 질문에 별안간 표정을 가라앉히고 침착한 목소리가 되어 되물었다.

"그것이 네 질문이냐?"

눈을 번뜩이며 묻는 송해에게 구부는 고개를 끄덕이며 한술 더 떠서 대답했다.

"그렇소. 그대가 방금 말했듯 그대와 나의 목숨을 두고 묻는 질문이오."

송해는 만면에 비웃음을 떠올렸다. 그러고는 곧 유수와도 같은 설명을 시작하였다.

"듣거라. 송이란 과거 주나라 무왕이 은나라를 무너뜨린 후 은나라 왕족인 미자(微子)로 하여금 제 유민을 거두어 살게끔 한 땅이다. 은은 하남(河南)에 위치했던 옛 나라로 나의 성씨란 거기서 살던 이들을 지칭한 것이다."

"그리하면 그 이전에는 송이라는 글자가 없었다는 뜻이오?"

"글자야 있었겠지만 따로 이름 붙여진 기록은 그러하다. 곧 나의 조상은 은나라의 유민이며 굳이 따지자면 앞서 말한 미자가 바로 나의 시조가 된다. 네 어디서 글월 한두 줄을 우연히 보고 감히 떠들었겠지만 모름지기 학문이란 서책 일천 권은 읽고서야 남 앞에 내세울 것이 된다. 어린아이가 함부로 논할 것이 아니라는 말이다."

자랑스럽게 말을 마친 그는 곧 등을 돌려 모용황을 보았다. 글을 안다는 신하들의 얼굴이 밝아진 가운데 모용황 또한 다소 표정이 풀어진 것이 모두가 제 명쾌한 답변에 만족하였다 여긴 송해는 득의하여 웃음 띤 얼굴로 고했다.

"폐하, 이처럼 근거 없는 말을 지어내어 혹세무민(惑世誣民)하는 버릇이 어린 나이에도 이토록 심하니 그냥 둘 수는 없는 노릇이옵니다. 소신의 생각으로는 이 아이뿐 아니라 스승이라는 자와 부모를 모두 잡아다 벌하는 것이 연나라의 앞날과 조정의 위엄을 위하여 옳지 않은가 생각하나이다."

모용황이 미미하게 고개를 끄덕이는 가운데 돌아가는 분위기로 그들 간 내기의 승패를 짐작한 병사들이 구부를 향해 다가왔다. 그들이 곧 구부를 꿇어앉히고 포박하려는 순간 구부는 갑자기 웃음을 터트렸다. 어린아이의 깔깔거리는 웃음소리라 듣는 이들이 모두 눈살을 찌푸리는데, 한참을 거듭 높은 소리로 웃던 구부는 곧 정색하더니 뜬금없는 물음을 던졌다.

"산짐승은 산에 살아서 산짐승이라 부르오? 아니면 산짐승이라 부르기에 산에 사는 것이오?"

"무슨 소리냐?"

"송씨가 살기에 송나라라 이름을 붙였겠소? 아니면 송나라라 이름을 붙였기에 송씨들이 살았겠소?"

구름 잡는 듯한 질문을 던져놓고 기다리던 구부는 송해가 얼른 답하지 못하자 제가 먼저 입을 열어 긴 이야기를 시작하였다.

"글자란 본래 형상을 본떠서 만들어진 터. 갓머리宀 아래 나무木를 그려 넣은 송宋이란 글자는 본래 나무에 평평한 갓을 씌워놓은 모양을 그대로 따라 그린 것이오. 평평한 갓을 쓴 나무란 고래로 장승 외에는 찾아볼 수가 없는 것이며 누구나 알다시피 장승이란 옛적 환국(桓國) 왕인 치우의 형상을 조각한 것이오."

"장승?"

"지금에 와서는 수호신의 상징으로 마을 어귀에 세우지만, 실제로 그것은 옛적 치우가 국경을 넓힐 적마다 세우던 기념비와도 같은 것이었소. 하남 땅을 점령한 치우는 그곳에 제 백성을 두고 많은 장승을 세우게 하였소. 이후로 세월이 흐르며 그들에게 장승의 모습을 본뜬 송이라는 성씨가 붙었으니, 그 성씨의 기원은 그러한 것이오."

송해는 평생 처음 들어보는 소리에 말문이 막혔다. 오랜 세월 섭렵해 온 사서와 경전 그 어디에서도 그와 같은 방법으로 역사를 되짚는 것을 본 적이 없었다. 기원이나 유래란 가장 오래된 기록에서 찾는 것이 당연한 일이었고 그는 가장 정확하게 사마천 사기의 송미자세가(宋微子世家)를 기억하고 있었다. 그러나 그는 구부의 논리에 반박할 수 없었다. 갓 쓴 나무보다 더 송이라는 글자를 정확히 설명할 수는 없는 노릇이었고, 갓 쓴 나무란 정말로 장승 외에는 떠오르지 않았다. 마땅히 떠오르는 바가 없으니 무엇도 대꾸하지 못한 채 머뭇거리던 그는 결국 가장 궁색한 말을 외쳐야만 했다.

"대체 그러한 기록이 어디에 있느냐?"

"하남 땅에 세워진 수많은 장승들이 그것을 증명할 터. 그대 스스로도 송씨가 하남에서 유래했다 하지 않았소? 아직도 하남에는 수많은 장승과 더불어 송씨가 살고 있으니 그것이 바로 기록이고 증거요."

"기록을 말하라! 분명 사서에는 주(周)나라 무왕이 송이라는 성을 붙인 기록이 있다."

"무왕이 그 글자를 만들었소?"

"그것은 아니겠지만……."

190

"하면 그대는 무왕이 그 송이라는 글자를 어디서 가져왔는지 아는 바가 있소?"

"……."

"무왕이 그 이름을 붙인 것은 맞소. 그러나 없던 글자를 별안간 만들어 붙인 것이 아니라 이미 그 땅에 사는 자들의 성씨를 따서 붙여준 것이오. 산에 사는 짐승을 산짐승이라 부르고 모용씨가 사는 땅을 모용부라 부르듯 세상에 단 하나밖에 없는 형상, 바로 평평한 갓을 쓴 나무를 칭하는 송이라는 이름을 그 땅에 붙인 것이란 말이오."

송해는 아무 말도 할 수가 없었다. 구부의 말이 사실인지 알 방도는 없었으나 이미 진위 여부를 따질 문제가 아니었다. 구부의 말대로 기록이란 있었던 글자가 사용된 예일 뿐, 그것의 본과 유래를 따지는 데에는 하등 도움이 되는 것이 아니었다.

"허허."

송해는 제 머리를 부여잡고 허탈한 한숨을 쉬었다. 세세히 머리에 새겨두었던 그 어느 사서와 경전에서도 구부의 말에 반박할 지식은 찾아볼 수 없었다. 아니, 세상의 그 어디에도 눈앞의 소년과 겨루어 이길 학식은 기록되어 있지 않을 것이었다. 스스로 평생을 자랑해 왔던 학식이란 것이 너무도 보잘 것없게만 여겨져 견딜 수가 없었다.

"아!"

송해는 문득 더없이 깊은 신음을 내뱉었다. 그러고는 기나긴 탄식을 터트렸다.

"나는 도대체 무슨 공부를 했는가. 평생 세상일을 읽고 들으며 외웠건만 이치를 스스로 따져본 적이 없으니 실상은 깨우친 것이 없구나. 나는 아는 것도 함부로 말할 수 없는데, 저 아이는 제가 모르는 것도 말할 수 있다."

거기까지 말하던 송해는 갑자기 무릎을 꺾으며 풀썩 제자리에 쓰러졌다. 곧 머리가 목에서 떨어져 바닥에 구르니 그것은 잠자코 지켜보던 모용황이 칼을 뽑아 송해의 목을 쳐버린 까닭이었다. 흰자위를 드러내고 혀를 빼문 송해의 머리는 바닥을 굴러 구부의 발치에까지 다다랐다. 그러자 구부는 그 섬뜩한 모습에도 놀라는 법 없이 두 손으로 이를 잡아 눈을 감기고 올바로 세워주더니 깊이 고개를 숙여 마음속으로 명복을 빌었다.

"가라."

이 광경을 선 채로 노려보던 모용황이 감정 없는 목소리로 내뱉었다.

"송해가 약속했으니 네놈의 목숨은 살려주겠다."

그러나 구부는 더 할 말이 남았는지 이번에도 얼른 물러나지 않았다. 모용황의 말없이 부릅뜬 눈이 차차 붉어졌지만, 구부는 무엇을 생각하는지 제자리에 서 있다 말문을 열었다.

"처방의 삯을 내려주십시오."

"삯? 죽지 않았으니 네게 이미 내려진 황금을 가지고 가라."

"황금보다는 폐하께 하나 여쭙고 싶은 것이 있습니다."

중신을 직접 살해한 것이나 마찬가지인 마당이었다. 그럼에도 얼른 물러나기는커녕 당돌하다 못해 제정신을 의심케 하는 소리를 던져오자 칼자루를 부여잡은 이들의 손아귀에 힘이 들어가지 않을 수 없었다. 그러나 구부는 이에 아랑곳하지 않고 모용황의 두 눈을 정면으로 바라보며 다음 말을 이어갔다.

"지나는 길에 소 한 마리를 보았습니다. 오래 먹지 못하였는지 피골이 상접하였는데, 이 소 옆에 시체가 하나 있어 살펴본즉 죽은 지 꽤나 오래된 농부였습니다. 근방에 고을이 없었으니 아무래도 생전에 소의 주인이었을 것입니다. 그대로는 소까지 굶어 죽겠기에 다른 주인을 찾아주려 끌었는데 이 소라는 놈이 어찌나 의리가 깊은지 도무지 제 주인의 시체를 떠나지를 않았습니다."

엉뚱한 소리를 늘어놓던 구부는 잠시 뜸을 들인 후 다시 입을 열었다.

"생전에 농부가 아무리 소에게 잘해 주었던들 소를 대신하여 일을 하진 않았을 것입니다. 소는 평생 농부에게 부림을 받으며 일했을 것이 분명한데 주인이 죽고서도 자리를 뜨지 않는 것을 보니 이상한 기분이 들었습니다. 폐하께서는 그 까닭을 어찌 생각하십니까?"

눈을 부릅뜬 채 구부를 노려보면서도 이야기를 다 들어주던 모용황은 깊이 생각할 것도 없다는 듯 바로 대답하였다.

"채찍이다."

"채찍이라 하셨습니까?"

"소는 주인의 채찍을 맞는 것이 두려워 주인이 시키는 대로 평생토록 일만 한다. 왼쪽으로 가야 할 때에는 왼쪽으로 갈 때까지 채찍을 맞고, 오른쪽으로 가야 할 때에는 오른쪽으로 갈 때까지 채찍을 맞는다. 일어나는 것도, 눕는 것도, 먹는 것도 모두가 채찍을 맞기에 할 수 있다. 이제 주인이 죽었으니 소에게 채찍을 때려줄 사람이 없지 않으냐. 죽은 주인의 곁을 떠나 먹을 것을 찾으라고 채찍을 때려줄 사람이 없는 것이다."

잊지 않으려는 듯 모용황의 말을 곱씹어 몇 번 되새기던 구부는 곧 크게 고개를 끄덕이며 읊조렸다.

"폐하의 말씀이 대단히 옳습니다. 우매한 눈을 틔워주신 은혜 참으로 감사합니다."

구부는 그제야 비로소 고개를 숙이고는 깊이 절을 올렸다. 누가 보아도 진심에서 우러났음이 드러날 만치 정성스러운 큰절이었다. 그러나 그런 구부를 바라보는 모용황의 표정은 대조적이었다. 당장이라도 한칼에 구부를 베어 죽일 듯 노려보던 모용황은 구부가 온전히 대전을 벗어나기까지 별다른 행동을 하지는 않았다. 다만 칼자루를 부여잡고 몸을 떠는 그 어느 신하보다도 더욱 분한 눈으로 그의 뒷모습을 노려보다 어느 순간 피를 한 움큼 토해내며 제자리에 주저앉을 뿐이었다.


"참 대단하십니다."

"무어가?"

"어찌 연나라 제일의 책사라는 송해보다도 학식이 깊으시다는 말입니까?"

말없이 걸음을 옮기던 구부는 우앙의 칭찬에 고개를 가로저었다.

"그렇지는 않다. 다만 꾸며낸 이야기, 있을 법한 이야기로 그를 죽였을 뿐이니 학식과는 다른 문제다."

"그게 다 거짓이란 말입니까."

"거짓이라면 거짓이기도 하고 글자가 그렇게 생겼으니 정말이라면 정말이지 않겠느냐."

신이 나서 자랑할 법도 한 일화였으나 구부는 여느 때와 달리 굳은 얼굴로 아리송한 말 한마디만을 던졌다. 아마도 무고한 사람을 죽인 죄책감이라 여긴 우앙은 흥을 북돋으려는 듯 농도 건네고 노래도 하였으나 구부는 여전히 시무룩하니 반응이 없었다.

"송해가 죽은 게 영 마음에 걸리시나 봅니다."

"그런 것이 아니다."

"그러면……?"

"참으로 걸출한 군주다. 제 신하를 엄하게만 다루면서도 아무도 모를 기저에는 깊은 사랑이 있었다. 나는 그 그릇에 부딪혀 계략을 펼쳐보기도 전에 목숨을 잃을 뻔했다."

"모용황이요? 다들 미치광이라고만 하는데."

"제 근신을 죽이고 원수를 살려 보냈다. 병중에 그만한 원통함을 참아내는 인물을 어찌 미치광이라 부르겠느냐."

"그래서 미쳤다는 게 아닙니까. 그것 참, 소졸은 모르겠습니다."

"겁쟁이라는 부여구나 미치광이라는 모용황이나 다 하나같이 너무도 큰 인물들이다. 내가 아직 그들에 크게 미치지 못하니 두렵기만 하구나."

구부는 그리 말하고 더욱 낯빛을 어둡게 하였다. 우앙과 함께 말에 올라 다시 길을 떠날 때까지 말 한마디 없이 침묵하던 구부는 우앙이 앞으로의 행로를 물을 때에서야 온전히 심경을 정돈하였는지 비로소 평소의 얼굴이 되어 답했다.

"이제 서쪽으로는 더 가지 않아도 될 것 같다. 남쪽으로 가자."

"남쪽으로요?"

"그래. 이번에는 석호(石虎)를 만나보고 싶다."

구부가 아무렇지도 않게 부른 석호라는 이름은 연나라와 더불어 중원의 패권을 노리는 또 하나의 강자인 조(趙)나라의 왕을 가리키는 것이었다. 지금껏 엄청난 일들을 겪어온지라 우앙 또한 이제는 놀라지도 않고 힘차게 말을 몰아 극성을 빠져나가며 반쯤 웃음 섞인 목소리로 물었다.

"이제 걱정도 되지 않습니다. 왕자님, 언젠가는 고구려로 돌아갈 수는 있겠지요?"

"답을 찾으면."

"그 해 말씀이십니까?"

구부는 답하지 않았다. 우앙 또한 이때쯤에는 해가 단지 핑계에 지나지 않음을 깨닫게 되었고, 구부에게 나름의 이유가 있으리라 짐작하고는 저 홀로 고개를 끄덕였다. 구부는 그가 보아온 그 어느 누구보다 이상한 인물이었으며, 장래에 어떻게 성장할지를 너무도 궁금케 하는 인물이었다. 어떤 쪽으로든 크게 이름을 남길 군주가 되리라 생각하며 우앙은 제 등 뒤에 탄 구부에게 물었다.

"고래로 고구려 태왕은 모두가 훌륭한 기수셨는데, 왕자님은 말 타는 법은 배우지 않으십니까?"

"남이 할 수 있는 것을 굳이 내가 할 필요가 있느냐."

구부는 시큰둥하게 대답하고는 더욱 바짝 우앙의 등에 달라붙었다.

# 형제가 건넨 붉은 꽃

극성의 모용황은 밤마다 찾아오는 견딜 수 없는 통증에 몸 부림치며 괴로워했다. 그것은 구부가 방문한 뒤로 더욱 심해 졌는데 고국원왕 12년 여름 무렵에는 거의 폐인과도 같은 몰 골이 되어 침상에서 일어날 줄을 몰랐다. 하루가 다르게 그는 변해갔다. 비록 성격이 거칠고 의심이 많았지만 나름 영웅의 풍모를 보였던 그가 이 무렵에는 나약하기 그지없는 평범한 병자가 되어 매일을 괴로워만 하였다.

"으으, 또 밤이 오는구나! 이래서, 이래서 언제 복수를 한단 말이냐!"

의술에 몸을 기대기도 하고 신비한 약초에 기대를 걸어보기 도 하였으나 천하의 그 어떤 영약(靈藥)과 의원도 그를 고통 에서 벗어나게 해줄 수가 없었다. 밤이 오는 것이 두려워 대전 과 침전에 불을 환히 밝힌 채 어둠을 쫓아내며 밤을 지새웠지 만 밤이란 어둠을 쫓아내고 잠을 자지 않는다고 찾아오지 않 는 게 아니었다. 오히려 격통에 불면이 수반되자 그는 단 한순 간도 온전한 정신을 유지할 수 없는 기형의 인간으로 변해 겨우 목숨만을 유지한 채 하루하루를 연명해가고 있었다.

"도대체 왜!"

자부심과 자존심으로 버티던 모용황은 워낙 심해진 격통에 어느 순간 허물어졌고, 그 후로는 한시도 빼지 않고 밤새 울부짖었다.

"도대체 왜 나를 살렸단 말이냐!"

견딜 수 없는 통증에 발악하던 어느 날 밤, 그는 비수를 들어 자신의 가슴을 찔렀으나 화마에 오그라진 손으로는 제대로 칼자루조차 잡을 수 없어 그마저도 뜻을 이루지 못하였다.

"이제 마음대로 죽을 수도 없는 몸이 되어버렸단 말이냐!"

이후 그는 현저하게 자신감을 잃어 조회에도 참석하지 않고 누구를 만나지도 않았으며, 밤이 되어도 불을 켜지 못하게 하고 어둠 속에서 홀로 신음과 비명으로 나날을 보냈다. 그렇게 죽지도 살지도 못하는 몸으로 지내기를 수일, 그는 어느 아침에 근신 서넛만을 제 처소로 불렀다. 근심으로 가득 찬 얼굴로 조심스레 방문을 열고 들어온 근신들 앞에서 그는 참으로 오랜만에 희미한 미소를 지어 보이며 말했다.

"청산을 가보고 싶구나."

"예?"

화들짝 놀라 고개를 드는 근신들에게 그는 힘없는 목소리로 중얼거렸다.

"내 아비의 원혼을 달래고 싶다."

생전 처음 들어보는 소리에 근신들은 울컥 솟아오르는 울음을 달래기 위해 가슴을 억눌렀다. 평생을 증오하며 살아온 이를 그리워하다니. 그것이 무엇을 말하는지 그들은 잘 알 수 있었다. 너무도 오래 시달려 온 나머지 이제 모용황은 최후를 생각하고 있는 것이었다.

물러난 근신들은 즉시 가장 튼튼하고 화려한 가마를 만들게 하고 수천 병사를 동원하여 새로 벼려낸 병장기와 갑주를 입히는 등 거대한 행렬을 준비하였다. 평소 격식을 좋아하고 거창한 것을 즐겨온 모용황의 기운을 조금이나마 북돋우려는 충정이었으나 출발하는 날 아침에 그 화려한 행렬을 본 모용황은 고개를 저었다. 그 모든 것을 물린 모용황은 애초에 처소로 불렀던 근신 서넛만의 부축을 받으며 병마에 절은 힘든 걸음을 겨우 옮겨 길을 떠났다.

"저 비석이 누구의 것인지 보고 오라."

극성을 나서서 걷던 길에 드러난 작은 비석을 보고 모용황이 내린 명령이었다. 잡초로 무성한 풀밭에 아무렇게나 세워진 투박한 돌덩이라 평소라면 관심을 가질 만한 것이 아니었으나 죽음을 생각하는 눈에는 쉬이 지나쳐지지 않는 것이었다. 이를 살피고 온 근신들은 얼른 답하지 못하고 망설이며 눈치를 보다 얼버무리듯 답했다.

"공을 세운 병사들의 것입니다."

"병사가 공을 세움은 당연한 도리이거늘 비석까지 세워주었단 말이냐."

그러나 말과는 달리 모용황은 굳이 비석 가까이까지 가서 새겨진 글귀를 찬찬히 읽었다. 비석은 모용황의 무리한 훈련 중에 죽어나간 병사들의 것이었으며 그들의 원혼을 달래고자 백성들이 마련한 것이었다.

"원혼이라……."

근신들은 안절부절못하고 모용황의 눈치를 살폈다. 원혼의 원한이란 곧 모용황을 향한 것인지라 성정이 거칠기로 둘째 가라면 서러운 모용황이 이를 참고 넘길 리가 없었다. 그러나 다음 순간 근신들은 벌어진 입을 다물지 못했다. 비문을 다 읽은 모용황이 눈을 감으며 비석을 어루만진 것이었다.

"사당이라도 하나 세워주어라."

모용황은 너무도 의외의 명을 던져놓고 곧 무심히 걸음을 옮겼다.

근신들의 놀람은 그것으로 끝이 아니었다. 이후로 청산까지 향하는 도중에 모용황은 과거의 그라면 도무지 생각할 수조차 없는 행동을 일삼았다. 헐벗은 이를 보면 금을 내어주고 그를 몰라보고 앞길을 막은 관리에게는 직무에 충실하다며 상을 내리게 하였다. 무거운 지게를 짊어진 노인을 보고는 근신들에게 그 짐을 대신 지어주게까지 하니 그 모습이 마치 옛이야기에 나오는 성군의 것과도 같았다. 예전과는 하도 다른 모습이라 하루는 근신 가운데 한수가 나서서 모용황에게 그 연유를 물었다.

"가고자 하는 길이 있을 때에만 말에게 채찍을 치는 것이다. 갈 곳을 잃었는데 어이 채찍을 들까."

한수가 그 말을 전해주자 근신 모두가 제 가슴을 치며 눈물을 감추지 못하였다.

말을 달리면 이틀 거리인 길을 이곳저곳 둘러보며 지체하느라 수일이 지난 어느 하루, 모용황이 가는 길가에 몇몇 백성들이 엎드린 채 그를 기다리고 있었다. 무엇도 청하거나 간하지는 않았으나 백성들은 그가 길을 다 지나갈 때까지 엎드린 자리에서 일어나지 않았다. 그러한 이들이 날이 갈수록 늘어갔다. 소문이 퍼지기 시작한 것이었다. 꼬리에 꼬리를 물고 퍼져나간 소문은 점차 불어나, 언제부터인가는 모용황의 살날이 얼마 남지 않았다는 말과 더불어 그가 개과천선(改過遷善)했다는 믿지 못할 사실이 연나라에 퍼졌다.

"아비!"

마침내 닿은 청산. 근신들을 기슭에 두고 홀로 산에 오른 모용황은 우거진 풀숲 속에 아무렇게나 버려진 모용외의 봉분을 눈앞에 두고 오랜 시간 서 있기만 했다. 온갖 상념이 되풀이되는 듯 그렇게 노려보며 서 있기를 반나절, 그는 쉬어버린 목에 힘을 주어 천천히 말을 시작하였다.

"내 추한 어미가 싫었소. 나를 버린 당신이 싫었소. 나를 동정하는 사신장이 싫었고 나를 구제한 사도중련이 싫었소. 내 잘난 형제들이 싫었고 점잔을 빼는 신하들이 싫었소. 죽은 당신을 잊지 못하는 백성들이 싫었소. 고구려를 이기지 못하는 장수와 병사가 싫었소. 마치 내가 모자란 것 같아 싫었소. 모두가 싫었소. 내 삶은 그렇게 처음부터 끝까지 싫은 것 투성이였소."

잠시 말을 멈춘 그는 묵묵히 모용외의 봉분을 바라보다 흙에 박힌 돌덩이 하나를 뽑아내며 말을 이었다.

"좋은 것이 갖고 싶었소. 당신의 소원대로 고구려를 부수고 천하를 얻고 싶었소. 그리하면 당신도, 신하도, 백성도 모두가 나를 좋아할 것이라…… 그 싫은 모든 것이 좋은 것이 되리라 믿었소."

마음에 큰 동요가 있는지 모용황은 잠시 숨을 고르며 목소리를 가다듬었다. 허한 눈을 들어 한참 허공을 응시하고는 어색한 손놀림으로 다시 돌덩이를 골라내며 말을 이었다.

"나는 이제 구제불능의 몸이오. 불구가 되어 잠조차 내 마음대로 잘 수가 없소. 모든 것이 끝났소. 결국 나는 싫은 것만을 남긴 채로 떠나는 것이오."

말을 끝까지 잇지 못한 채 부르르 떨던 모용황은 가지고 온
술병을 손에 쥐었다. 그리고 이를 거꾸로 들어 봉분에 콸콸 쏟
아내었다.

"좋은 것을 무엇 하나라도 남기고 싶었소. 해서 죽기 전에
사과를 하러 왔소. 자, 건배합시다. 나의 아비여!"

봉분을 타고 흐르는 술을 허한 눈으로 보며 주절거리던 그
는 곧 품에서 작은 약병 하나를 꺼내 들었다. 독약이 든 것이
분명한 듯 빨간 글씨로 죽을 사(死) 자가 쓰인 종이를 뜯어내
고 이를 건배하듯 높이 들어 머리를 뒤로 꺾으며 입에 약병을
대었다.

"우스운 일이다."

갑자기 들려온 목소리가 그의 마지막 동작을 멈추게 하였다.

"참으로 우스운 일이 아닌가."

불현듯 나타난 인물은 연신 중얼거리며 모용황의 손에서 약
병을 빼앗더니 그의 벌린 입에 독약을 대신하여 알 수 없는 가
루를 털어 넣었다. 그러나 모용황은 놀라지도 저항하지도 않
았다. 도리어 기다렸다는 듯 중얼거렸다.

"저승사자로구나. 이놈, 너는 너무도 늦게 찾아왔다."

오랜 병환에 여독이 더한 탓에 이제는 심력이 다하고 정신
이 혼미하여 제가 죽은 줄 알고 하는 소리였다. 나타난 사내는

혀를 차며 대꾸했다.

"죽이려고 가져온 것을 살리려고 쓸 줄이야. 세상일 참으로 우습고 우습다. 천리(天理)란 참으로 거역할 수가 없는 것이로구나."

모용황은 이미 그의 말이 들리지 않는 듯 주저앉아 비스듬히 누우며 퀭한 눈으로 하늘을 보고 있었다. 그러나 사내는 아랑곳 않고 혼잣말하듯 계속 말을 이었다.

"청산의 깊은 산속 대선우의 피가 흐른 자리에 이름 모를 빨간 꽃이 피었다. 대선우의 피를 먹고 자란 꽃이라 정성으로 키우니 열매가 맺히더라. 말려서 먹어보니 세상의 모든 고통을 씻은 듯 잊고 환각 속에서 노닐어 그곳이 바로 극락인즉, 며칠이 지나서야 세상으로 돌아오더라. 세월이 흐르며 보니 이보다 더한 독약도 없는지라 한 군데를 제하고는 도저히 쓸 곳이 없더라. 한 번 먹기 시작하면 입에서 뗄 수도 없으며 끝은 반드시 폐인이 되니……."

모용황이 온전히 눈을 감은 것을 보고 사내는 말을 끊었다. 그러고는 그를 들처 업고 산기슭을 내려가기 시작하였다.


"아, 좋구나!"

천만뜻밖에도 이 편안하기 짝이 없는 목소리의 주인공은 모용황이었다. 참으로 오랜만에 개운한 기지개를 켜며 일어난 그가 상쾌한 숨을 들이켜는데 누군가가 물었다.

"기분이 좋아지나?"

"얼마나 오랜만에 느껴보는가. 참으로 개운하다."

모용황은 저도 모르게 답하고서야 제게 반말을 일삼는 그 사내를 의식하였는지 시선을 모아 그를 바라보았다. 알 듯도 모를 듯도 한 얼굴이라 모용황은 우글쭈글한 낯을 더욱 찌푸리며 물었다.

"너는 누구냐?"

"형제의 얼굴을 몰라보느냐."

순간 모용황은 사내의 얼굴을 알아볼 수 있었다. 어릴 적부터 남달리 총명하여 모용외로부터 총애를 받았던 인물. 모용황 자신이 대선우에 오르자 곧바로 단부로 피신하여 자신에게 대항했던 자. 바로 이복형 모용한이었다.

그가 건조한 표정으로 모용황을 흘낏 바라보고 있었다.

"네가 나를 살렸느냐?"

모용한은 군이 대답하지 않고 작은 절구로 무언가를 빻는 데에만 열중했다. 한참을 분주히 제분에만 몰두하던 그는 작은 초옥 밖을 몇 번 드나들고 나서야 하던 일을 마쳤다. 이윽고 그가 모용황을 향해 다가와 종지에 담긴 가루를 내밀며 입을 떼었다.

"고통을 덜어줄 것이다. 적어도 오 년간은 온전한 정신으로 살 수 있도록 해줄 것이다. 다만 한 번 먹기 시작하면 결코 멈출 수 없을 것이며 오 년 후에는 필시 죽음에 이를 것이다. 몸을 다스리는 약이 아니라 머리를 다스리는 약인지라 네 몸이 죽어가도 죽는 줄을 모를 것이며, 상처를 낫게 하는 약이 아니라 잊게 하는 약인지라 모르는 사이 병은 더욱 깊어갈 것이다."

"……."

"이 희한한 꽃을 만난 후 오랜 세월 약효를 시험하였다. 네게 몰래 먹이기 위해서였다. 너를 폐인으로 만들어 죽이기 위해서 그리하였다. 하나 오늘 네 꼴을 보니 이는 오히려 너를 살리는 약이 되었구나. 그러니 네가 선택해라. 먹든 버리든."

모용한이 건넨 마약 종지를 힐끗 바라본 모용황은 잠시도 생각지 않고 이를 한입에 털어 넣었다.

"오늘 죽을 목숨을 오 년이나 늘려준다는데 어찌 거절하겠느냐. 네가 내 은인이다."

그러고는 엎드려 모용한에게 큰절을 올리고는 머리를 바닥에 댄 채 일어서지 않았다. 평소 모용황의 자존심을 생각하면 있을 수 없는 일이라 모용한은 입술을 깨물며 그 광경을 지켜보다 곧 입을 열었다.

"내 평생 두 명의 원수가 있다. 하나는 나의 아비를 죽이고, 나의 스승을 죽였으며, 내가 가장 사랑하는 형제까지 죽였다. 수도 없는 내 벗을 죽였고, 나까지 죽이려 하였다. 그리고 이

제는 본인까지 죽이려 하니 어쩌면 그야말로 불쌍한 인물이
라는 생각이 든다."

모용황 본인을 가리킴을 그 또한 알 수 있었다.

"또 하나는 그 모든 일의 원인이 되는 자다. 나의 아비를 죽
게 만들고 나의 스승을 죽게 만들었으며 내가 가장 사랑하는
형제를 죽게 만들었다. 이제는 또 다른 형제까지 죽이려 하니
진정한 원수라 할 만하다."

그것은 주아영을 가리키는 말임에 틀림없었다.

"두 원수를 모두 갚을 길이 없으니 하나만 갚아야 하리라.
또한 하나만 갚아야 한다면 당연히 후자를 갚아야 하리라. 황
아, 어찌 생각하느냐? 내 만일 너를 살리면 그 일을 해낼 수 있
느냐?"

모용황은 숙인 고개를 들었다. 화상으로 속살이 온통 다 드
러난 채 일그러진 얼굴이었으나 불과 어제까지도 만연했던
병마의 기색은 없었다. 오히려 무서우리만치 결기가 어린 얼
굴이었다. 듣지 않아도 모든 것을 알 수 있을 듯한 그 표정에
모용한은 고개를 끄덕이고는 모용황을 잡아 일으켰다. 그러
고는 제가 다시 모용황의 앞에 꿇어 엎드렸다.

"폐하, 그 불바다가 얼마나 뜨거우셨습니까. 그 불길을 가슴
에 억누르고 살아오신 나날은 또 얼마나 괴로웠습니까."

돌연 말투를 바꾸어 위로해오는 모용한의 모습에 모용황은

무어라 대꾸하지 못하고 듣고만 있었다.

"나의 아비를 몰락시킨 원흉이 당신이라 생각했습니다. 당신을 용서할 수도 인정할 수도 없었습니다. 그래서 숙적이나 다름없는 단부의 단요에게 몸을 의탁했고 그의 군사를 빌려 당신을 치려 했습니다. 그러나 평곽에 불길이 올랐다는 소식을 듣고 속았음을 깨달았습니다. 그동안 우리 형제를 이간시켜 서로를 죽이게 한 것이 바로 그 늙은 계집이었음을. 그 옛날 대선우를 몰락게 했던 것도 실은 그 계집이었음을."

"……."

"폐하, 부디 소인을 거두어 짐승처럼 부려주십시오. 고구려를 불태우고 그 늙은 계집을 사로잡아 죽이는 그날에 함께 웃을 수 있도록, 폐하께서 승하하시는 날에 기껍게 웃고 슬프게 울며 널따란 비석 한가득 폐하의 공적을 적어 내려갈 수 있도록 저를 거두어주십시오."

모용한이 토해놓은 소리를 몇 번이고 곱씹던 모용황은 저도 모르게 손을 들어 모용한의 뺨을 어루만졌다. 그토록 자신을 부정하기만 했던 형제가 제 목숨을 구하고 위로해오니 가슴이 뭉클한 까닭이었다.

"내가 그토록 갖고 싶었던 좋은 것이 이렇게나 가까이 있었구나."

모용황은 형제의 정에 감격하여 눈시울을 붉혔다.

극성에는 그 어느 때보다 성대한 연회가 열렸다. 평소와 다른 것은 이에 맞추어 민가에도 곡식과 술이 베풀어지고 백성들 모두가 기뻐하며 잔치를 벌인 것이었다. 오랜 폭정을 일삼으며 스스로는 병마를 얻었던 그들의 왕이 여러 선행의 소문과 함께 병색을 지우고 돌아왔으니 그보다 기쁜 일도 찾기 힘들 것이었다. 모용황의 건강과 안녕을 비는 말이 온 나라를 가득 채웠다. 연회가 끝나는 날에 모용황은 높은 단상을 쌓게 하고 이에 올라 외쳤다.

"치국의 도리는 군주의 채찍이다. 지금도 나는 이 생각에 변함이 없다. 다만 그대들은 알라. 채찍은 말이 달려야 할 때에 가하는 것. 갈 곳에 다다르면 채찍 아닌 여물이 주어지는 것이다. 연나라는 아직도 가야 할 길이 멀고도 멀다. 나는 앞으로도 그대들에게 사정없이 채찍을 휘두를 것이다. 그러나 그대들에게 채찍을 휘두를 때마다 내 스스로에게도 채찍을 가하리라. 달게 맞으라! 마침내 동쪽 땅을 얻는 그날, 나와 그대들은 그 모든 보상을 함께 누리리라!"

백성들은 환호했다. 앞으로도 가혹한 정치를 펼치리라는 엄포와도 같은 말이었으나 그들은 이에 박수를 치며 모용황의 이름을 연호했다. 그간 끝 모를 두려움과 고통만이 있었다면 이제는 앞날의 달콤함이 더불어 기다리고 있는 것이었다.

# 최후의 전쟁

그즈음 고구려는 평온한 세월을 보내고 있었다. 미천왕 재위 삼십 년 동안 끊이지 않았던 전쟁이 그친 지 십여 년이 지났다. 한때 중원을 호령하던 진나라가 강남으로 주저앉은 이래로 이십여 년이 지나는 동안 화북 지방에서는 무수한 영웅호걸들이 명멸했지만 이즈음에는 석호의 조나라와 모용황의 연나라가 강자로 떠올랐다. 그러나 숙적인 연나라는 평곽에서 패퇴한 이후 별다른 군사적 움직임을 보이지 않았고 맹위를 떨치고 있는 조나라는 오히려 연나라가 중간에서 막아주는 형상이라 고구려에 직접적인 위협을 주지는 못하였던 것이다.

격동의 세월을 겪어온 고구려로서는 실로 오랜만에 맞이하는 평화의 시기. 이에 한층 더하여 태왕 사유는 극단적인 저자세를 고수했다. 인근 세력들의 요구를 거의 무차별적으로 받아주었고, 약탈하는 이들에게는 오히려 재화를 주어 달랬으며, 영토 분쟁이 있으면 국경의 군사를 일정 수준 물리는 등 지극히 수세 일관의 외교를 펼쳤다. 그의 신경 가운데 반절은 적의 비위를 맞추는 데에만, 나머지 반절은 나라 곳곳에 두터운 성벽을 올리는 데에만 가 있었다.


"연나라가 수도를 용성으로 옮겨갈 것이라 하옵니다."

모용황이 건원칭제(建元稱帝)한 지 오 년 만에 극성을 버리고 용성으로 옮겨 앉는다는 소식에 누구보다 놀란 사람은 사유였다. 사유는 그 소식을 듣자마자 대경실색하여 자리에서 벌떡 일어섰고 몇 날 며칠을 두문불출하며 고심을 거듭했다. 그리고 마침내는 대소 신료들을 모두 모아놓고 거의 강제하듯 공표했다.

"환도성으로 천도한다."

뜬금없는 소리에 대소 신료 모두가 단 한 명도 빠짐없이 들고일어나 반대하였다. 지난 오 년간 태왕 사유의 진두지휘 아래 폐허로 방치되어 왔던 환도성을 다시 쌓아 이제 완성을 눈앞에 두고 있기는 했지만 백 년간 영광의 시절을 누렸던 평양성을 버리고 참담한 과거로 다시 돌아간다는 데에는 도무지 찬동할 수가 없었던 것이다. 말이 쉬워 천도지 사직을 옮기는 일이 어디 그리 쉬운 일인가.

"폐하, 도대체 천도를 하려는 이유가 무엇입니까?"

이유를 묻는 신하들에게 사유가 대답했다.

"연나라가 궁벽한 극성을 버리고 사통팔달의 요지인 용성으로 나았는다는 것은 곧 군사를 일으키려 함이다. 하니 우리는 지세가 험한 환도성으로 들어 한 발 물러섬이 옳을 것이다."

기가 막힌 신하들이 모두 상소를 올리며 재고를 간언했으나 사유는 언제나 그랬듯 결코 마음을 바꾸지 않았다. 신하들의 반대가 아무리 거세다 한들 고구려의 왕권이란 여전히 하늘과도 같은 것이어서 태왕이 명한 바는 반드시 이루어져야만 하는 것이었다.

고국원왕 12년 8월, 결국 고구려 조정은 태왕 일인의 뜻에 따라 채 완공되지도 않은 환도성으로 서둘러 옮겨가니 이는 모용황의 용성 천도보다 오히려 두 달이나 빠른 것이었다.


"태평성대라……. 태평은 하나 성대하지는 못하다."

저 멀리 연나라와의 접경 쪽을 바라보며 한탄스러운 중얼거림을 내뱉은 이는 장군 형대였다. 절노부의 대가였던 조불의 유지를 이어받은 그는 얼마 전 개축 공사를 끝낸 이곳 요동성으로 부임해 왔는데 이날은 성 남쪽의 요지에 세워진 봉화대를 순시하고 있었다. 나이로 보나 직급으로 보나 몸소 순시 따위의 잡무를 할 위치는 아니었지만 그는 스스로 이 일을 맡고 나섰다. 그의 기질상 성안에 가만히 앉아서 보고를 받는다는 것은 어울리지 않는 일이기도 했다.

"아무리 작은 일이라도 빠짐없이 보고하라."

여전히 혈기왕성한 데다 병사를 부림에 있어 엄격하기로 둘째가라면 서러운 그였다. 조금이라도 흐트러짐이 있으면 모진 벌을 내리곤 하였고 벌줄 이가 없으면 생트집을 잡아서라도 누구 하나 혼쭐을 내어 본보기를 보이곤 하였다. 그의 등장에 종일 잡담하던 병사들은 입을 다물었고 편히 앉아있던 병사들은 제자리에 시립하였다.

"병사!"

진지를 둘러보던 형대의 눈썹이 꿈틀거렸다. 졸음을 참지 못해 고개를 까딱거리던 병사 하나가 미처 형대의 등장을 알아채지 못한 채 여전히 졸고 있었던 것이다. 호통을 치며 달려간 형대는 그의 멱살을 잡고 몇 차례나 따귀를 후려쳤다.

"이놈을 묶어라. 군법에 따라 다스리리라."

그렇게 불호령을 터트렸는데도 이어지는 대답이 없었다. 문득 이상한 기운을 느끼고 주변을 돌아본 형대는 붉어진 얼굴을 몇 배나 더 벌겋게 물들였다. 병사들이 어기적거리며 늑장을 부리는 것이 티가 나게 눈에 보였다. 몇몇은 노골적으로 불만을 떠올리며 딴청을 피우고 있었다. 오랜 평화, 그것이 장수의 권위와 군진의 긴장을 바닥까지 떨어트려놓은 것이었다.

"이놈들이!"

형대가 허리춤의 칼을 뽑아 들었음에도 병사들은 동요하지 않았다.

"너무하시는 것 아닙니까?"

오히려 한 병사가 그를 쏘아보며 대꾸했다. 그러나 그는 다음 말을 내뱉기 전에 목에서 피를 뿜으며 쓰러졌다. 그제야 비명 소리를 터트리며 병사들이 모두 물러섰고, 시체는 몇 번 팔딱거리다 힘없이 늘어졌다. 그리고 터져 나온 비명과도 같은 고함.

"적침이다!"

병사의 목숨을 앗아간 것은 형대의 칼이 아니었다. 방향 모를 곳에서 날아든 화살 한 대, 병사의 목젖을 정확히 관통한 그것이 바로 신호였던 듯 수없는 화살이 하늘을 덮으며 빗발처럼 쏟아지기 시작했다.

"아악!"

이들은 오랜 전쟁을 겪어온 과거의 용사들이 아니었다. 고향에서 농사를 짓다가 군역에 나온 자들이 대부분이었다. 제 맡은 일을 하기는커녕 쏟아지는 화살을 피해 사방으로 도망하고 이곳저곳에 몸을 숨기느라 정신이 없었다. 진지는 순식간에 아수라장이 되고 멈출 수 없는 혼란 가운데 오직 노장 형대만이 고개를 들어 습격해 온 적을 노려보았다.

"연나라 입위장군의 기, 어림잡아 삼사백일 터. 어! 그런데 저것은……."

적의 규모와 정체를 어림잡은 채 고개를 주억거리며 헤아리던 형대는 어느 순간 눈을 부릅떴다. 장군의 기를 높이 올린 수백의 궁수, 천지를 진동시킬 듯 울려대는 북과 꽹과리, 하늘을 덮으며 이는 어마어마한 흙먼지…… 대규모의 침공이 아니고서는 도무지 생각할 수 없는 군세였다. 형대는 늙은 목젖이 터져나가라 외쳤다.

"대군의 침공이다! 다섯 봉화를 모두 올려라!"

그러나 주위의 병사란 병사는 모두 줄행랑친 지 오래였다. 형대는 직접 근처의 횃불을 잡아 들고 봉화대로 달리기 시작했다. 천지에 소나기처럼 쏟아지는 화살이 그를 피해 갈 리 없었다. 서너 대의 화살이 등과 어깨에 박히고, 달리는 종아리가 꿰뚫리고, 횃불을 쥔 손목이 찢겼다. 그래도 형대는 바닥을 기고 자꾸 떨어지는 횃불을 다른 손으로 주워가며 필사적으로 봉화대를 향했다. 공허하게 비어버린 고구려 최전방의 봉화대. 오직 노장의 힘없는 육신만이 끈적거리는 피에 미끄러지며 꿈틀꿈틀 기어올라가 송진 묻힌 장작더미에 횃불을 던지고는 목을 꺾었다.

결국 노장의 목숨을 태워 일으킨 봉화가 올랐다. 구국의 염원을 담아 쌓았던 나뭇더미에 불씨가 붙으며 다섯 개의 봉화, 가장 큰 위협과 가장 다급한 비상을 알리는 봉화가 검은 연기를 하늘 끝까지 피워 올렸다.

"화친의 사절을 보내겠다."

다섯 줄기의 봉화는 연달아 환도성에까지 이어졌고 적침 소식에 주먹을 부르쥐고 급히 환도성 궐내로 모여든 고구려의 장수들은 그들의 머리 위에 떨어진 철퇴와도 같은 한마디를 맞아야만 했다. 아직 곳곳에 미진한 채로 남아있는 공사의 흔적과 어수선한 대전, 겁먹은 태왕 사유의 시커멓게 죽은 얼굴, 그리고 다행이라는 듯 가슴을 쓸어내리는 몇몇 젊고 유약한 문관들의 표정이 그들의 가슴에 불을 질렀다.

"안 될 말씀입니다, 폐하. 어찌 겨루어보지도 않고서……."

분연히 나서서 외치는 장수의 말을 다 듣지도 않고 사유는 그에게 물러날 것을 명했다. 그가 즉시 물러나지 않자 사유는 시위들에게 명하여 그를 억지로 끌어내게 하였고 장수는 끌려가며 제 허리춤에 있던 칼을 풀어 바닥에 던졌다.

"아, 고구려가 어찌 이 모양이 되었단 말인가! 이게 모두 유약한 태왕 한 사람 때문이 아닌가. 이제 이 나라는 끝이다!"

죽을죄에 해당하는 소리라 연행하던 시위들이 그의 무릎을 걷어차 꿇어앉히고 사유의 명을 기다렸으나, 사유는 마치 눈과 귀가 모두 멀기라도 한 듯 그에게서 일체의 관심을 거두고 대신들을 향해 재차 명을 내렸다.

"적이 요동성을 지나 신성으로 향한다 하니 먼저 신성 태수 고무에게 성문을 닫아걸고 결코 나서지 말 것을 명하라. 근방의 진지를 모두 거두게 하고 인근 고을의 백성들을 모두 성안으로 불러들이되 태수 본인은 차후의 명이 있을 때까지 어떠한 독자적인 행동도 금하라 하라."

"폐하."

"다섯 부족의 대가들에게도 같은 명을 전하고, 대군이 주둔하고 있는 낙랑의 대모달에게는 특히 주의를 시키라. 낙랑군의 동원은 전쟁의 규모를 키울 뿐이니 결단코 출정을 금지한다 하여라."

"폐하!"

"군사란 일단 모이면 반드시 싸운 후에야 흩어지는 법이다. 고구려의 모든 군사는 제자리를 지키되 한데 모여 전선을 만들지 않는다. 어떻게든 전쟁을 키우지 않는 것이 나의 뜻이다."

사유는 제 할 말만을 던지고 그 어떤 간언도 듣지 않았다. 지도를 앞에 놓고 나라 안의 성 하나하나를 거명하며 모두 문을 걸어 잠글 것을 명한 후 그는 주부 노곽을 사절로 지목하여 적진으로 향할 것을 명했다.

"사절은 들으라. 정전을 위해서는 적이 무엇을 원하든 모조리 승낙하라. 화의를 얻어내지 못하고서는 돌아올 생각을 하지 말라. 일의 성패가 그대의 목숨보다 중하다."

거기까지 말한 사유는 대신들의 이글거리는 눈초리를 외면하며 자리를 파했다. 곧 환도성에서는 수백 기의 전령이 각지의 군사 주둔지를 향해 말을 박찼다. 그들 전령조차 평소와 달리 일개 병졸이 아닌 말 잘 타는 장수들, 그것도 두셋씩 짝을 지은 이들이었다. 사유는 그러고서도 마음이 불안하였는지 따로 나라 전역에 포고령을 내리게 하였다. 결코 적군과 응전하지 말 것, 작은 주둔지는 모두 진지를 거두어 근처의 성내로 들 것, 연나라와의 접경에 있는 모든 진지를 철수할 것 등이 주된 내용이었다. 이 포고령을 듣는 이들 중 나이 지긋한 축들은 수십 년 전을 떠올렸다. 그 옛날 폭군 상부가 진나라의 최비를 두려워하여 내렸던 명이 사십여 년 세월을 건너뛰어 다시금 되풀이되고 있었던 것이다.

수백 년간 남의 손에 빼앗겼다가 되찾은 후로 고구려 제일의 정예병이 주둔해 온 요지 낙랑. 이름을 듣는 것만으로도 풍요로움과 강성함이 떠오르는 그 축복받은 땅에서 이미 고구려의 전설이 된 노영웅은 산중 진지의 망루에 올라 무거운 활을 팽팽히 당기고 있었다. 살촉이 향한 곳에서는 세 명의 사내가 힘껏 말을 박차고 있었고, 그들의 생사를 결정할 억센 손은 망설임이 담긴 듯 활시위를 당겼다 놓기를 몇 번이나 주저하였다.

"대모달!"

수하 장수의 비명과도 같은 고함이 그를 다급히 붙잡았다.

"안 됩니다! 대모달, 그러셔서는 안 됩니다!"

그럼에도 손길을 멈추지 않자 장수는 숫제 상관의 앞을 가로막았고, 종내 아불화도는 겨누었던 활을 떨어트렸다. 그리고 무겁기 그지없는 얼굴로 돌아섰다. 진지를 내려와 내성으로 걸음을 옮기며 아불화도는 고개를 들어 먼 산을 보았다. 산에는 벌써 수일이 지나도록 다섯 줄기의 검은 연기가 높이 피어오르고 있었고 그것을 바라보던 아불화도는 터지도록 입술을 깨물며 독백 같은 한마디를 뱉어냈다.

"그렇소. 어찌 나만 남기고 다들 떠나셨소."

영웅의 쓸쓸한 목소리가 누구를 가리키는지 모를 리 없는 수하 장수들 또한 주먹을 부르쥐었다. 거칠 것 없던 도전과 그에 따른 찬란한 영광의 시대는 이제 지나간 과거의 기억일 뿐이었고 아련한 향수일 뿐이었다.

성안에 든 아불화도는 평소에 없던 모습으로 관복을 준비케 하였다. 곧이어 아불화도의 살에 목숨을 잃을 뻔했던, 낙랑성을 향해 전력을 다해 질주해오던 세 명의 사내들이 패를 쥔 손을 높이 든 채로 면회를 청하였다. 고구려의 태왕을 상징하는 패. 틀림없는 태왕의 전령이 그들의 신분이었다.

"대모달을 뵙습니다."

성안으로 든 전령들은 고개와 허리를 깊이 숙여 인사를 표했다. 아불화도 또한 본 적이 있는 얼굴들로 결코 작지 않은 장수들임이 들고 온 사안의 중대함을 방증하고 있었다. 짧게 예를 취한 그들이 곧 가져온 성지(聖旨)를 밝히려는 순간, 침묵으로만 일관하던 아불화도가 입을 열어 무거운 목소리로 그들을 가로막았다.

"묻겠다."

전령들이 멈칫하는 사이 그는 짤막한 물음을 던졌다.

"나는 너희가 무엇을 들고 왔는지 알 듯하다. 너희 또한 그러하냐?"

이미 온 나라를 뒤흔든 문건이었다. 장수 가운데 누군들 모르는 이가 있을까. 서로 눈치를 보며 머뭇거리던 전령들 가운데 하나가 나서서 고개를 숙였다.

"……예. 대략은 알고 있사옵니다."

아불화도는 고개를 끄덕이고 일순간 말을 끊었다. 그리고 무엇을 생각하는지 찬찬히 전령들의 얼굴을 살피다 괴로운 목소리를 띄엄띄엄 뱉어냈다.

"너희는 반드시 너희가 가져온 바를 나에게 알려야만 하겠느냐?"

알 수 없는 소리에 전령들은 서로 얼굴을 마주 보았고 이를 바라보던 아불화도는 갑자기 또 다른 엉뚱한 소리를 던져왔다.

"조의(皁衣) 정석의 일화를 아느냐?"

너무도 유명한 일화였다. 과거 관구검과의 일전에서 대패한 동천왕은 크게 겁을 먹고 전군에 후퇴를 명하였는데 전령인 정석은 전선에 닿아 뜻밖에도 조금씩 승기를 잡아가는 우군을 보고 차마 후퇴령을 전하지 못한 채 망설이던 끝에 한마디를 남기고는 제 목을 찔러 절명해 버리고 말았다.

'태왕의 명을 어길 수 없으나 나라에 해를 끼칠 수도 없다.'

결국 명을 전해 듣지 못한 고구려군은 힘껏 싸워 적을 물리쳤고 사후에 전말을 알게 된 동천왕은 구국의 일등 공신으로 그를 꼽았다.

'명을 어기지 않았으니 나의 충신이요, 나라를 먼저 생각하였으니 또한 나라의 충신이다.'

이와 같이 말하며 유족에게 두 가지 다른 상을 내리고 이 일을 널리 알리도록 하니 이는 충과 의를 논할 때마다 등장하는 이야기가 된 바였다.

"예."

전령들 또한 모르는 이야기가 아니기에 힘주어 대답하자 아불화도는 고개를 끄덕였다.

"너희의 의기란 그만 못한 것이냐!"

"예?"

전령들은 아불화도가 담은 뜻을 언뜻 알아듣지 못하여 자기들끼리 얼굴을 쳐다보았다. 그러다 그중 하나가 이내 뜻을 깨우쳤는지 순식간에 얼굴을 흙빛으로 물들였다. 다른 이들 또한 오래지 않아 깨닫고는 얼굴을 굳혔다. 이후로 오랜 침묵의 시간이 흘렀다. 아불화도도, 전령들도 말할 수 있는 것이 없으니 온갖 생각이 얽힌 눈길을 서로 던질 뿐이었다. 그리고 그 적막의 끝에서 가장 처음 말뜻을 알아챘던 전령이 힘주어 고개를 끄덕이고 아불화도의 곁으로 다가와 그의 귀에 속삭였다.

"대모달, 부디 고구려를 지켜주소서."

전령은 다음 순간 뒤로 한 발짝 물러나더니 돌연 시위 한 명을 밀쳐내며 그의 창을 빼앗아 들고는 아불화도를 향해 눈을 부라리며 외쳤다.

"정체가 탄로 남이 한스럽다. 적장 아불화도는 내 창을 받으라!"

그러고는 정말로 아불화도를 향해 창을 휘두르니 시립한 시위들이 이를 그냥 놓아둘 리 없었다. 이내 전령은 사방에서 날아든 창을 맞고 즉사하였다. 나머지 전령들 또한 서로를 한 번씩 바라보고 같은 길을 따랐다. 제각기 맨몸으로 아불화도를 향해 몸을 던지니 차례차례 눈먼 창에 목숨을 잃고 차가운 시체가 되어 바닥에 나뒹굴었다. 묵묵히 그 광경을 지켜보던 아불화도는 곧 건조한 목소리를 던지며 자리에서 일어났다.

"자객의 무리가 들었는가. 효수하여 성벽에 전시하라."

전말을 지켜보던 좌우의 장수들 가운데 누군들 그 사정을 모르랴. 다만 잡아 쥔 주먹을 떨며 눈물을 흘릴 뿐이었다. 아불화도는 그들 사이를 걸어 성을 벗어났고 장수들 또한 침묵을 지키며 그 뒤를 따랐다. 이후로 좌우를 물린 채 한없이 성벽 위를 걷던 아불화도는 사방이 어둑해진 한밤이 되어서 성벽에 걸린 머리들 곁에 나란히 섰다. 마치 그들과 함께 경계를 서는 것처럼 그렇게 뜬눈으로 밤을 지새우고 들리지 않는 목소리로 신음하듯 중얼거렸다.

"나의 말로는 너희보다 몇 배 처참하리라."

날이 밝은 이튿날 아불화도는 특별히 믿는 장수들을 불러 모았다. 눈빛만으로도 마음이 통하는 오랜 수하들, 무엇 하나 숨길 것 없는 핏줄과도 다름없는 이들이었다. 그들 모두가 어제의 일을 통해 아불화도의 뜻을 미루어 짐작하고 있었다. 필시 출정의 명이 있으리라 생각한 몇몇은 숫제 전시의 갑주까지 갖추어 입은 채로 명을 기다리며 서 있었다.

"태왕 폐하께서는 대군의 움직임을 금하라 전국에 포고하셨다."

아불화도는 천천히 입을 열었다. 듣는 이들의 얼굴이 조금씩 불안으로 물드는 가운데, 아불화도는 묵묵히 다음 말을 던졌다.

"대군의 출정은 전쟁의 규모를 키우고 인명의 피해를 확대할 뿐이니 대군의 출정을 금한다는 것이 태왕 폐하의 뜻이다."

언뜻 일리가 있는 듯하면서도 얼토당토않은 말이었다. 모여든 장수들이 절레절레 고개를 흔드는데 아불화도가 문득 목소리를 높여 그들에게 물었다.

"묻겠다. 대군이란 몇을 말하느냐?"

"......?"

이상한 물음에 서로의 얼굴을 쳐다보던 장수들 가운데 몇몇이 얼굴을 들며 반색하였다. 숨겨진 아불화도의 의중을 짐작한 까닭이었다. 곧 눈치가 빠른 한 장수가 나서서 답했다.

"수만, 적어도 일만 군사는 넘어야 하지 않겠습니까."

"일만."

아불화도는 그의 대답에 만족한 듯 입가를 씰룩거리며 미소를 떠올렸다. 그러고는 조세를 담당하는 관리를 불러 물었다.

"도성에 올해의 조세를 내었더냐?"

"추수가 끝난 지 얼마 지나지 않아 아직 보내지 못했습니다."

"그래서는 안 되지."

엉뚱한 물음을 주고받던 아불화도는 곧 자리에서 일어섰다.

"가장 경험이 많은 군사를 추려라. 그들로 하여금 공물과 수레를 호송하도록 하여라. 내 직접 도성에 올해의 조세를 보내야만 하겠다."

"예."

이제 온전히 아불화도의 뜻을 짐작한 장수들이 얼굴을 활짝

편 채 힘찬 음성으로 그의 명에 답하였다. 공물을 운반하는 행렬에 호위병이 붙는 것은 당연한 일. 그들은 출정 아닌 출정을 하는 것이었다.

곧 낙랑성에는 진군의 깃발이 올랐다. 전시에 세우는 장군기는 아니었으나 그 깃발을 따르는 이들은 그야말로 정예 중의 정예군이었다. 오랜 시간 아불화도와 함께해 온 삼천 군사가 일거에 환호성을 터트리며 말 등에 올랐다. 평소 낙랑의 병사들은 이 정예군이 되는 것을 평생의 영예로 알고 온 힘을 다해 경쟁하였으니 그 정예로움이야 의심할 여지가 없는 것이었다.

그 삼천 군사 앞에서 아불화도는 말고삐를 힘차게 잡아챘다.

"환도성으로 간다. 가서 폐하께 낙랑의 조세를 바친다."


그러나 고구려의 모든 병사가 낙랑의 용맹한 군사와 같지는 않았다. 평화를 겪으면 참으로 빠르게도 무디어지는 것이 군사의 사기이고 용기였다. 미천왕 치세의 담대하고 용맹스럽던 군사들은 어디로 사라졌는지 고구려 군사의 상당수가 연나라 대군의 진군 소식을 전해 들을 때마다 내일을 걱정하고 두려워하였다. 군사를 물리라는 사유의 명을 전해 듣고는 오히려 기뻐하는 장수와 병졸이 태반이었다. 그렇게 국경의 모든 고구려인이 안쪽으로 깊숙이 몸을 피했으니 연의 대군은 요동의 국경을 넘을 때에도, 수십 개의 요새와 진지, 민가를 지날 때에도 걸리적거리는 것이 없었다.

"이쯤이 좋겠군."

나직한 목소리가 부지런히 옮겨가던 수만 쌍의 발을 멈추었다. 연군 본진의 중심부에서 높은 가마에 앉아 손에 든 수십 장의 양피지를 끊임없이 비교하며 검토하던 연나라의 이인자, 모용한의 목소리였다. 그는 진군해 가던 넓고 평탄한 길 끝에 서서히 모습을 드러내는 철옹성을 바라보았다.

"저것이 고구려의 대문이라는 신성이구나."

웅장한 성의 모습에 절로 감탄을 내어놓고 그는 시선을 떼어 찬찬히 사방을 훑었다. 남쪽으로는 감히 오를 엄두조차 나지 않는 거대한 산맥이 솟았으며 북쪽의 비교적 야트막한 구릉지로는 눈 닿는 곳마다 산성들이 줄지어 있었다. 과연 신성의 성문을 지나지 않고서는 어디로도 지날 수 없는 길이라, 고구려의 대문이라는 별칭이 무색하지 않은 땅이었다.

"힘든 싸움이 되리라."

중얼거린 모용한은 곧 병사들로 하여금 진영을 차려 막사를 세우고 밥을 짓게 하였다. 거기서 더 나아감은 신성과의 전면전을 뜻하니 앞으로 시작될 치열한 전쟁에 앞서 지친 병사들을 쉬게 하려는 것이었다. 몇 가지 군령과 지침을 내려 진영을 정돈케 하고 본인은 매일 그러했듯 몸을 깨끗이 한 뒤 정성껏 약초를 제분하였다.

날이 저물 무렵 그는 모용황의 막사를 찾았다.

"편안하십니까."

모용황은 제 탁상 위에 잘려나간 머리 몇 개를 놓아두고 있었다. 눈을 채 감지 못한 고구려 사절들의 머리였다. 그는 그것들이 마치 제 연인의 얼굴이기라도 한 듯 보드랍게 어루만지다 불에 데어 반쯤 문드러진 입술을 비틀며 웃었다.

"곧."

모용한은 그 짧고 엉뚱한 대답이 무엇을 말하는지 잘 알고 있었다. 곧 이루어질 복수, 그 복수가 이루어진 후에야 제 병이 나을 것이라는 대답이었다. 이미 전날 복용한 마약의 약효가 다하여 모용황은 얼굴에 고통을 떠올리고 있었다. 마약이란 무서운 것이었다. 약을 먹은 밤에는 이지(理智)를 잃고 환각으로 떠났다가 약효가 떨어지는 한낮이면 다시금 찾아올 고통을 기다리는 순환의 반복이었다. 하루의 삼분지 일만이 그가 제정신으로 살아갈 수 있는 시간이었다. 모용한은 한숨을 삼키며 가져온 약을 모용황에게 건넸다.

"이제 곧 고구려의 대문이라는 신성에 닿습니다. 난공불락의 요새인 데다 성주는 그 명장이라는 왕제 고무, 휘하의 병졸도 하나같이 정병입니다."

모용황은 입에 약을 털어 넣으며 그의 이야기를 들었다.

"진면전을 개시할 때가 되었으니 지침을 내려주십시오."

"지침이라……."

모용황은 약효가 퍼지는지 나른한 표정으로 중얼거렸다. 얼굴에 드리웠던 고통의 흔적을 지워내며 꿈이라도 꾸듯 눈을 지그시 감고 몸을 뒤로 젖히니 이는 이미 반쯤 환각의 세계로 들어섰다는 신호였다. 곧 혼미해질 것이 분명한 터라 모용한은 더 기다리는 대신 제가 먼저 입을 열었다.

"다른 명을 주실 때까지 소신이 지휘토록 하겠습니다. 왕우가 명장이니 그에게 일만 오천 군사를 통솔케 하여 성문을 두드릴 생각입니다. 그사이 본대는 북로(北路)의 산성들을 하나씩 무너뜨려 적의 사기를 꺾고 별동대를 따로 편성하여……."

"대단해!"

졸린 듯 듣던 모용황은 느닷없이 모용한의 말을 중간에 끊더니 손뼉을 치며 크게 웃었다.

"역시 대단한 지략가가 아닌가. 모용한. 모용한이라, 나의 형제 모용한. 그래, 한 형님."

몇 번이나 모용한의 이름을 되뇌던 그는 곧 탄식하듯 말을 이었다.

"어찌 이 천하고 무식한 모용씨 핏줄에 형님 같은 분이 태어났을까?"

"폐하."

"천하에 모르는 것이 없고 못하는 것이 없지. 정략, 군략에 의술, 방중술까지. 그러나 단 하나, 형님은 너무 생각과 말이 많아. 그래서 왕이 될 수 없어. 그것만 아니라면 다음 왕이 되기에 모자람이 없거늘."

모용황의 알 수 없는 횡설수설을 가만히 듣던 모용한은 한참이 지나서도 다음 말이 이어지지 않자 조심스레 물었다.

"무슨 뜻이옵니까?"

모용황은 기분 좋게 감았던 눈을 떴다. 그리고 제 생명의 은인을 지그시 바라보며 느릿하게 말했다.

"왕이란 흥미로운 사람이어야 한다. 흥미로운 사람만이 매력적인 법이고, 매력적인 사람만이 신하와 백성을 뿌리에서부터 휘어잡으니까."

"……."

"나, 연나라의 황제 모용황이 명하노니 연나라 군사는 저길 넘는다."

모용한은 모용황의 손끝이 가리키는 곳을 보자 다물었던 입이 쩍 벌어졌다. 젖혀진 막사의 문틈 너머로 내다보이는 그곳에는 신성을 고구려의 대문이라 불리게 한 거대한 벽, 하늘을 찌를 듯 높이 솟은 산맥이 어둑하게 물들어가고 있었다. 산을 타고 넘는 일을 밥 먹듯 하는 심마니들조차 함부로 들어서길

저어한다는 깊고 깊은 산세가 마치 넘을 테면 넘어보라는 듯 당당히 버티고 서 있었다.

"폐하, 아군의 군세가 육만이 넘습니다. 그만한 대군이 어찌 저 산맥을 타란 말씀이십니까."

당연한 말이었다. 다치고 지쳐 낙오하는 이가 태반일 것이었고 설령 넘는다 하여도 이후에 보급을 받을 방도는커녕 후퇴하여 돌아갈 길조차 차단되는 것이었다. 그러나 모용황은 도로 눈을 감아버릴 뿐이었다.

"적도 너와 같은 생각이겠지."

"하지만……."

"전쟁의 승패란 장담할 수 없는 일이나 산은 넘고자 하면 반드시 넘어지는 것이다."

모용한은 입을 다물 수밖에 없었다. 세상 모든 것에 대한 역린(逆鱗)을 갖고 있는 그의 형제이자 주군은 스스로에 대한 확신이 너무도 강한 나머지 평생 이에 반대하는 이들을 내쳐 온 터였다. 모용한은 곧 고개를 떨어트렸고, 모용황은 눈을 감은 채로 다음 말을 던졌다.

"전군장(前軍將) 왕우를 적에게 던져주어라. 적이 썩은 고기를 물어뜯는 사이 그들의 심장을 취하리라."

모용한은 물러나야만 했다.

이튿날 날이 밝자 연나라 군사는 신성을 향한 진군을 시작하였다. 그러나 왕우와 전군(前軍) 일만 오천 군사가 모두 길을 떠나도록 본군에게는 진군의 명이 떨어지지 않았다. 하루가 다 가도록 진영을 떠나지 않던 본군에는 그날의 해가 저물녘이 되어서야 갑작스러운 명이 하달되었다. 깎아지른 산맥, 그 거대한 자연의 장애물을 넘으라는 얼토당토않은 명이었다.

여러 인물들이 각기 다른 이유로 눈과 입을 크게 벌렸다. 몸을 건사할 도리를 생각하는 병졸, 앞날의 전황을 염려하는 장수, 식량을 진 일꾼까지 걱정하고 낙담하지 않는 이가 없었으나 한 번 내려진 모용황의 명이란 결코 번복되는 법이 없었다. 이내 인적 없는 산기슭에 길을 내는 군사들이 연장을 들고 들어섰고 그 뒤를 따라 연나라 오만 대군이 곧 거대한 산맥에 발을 들였다.

# 태왕은 존재해야 하는가

평양성.

불과 석 달 전까지만 해도 활기 넘치던 고구려의 도성이었건만 지금은 텅 비어버려 초겨울의 적막감만이 감돌고 있었다. 태대사자 평강은 굳게 닫힌 문 앞에 서서 머뭇거렸다. 그의 흔들리는 손끝이 몇 번이나 문고리를 잡았다 놓기를 반복하였다. 평강은 긴 한숨을 쉬었다.

'북전.'

태왕과 조정의 대소 신료는 물론 성안 백성들까지 모두 환도성으로 옮겨간 후에도 태후만은 이전(移殿)을 거부하고 평양성의 북전에 스스로를 유폐한 채로 지내고 있었다. 그 유폐의 문을 여는 것은 태왕에 대한 반역이요, 태후에 대한 모욕이었다. 그러나 평강은 문고리를 매만지는 손을 결코 쉽사리 뗄 수가 없었다. 고구려가 도저히 넘어설 수 없을 것만 같았던 위기의 순간들마다 있었던 해답, 그것이 문 뒤에 있었다.

"……."

반나절 가까이 망설이던 평강은 결국 손끝에 힘을 주었다.

북전의 문은 잠겨 있지 않았다. 마치 누군가 열어주기만을 기다리기라도 한 양 너무도 쉽게 미끄러져 열렸고, 그것이 오히려 평강을 당황하게 하여 이미 열고서도 쉬이 들어갈 수 없게 하였다. 대문과 정원, 그리고 안채가 한눈에 모두 들어오는 가운데 그 정중앙에는 놀랍게도 북전의 주인이 앉아 그가 올 것을 미리 알고 있기라고 했던 듯 또렷이 바라보고 있었다.

"의외로구나."

주아영의 목소리가 평강의 귀를 울렸다.

"누가 그 문을 열지 생각했었다."

평강은 그 자조 섞인 음성에서 그녀가 어쩌면 사유를 기다렸을지 모른다는 생각을 하였다. 모든 것이 위태로워져 가는 이때, 지금이라도 태왕이 제 뜻을 접고 어미의 도움을 기다리지 않을까 하는 희망, 혹은 그런 기대를 품고 있었을지도 모를 일이었다. 평강은 일말의 연민을 느끼며 그녀의 감정을 상하지 않도록 조심하여 말문을 열었다.

"태왕 폐하께서는 각지에 출병치 말라는 명을 내리셨습니다. 적과 싸울 생각 없이 굴욕적인 화의만 생각하시고……."

"돌아가거라."

그녀는 평강의 말을 끝까지 듣지도 않은 채 명백한 거절의 뜻을 표하고 시비(侍婢)에게 안채의 문을 닫도록 했다. 그러나 그쯤은 미리 각오하였던 바 평강은 태후의 닫혀버린 방문 앞으로 더욱 가까이 다가가 준비해 온 말을 던졌다.

"적군으로 향한 화친의 사절은 가는 족족 죽임을 당했습니다. 이미 목숨을 잃은 충신이 열은 넘습니다. 그럼에도 폐하께서는 오로지 화친만을 말씀하십니다."

"……."

"적은 진군하며 지나는 모든 진지를 헐어내고 고을을 불태운다 합니다. 잡은 이를 살려두는 법이 없고 시체는 절단하여 수급을 전시한다 합니다."

"……."

"환도성에는 저들을 막아낼 만한 의지도 책략도 없습니다. 필시 고구려는 잿더미로 화하고 말 것입니다."

"……."

"도와주십시오. 오로지 태후께서만 이 위기를 풀어낼 수 있고, 모두가 태후께서 도와주시기만을 기다리고 있습니다. 저는 단 한 명도 빠짐없는 대소 신료 모두의 바람을 가지고 태후를 뵈러 온 것입니다."

평강이 몇 번이나 비애에 찬 목소리를 터트렸으나 안채에서는 어떠한 답도 들려오지 않았다. 그는 무릎걸음으로 다가가 문에 대고 마지막 말을 꺼냈다. 그것이 바로 그가 북전의 문을 연 이유이기도 했다.

"차후 폐하께서는 홀로 이곳 평양성에 나와 모용황을 기다릴 것이라 하십니다."

평강은 이 엄청난 소식에 이어질 태후의 반응을 숨죽여 기다렸다. 하지만 방 안에서는 조금도 달라지지 않은 목소리가 흘러나올 뿐이었다.

"그 또한 그 아이의 선택이니라."

평강은 입술만 지그시 깨물었다.

"돌아가거라. 북전의 문은 다시는 열려서는 안 될 것이다."

날이 어두워질 때까지 물러나지 않았음에도 안채에서는 더 이상 어떠한 소리도 들려오지 않으니 결국 평강은 북전을 나설 수밖에 없었다. 그러나 돌아선 그의 얼굴은 온전히 포기한 기색이 아니었다.


"폐하……."

환도성의 대전. 길게 읍하며 엎드린 신하들을 두고 사유는 꼴도 보기 싫다는 듯 눈을 감아버렸다. 벌써 수십 번째 같은 간언이었다.

화친의 전언을 가지고 떠났던 사절은 모두가 돌아오지 않았으며 모용황은 결코 진군을 멈추지 않았다. 신성의 무로부터는 제발 명을 거두어달라는 전령이 끊임없이 달려왔고 이를 전해받은 사유는 그 어느 때보다 더욱 믿을 수 없는 명을 내렸다.

"나서 싸우지 말고 적을 그냥 통과시키라 하여라."

"……?"

"붙잡아두지도, 뒤를 쫓지도 말라 하여라."

실성했다고 밖에는 여겨지지 않는 기막힌 명에 이제는 나서서 항변하고 상소를 올리는 이조차 없었다. 대개의 신하가 자포자기의 심정으로 코웃음만을 쳤다. 사유는 그야말로 혼자였다. 이미 고구려 강토 어디에도 사유와 뜻을 같이하는 인물이 없었다. 조정 내외가 모두 그러했다.

"이만 자리를 파하겠다."

사유는 짤막한 한마디를 남기고 먼저 일어섰다. 등 뒤로 원망과 한탄의 눈길이 수없이 꽂혔으나 사유는 언제나 그랬듯 무심하게 제 침전으로 향했다. 이미 오랜 세월이 흘렀다. 간간이 사유의 마음을 이해한다며 다독이던 신하들 또한 이제는 등을 돌린 지 오래였다. 장자인 구부는 오랫동안 간 곳을 알 수 없었고 자식을 둘이나 두었음에도 왕후와는 결코 가까워질 수 없는 거리가 있었다.

침전으로 걸음을 옮기던 사유는 문득 고개를 들어 어둑해진 하늘을 보았다. 온 세상에 오로지 혼자인 신세가 처량함에도 한숨을 쉬지는 않았다. 그저 물끄러미 밤하늘 한구석에 시선을 던져놓고 가만히 서서 시간을 흘려보낼 뿐이었다.

"폐하."

문득 발소리와 함께 나타난 것은 평강이었다. 비록 사유의 오랜 독선으로 소원해지기는 하였으나 그는 선왕 을불이 자식과도 같이 아끼던 인물이었고, 열 살 남짓 터울인 그들 사이에는 본래 형제와도 같은 정이 있었다. 근간에 찾아볼 수 없던 밝은 얼굴로 다가온 평강은 손에 든 술병을 들어 보이며 슬며시 웃었다.

"괜찮으시겠습니까."

사유는 굳이 거절하지 않았다. 자리에 앉은 그들은 정국에 관해서는 결코 말하지 않았다. 선왕의 이야기부터 같이 병법과 학문을 공부하던 이야기, 무와 함께 뛰놀던 이야기까지 소소한 대화만을 나누었다. 평강과 사유 둘 모두 술이 약한 편이라 오랜만에 나눈 술잔에 그들은 금세 취기를 떠올렸다.

"억울합니다. 제가 어려서 본 최고의 미인은 태후셨고, 나이가 들고 본 최고의 미인은 왕후이시란 말입니다. 슬쩍 희망을 품어볼 기회조차 없었단 말이지요."

"허허."

"가만 생각하면 신기하지요. 대모달의 용모를 떠올리면 어떻게 왕후 같은 분이 태어나셨을지, 참 세상일이 묘하지 않습니까? 탐구해 볼 가치가 있단 말입니다."

"태대사자께서 큰일 날 말씀만 하시오."

"큰일이 나도 좋으니 일단 이 자리서 왕후를 좀 뵐 수 없겠습니까?"

사유는 웃는 중에도 쓸쓸한 기색을 떠올렸다. 그 또한 왕후를 본 지 오래였다. 원하기만 하면 언제든 만날 수 있음에도 사유는 굳이 그러지 않았다. 이유 또한 생각하지 않으려 했고 떠오를 적마다 멀리 밀어내곤 했다. 평강 또한 그것을 모르지 않는 터였다. 사유의 안색이 흐트러짐을 본 그는 술잔을 다시금 비우고 가만한 목소리로 위로하듯 말했다.

"외로우십니까?"

술기운 탓인지 사유는 저으려던 고개를 멈추었다.

"소신만이라도 폐하의 곁을 지켰어야 하는데 송구합니다."

"태대사자가 나를 저버린 것이 아니지요. 나의 탓입니다."

평강은 마음이 아픈지 사유를 안타까운 눈길로 바라보았다. 이토록 선량하고 배려 또한 깊은 태왕이 어째서 그 독선적인 태도를 버리지 못하나 생각하며 평강은 긴 한숨을 쉬었다. 그리고 약간의 침묵이 흐른 다음 평강은 드문드문 목소리를 꺼냈다.

"폐하, 앞으로 저는 폐하의 곁을 영원히 지키려 합니다. 죽어서도 말이지요."

"무슨……."

위로하듯 말을 건네는 평강의 안색이 지나치게 굳어있었다. 취중에도 이상하다 느꼈는지 사유가 입을 열려는데 평강은 이를 자르고 제 이야기를 이었다.

"굳건히 버티고 선 고구려에 성군으로 이름을 남기시도록 도울 것입니다. 닥쳐온 국난을 넘기고 태평천하를 맞이하여 온 백성이 따뜻한 배를 두드리며 폐하를 칭송할 수 있도록 말입니다."

"……."

"폐하께서는 그 누구보다 따뜻한 마음을 지니셨습니다. 그 마음으로 백성을 자식처럼 키우실 것입니다. 남의 백성조차 거두어 제 자식으로 품으시고 돌아가시는 그날까지 걱정하고 염려하며 용서하고 다독일 것입니다. 폐하, 폐하! 그래도 저만은 용서하셔서는 안 됩니다."

"대체 무슨 말씀이시오?"

"약속해 주십시오. 저만은 용서하시지 않겠다고. 꼭 약속해 주셔야 합니다."

두서없는 평강의 말에 심상찮은 기색을 느끼고 그를 물끄러미 바라보던 사유는 재차 이어지는 평강의 말에 고개를 끄덕였다.

"태대사자가 무언가 생각하는 것이 있구려."

다음 순간 평강은 눈물을 흘렸다. 그리고 사유의 손을 붙잡으며 울음 섞인 목소리로 외치듯 말했다.

"소신도 약속을 지키겠습니다. 죽어서도 결코 폐하의 곁을 떠나지 않겠습니다."

한참 눈물을 글썽이던 그는 어느 순간 부여잡았던 사유의 손을 놓았다. 그리고 밖을 향해 소리쳤다.

"모셔라!"

순간 대여섯 장수가 들어와 그들의 주위를 둘러쌌다. 놀란 사유가 평강과 그들을 번갈아 바라보는데 평강이 사유의 앞에 풀썩 무릎을 꿇으며 쿵 소리가 나도록 머리를 찧었다.

"폐하, 고구려를 지켜야겠습니다. 폐하께서 내내 다스릴 수 있도록 온전히 건사해야겠습니다. 그때까지만, 지금 닥쳐온 국난을 넘어설 때까지만 답답하더라도 다른 곳에 계셔야만 하겠습니다."

"태대사자!"

사태를 깨달은 사유는 순간 말문이 막혔다. 반란이었다. 자신의 형제이자 오랜 벗이 반란을 일으켜 자신을 강제로 붙들어가는 것이었다. 생각도 못한 배신에 너무 놀란 까닭인지, 배신의 이유가 슬픈 까닭인지, 사유는 움직이지도, 무어라 말을 하지도 못하고 장수들에게 양팔을 붙잡힌 채 평강을 멍하니 바라보았다. 그러나 장수들이 그를 재촉하여 침전 밖으로 끌어가는 순간 사유는 어디에 생각이 닿았는지 격노한 얼굴이 되어 소리쳤다.

"놓아라!"

그러나 장수들의 억센 팔은 사유를 놓아주지 않았다. 그 광경을 보며 평강은 더욱 슬프게 울었다.

"지금, 지금은 안 된다. 놓아라! 놓으란 말이다."

끝내 태왕을 끌어낸 장수들은 그를 가마에 태우고 어디인지 알 수 없는 곳으로 서둘러 움직였다. 사유는 가마 안에서도 끌려가는 내내 호통과 몸부림을 쳤고 평강은 차마 그 모습을 똑바로 보지 못하고 바닥에 머리를 찧으며 하염없는 눈물만을 흘렸다.

"낙랑 저잣거리의 거렁뱅이로 전전하다 거꾸러질 목숨을 미천태왕께서 이 자리까지 올려주셨습니다. 그리고 무엇보다도 자랑스러운 고구려를 위해 한 몸 바쳐 일할 수 있었던 게 평생의 행운이었습니다. 태왕 폐하, 부디 그 곱디고운 마음씨, 백성을 위해 오래오래 써주시기 바랍니다. 소신은 이미 반란을 일으킨 몸, 어찌 살기를 바라겠습니까!"


벼락같은 두 개의 소식이 한꺼번에 환도성을 휩쓸었다. 국난의 시기에 갑자기 자리를 비운 태왕, 그리고 오랜 충신인 평강의 까닭 모를 자결. 태왕의 침상에는 급환으로 요양을 위해 당분간 자리를 비울 터이니 태후에게 모든 권한을 위임한다는 서한 한 통이 남아있었고 목맨 채 죽은 평강의 시체 곁에서는 자신을 역적으로 기록해 달라는 부탁이 담긴 서한 한 통이 발견되었다.

영문 모를 두 사건이 휩쓸고 간 자리에 결코 밖으로 드러낼 수 없는 환호성이 남았다. 태후에게 모든 권한을 넘긴다니, 이제 그녀가 나서리라. 장수들과 신하들은 앞을 다투어 평양성으로 달려가 북전으로 향했고, 닫힌 북전의 문 앞에서 몇 번이고 태왕의 서한을 읽으며 태후의 대답을 기다렸다. 북전의 문은 꼬박 하루가 지나고서야 열렸다. 그러나 모습을 드러낸 태후의 얼굴은 모두의 기대와 달리 싸늘하게 식어있었다.

"진실과 거짓을 알면서도 모두가 벙어리로구나."

알 수 없는 말 한마디를 던진 뒤 태후는 갑자기 손을 들어 조정 신료들의 뺨을 한 차례씩 매섭게 때렸다. 신분의 고하를 가리지 않고 누구 하나 남김없이 모두의 따귀를 때린 뒤 태후는 등을 돌렸고 모여든 신료들의 기대를 무참히 짓밟으며 북전의 문은 다시 굳게 닫혀버리고 말았다.


환도산.

아무도 살지 않는 땅이었다. 북향의 높은 산줄기에 몰아치는 세찬 바람은 일 년 내내 멈추는 법이 없었으며 나무와 수풀이 한 치 앞을 분간할 수 없도록 우거진 데다 사람을 무서워하지 않는 온갖 산짐승들이 저를 주인으로 알고 살아가는 땅이었다. 그러나 이 불모의 땅에도 좁다란 산길이 나 있었으니, 이는 영약을 찾는 약초꾼과 심마니들이 수백 년간 고단한 발

걸음으로 닦아놓은 흔적이었다. 더구나 환도성에서 그리 멀지 않은 터라 가끔 다급한 영을 받은 전령이나 군사들이 지름길 삼아 이곳을 지나기는 했지만, 일 년 가야 인적이라고는 찾아볼 수 없는 험지(險地)였다.

그 험하디험한 환도산의 남쪽 기슭, 작은 산짐승이나 지나다닐 만한 협곡이라 하여 산달곡(山獺谷)이라 불리우는 이곳의 어둠에 몸을 기댄 일단의 군사가 있었다.

"대모달께도 두려움이란 것이 있으십니까?"

"일평생 두렵지 않은 적이 없었다."

짧은 문답이 한밤의 어둠 사이를 흘렀다. 오를 엄두조차 나지 않는 가파른 절벽 위에서 그 사이로 난 협곡을 내려다보는 두 장수가 주고받은 말이었다. 일 년 내내 인적이 드문 이 산달곡에 이 순간 수천 개의 막사와 수만 개의 횃불이 눈 닿는 데까지 펼쳐져 있었고, 그 위압적인 풍경 군데군데에는 모용황의 깃발이 횃불과 함께 일렁거리고 있었다.

"적어도 사만."

낙랑을 떠나 환도성으로 향하던 아불화도와 삼천 군사는 이 산달곡에서 발을 멈추어야만 했다. 하늘에서 떨어졌는지 땅에서 솟았는지 모를 거대한 적의 대군이 이 수십 리의 협곡을 꽉 메운 채 소리 없이 진군하고 있는 광경을 목도한 까닭이었다. 대충 헤아려도 사오만에 이르는 대군에게 발각되는 즉시 그들의 운명이란 오로지 전멸뿐이었다. 아불화도의 군사들은 허리를 낮추고 발소리를 숨기어 적의 눈과 귀를 피한 채 그 압도적인 군세의 움직임을 지켜보고 있었다.

"분명 신성을 피해 산맥을 타고 넘었습니다. 그러지 않고서야 어찌 소리 소문 없이 여기에……."

"음."

"수년 전에는 언 바다를 밟고 건넜다더니 이번엔 산맥을 넘었단 말입니까. 모용황이라는 자가 참으로 무섭습니다. 대모달, 어서 서두르시지요. 환도성에 이 사실을 서둘러 알려야만 하지 않겠습니까."

"환도성이라……."

기가 죽은 듯 숨죽여 말하는 휘하 장수의 채근에 아불화도는 잠시 생각에 잠겼다가 이내 세차게 도리질을 쳤다. 이미 늦어 있었다. 태왕은 각 주둔지의 출병을 금했고, 환도성에는 불과 수천의 경비병만이 있을 뿐이었다. 풀어낼 길 없는 위기를 온몸으로 느끼며 아불화도는 다시금 거대한 적의 진영을 노려보았다. 산맥을 넘어온 대군이라니, 모로 생각하여도 오로지 절망뿐이었다.

'부디 고구려를 지켜주소서.'

아불화도는 문득 자객으로 위장하여 죽어간 전령들을 떠올렸다. 일개 전령조차 나라를 위해 초개같이 목숨을 던졌거늘……. 더 생각할 것도 없었다. 그는 곧 근처의 병사 하나를 불러 명을 내렸다.

"환도성으로 가서 전하라. 아불화도는 산달곡에 묻혔노라고."

그 말이 의미하는 바를 알고 흠칫 몸을 떠는 이들이 있었다. 아불화도는 고개를 끄덕이며 그들에게 눈길을 주었다. 삼천여 군사 가운데 누구 하나 눈에 익지 않은 얼굴이 없다는 듯 그는 따르는 이 모두와 눈길을 교환했다.

"두려움이란 내일을 생각할 때에만 있는 법."

장졸들이 그의 뜻을 알고 침묵을 지키는 가운데도 입술을 꿈틀거렸다. 그러나 수장이 그렇게만 말하고 눈을 감아버리니 모두에게 잠시간의 침묵이 흘렀다. 다가올 죽음을 인정하고 그간의 삶을 정돈할 시간, 짧게만 느껴지는 그 시간을 맺어내며 아불화도는 눈을 떴다. 그러고는 힘차게 말 엉덩이를 걷어찼다. 장졸 또한 바스러져라 이를 악물었다.

"범이 노루를 잡는 데에 뒷일을 생각하는가!"

늙은 영웅의 패기 가득한 외침이 모두의 머리를 후려쳤다. 아불화도는 항상 그러했다. 책략은 탁상에서 멀어질수록 약해지고 기백은 전장에 가까워질수록 강해진다. 그것이 이 무패의 맹장이 신봉하는 유일한 전술이자 도리였다. 그의 기백이란 무서우리만큼 강한 전염성을 가진 무기였고 그것은 이번에도 힘을 발휘하여 말 잘 타고 창 잘 쓰기로 고구려에서 제일가는 정예군 삼천이 머릿속 모든 생각을 날린 채 경사로를 타고 뛰기 시작했다. 적진에 닿은 것은 눈 깜짝할 사이였다.

"이제야 왔느냐!"

벼락같은 고함과 함께 던져낸 아불화도의 창은 수백 보를 날아 가장 거대한 막사를 허물어뜨리며 관통했고, 잠들었던 적장은 깨어날 겨를도 없이 목숨을 잃었다. 이를 신호로 고구려군이 쏟아지자 연나라 군사들은 더없이 혼란하여 그 내력과 숫자를 가늠할 틈조차 없었다. 가뜩이나 험산을 오르내리느라 바닥난 체력이었고, 잠행의 진군이라 방심한 상태였다. 놀란 초병이 소리칠 사이도 없이 연군은 죽어 나자빠져 갔고 고구려 삼천 군사는 그야말로 미친 듯 날뛰었다.

"예서 기다린 지 오래다! 적은 항복하라!"

고구려 병사들은 적진을 누비며 어둠 속에서 들려오는 아불화도의 고함을 따라 외쳤다. 적은 무려 스무 배에 가까운 대군이었다. 그런데 항복이라니. 그야말로 가당치도 않은 소리였고 허무한 협박이며 아군의 실체가 알려지기 전에 하나도 더 많은 적을 베리라는 서글픈 결의였다. 누구도 승리를 생각하지 않았다. 하루를 버텨도 좋을 것이고 이틀 사흘을 버티면 더 좋을 것이었다. 벌 수 있는 최대한의 시간을 목숨 바쳐 얻어내리라. 그리하면 어떻게든 고구려가 무사하리라. 그들은 그것만을 생각하였다.


한편 산달곡의 소식을 까맣게 모르는 환도성의 대전에는 각 부족의 대가들이 참여한 가운데 여러 장수들이 과거 그 어느 때보다도 열정적인 얼굴로 격론을 벌이고 있었다. 이미 나라 전역의 주둔지로는 새로운 전령이 출발했다.

'각지의 장수는 어서 환도성으로 달려와 나라의 위기를 구하라.'

'신성의 고무는 눈앞의 적을 섬멸하라.'

이제까지와는 정반대의 명이었다. 사유가 사라진 조정에서는 군사의 편제와 전선을 놓고 의견을 모으고 있었다.

"이제는 해볼 만하다!"

대다수 신하들은 근간 십 년 이래 가장 밝은 얼굴이 되어 주먹을 부르쥐었다. 아무리 빛이 바랬더라도 고구려는 전쟁의 나라였다. 아직 전역의 군사를 모으면 적어도 칠팔만에 이르는 대군이 산재해 있었다. 무엇보다 그들이 절대적으로 신뢰하는 무패의 명장 고무가 북방의 삼만여 군사를 거두어 휘하에 거느리고 있었다.

"빠르면 열닷새 안으로 환도성에 군사의 집결이 가능합니다."

"하면 그 편제는 어느 대신께서 맡으시겠습니까?"

태왕이 없는 이 순간에 고구려의 회의는 그 어느 때보다 매끄럽고 탄력적으로 진행되었다. 위험을 피하려는 이도, 공을 도맡으려는 이도 없이 모두가 구국의 의지만을 불태우니 굳이 개중에 뜻이 다를 이유도 없었다. 이들의 가장 가운데에 자리한 국상 명림중수는 칠십 줄이 넘어서 백발이 성성한 고구려 삼대째의 충신이었다.

"오늘 회의는 여기까지로 하겠소. 여기 계신 대신 모두가 오늘의 난국을 타개할 영웅들이시오. 더욱 심력을 다해 맡은 바를 관철해주시오."

부재중인 태왕을 대신하여 어좌에 앉아 군략 회의를 지켜보던 왕후 정효는 외종조부인 명림중수의 혈기 넘치는 목소리가 귓가에 닿자 손을 들어 제 입을 막았다. 불현듯 무엇인가가 떠올라 자신도 모르게 신음을 터트린 까닭이었다. 그녀의 손에는 사유가 남기고 떠났다는 서한이 들려 있었고, 그녀는 그것이 사유의 필체가 아님을 진작 알고 있었다.

'어떻게 해야 할까.'

사유의 부재는 틀림없이 강제된 것이었다. 흉수를 가려내려 회의를 지켜보았건만 그녀가 깨달은 사실은 흉수 따위는 없다는 것이었다. 있다면 명림중수를 비롯하여 고구려 조정의 모든 충신이 모조리 다 흉수였다. 긴 시간 이어진 회의에서 누구 한 사람 사라진 태왕의 행방을 거론하지 않았다. 그것은 이미 사건의 실체를 모두가 알고 있다는 뜻이었고 조정 내에 사유의 편은 단 한 사람도 남아있지 않다는 의미였다. 정효는 회의가 끝나고서 모든 대신이 돌아갈 때까지 자리에 남아있었다. 이윽고 텅 비어버린 대전에서 그녀는 기나긴 생각을 접고 시위를 불러 명했다.

"정원 선생을 불러다오."

끝내 왕후가 떠올린 사람은 정원이었다. 세상과는 일정 거리 떨어진 곳에서 사유에게 여러 도움을 주던 도인. 지금은 오로지 그만이 더불어 속내를 나눌 수 있는 유일한 사람이었다. 마치 부름을 기다리기라도 한 듯 오래지 않아 나타난 정원은 잔잔한 얼굴로 정효의 이야기를 처음부터 끝까지 귀 기울여 들었다.

"태왕께서는 요양을 가신 것이 아닙니다. 작금의 정국을 버려두고 자리를 비우셨을 리가 없습니다. 남기셨다는 서한의 필체 또한 폐하의 것과는 거리가 있습니다."

"그렇군요."

"태대사자의 죽음 또한 관련이 있을 것입니다. 나는, 나는 폐하께서 신하들에 의해 유폐되었으리라 생각합니다."

"그렇겠지요."

"한두 명의 소행이 아닙니다. 살펴보니 온 조정이 합심하다 시피 벌인 일입니다. 폐하를 찾아 모셔온들 복권(復權)하실 도리가 없습니다."

"맞습니다."

정원이 너무도 쉽게 연신 인정해오니 열띤 목소리로 외치던 정효는 곧 할 말을 잃었다. 세속을 떠난 도인을 불렀다는 사실을 후회할 즈음 멀거니 앉아만 있던 정원은 문득 엉뚱한 질문을 던져왔다.

"한데, 왕후께서는 확신이 있으십니까?"

생뚱맞은 물음에 무어라 답할 줄을 모르고 머뭇거리는데 정원은 그녀의 얼굴을 깊숙이 들여다보며 재차 물었다.

"일을 저지른 신하가 실은 모두 고구려의 오랜 충신입니다. 왕후께서는 어떠신지, 태왕 폐하께서 옳다는 확신이 있으신지 여쭙는 것입니다."

"그 무슨……."

"말씀해 보십시오. 문무백관과 만백성을 모조리 등지고도 홀로 펼치려는 폐하의 뜻, 그것이 과연 옳습니까?"

정원 또한 신하들과 같은 뜻이 아닌가 하는 생각에 발끈한 정효는 울화가 차올라 따지는 말을 내려다 입술을 깨물었다. 그녀 또한 그리 당당히 긍정할 수만은 없었다. 그녀는 사유의 길이 옳다는 생각은 해본 적이 없었다. 오히려 회의를 지켜보며 어쩌면 고구려의 위기를 극복할 기회가 아닐까 하는 생각마저 들었던 것 또한 사실이었다. 막상 일이 터지자 지아비 소식에 안절부절못하고 있지만 과거 연나부의 피붙이들 사이에 비슷한 얘기가 떠돌던 무렵 속으로 공감하였던 기억이 떠올랐다. 감겨오는 죄책감 속에 무어라 답할 말을 찾지 못하던 그녀는 문득 예전 구부가 했던 이야기가 떠올랐다. 그때 구부의 한마디는 자신을 크게 바꾸어 놓았던 것이다.

"옳습니다. 태왕 폐하께서는 따귀를 맞은 뒤 싸움을 끝내려는 것입니다."

정효는 아직도 마음 한구석에 남은 제 생각을 황급히 쫓아내려는 듯 구부의 말을 그대로 옮겼다. 어미가 되어 어린 자식의 말을 빌리자니 다소 얼굴이 붉어지며 목소리도 기어드는데 이를 찬찬히 듣던 정원은 편안한 웃음을 지으며 손뼉을 쳤다.

"그렇습니까? 하하, 참으로 그렇습니다."

"예?"

"다행입니다. 왕후의 말씀을 들어보니 폐하께서 곧 돌아오실 수 있겠습니다."

너무나 간단히 대답하니 믿을 수가 없어 고개를 가로젓는데 정원은 더욱 잔잔한 미소를 머금으며 말을 이었다.

"언제 한 번 조정이 폐하의 편이었던 적이 있습니까. 다만 지금 오래간 돌아오지 못하심은 외로움과 실의가 폐하를 억류하는 까닭입니다. 왕후께서 방금 하신 말로 족히 물리칠 수 있습니다."

"예?"

"지금 하신 이야기를 그저 폐하께 하십시오."

그것을 끝으로 정원은 가볍게 고개를 숙여 인사를 표하며 일어섰다. 이에 정효가 서둘러 그의 소매를 붙들었다.

"저와 같이 폐하를 뵈러 가실 순 없는지요."

정원은 대답 대신 시구(詩句) 같은 한 마디를 읊조리며 구태여 등을 돌렸다.

'내 어이 여기에 더 있을 것이냐, 약이 독이고 독이 약인 것을.'

궁을 벗어나 걸음을 옮기던 정원의 뇌리에 먼 옛날로부터의 한 마디 말이 다가왔다.

'고구려는 이제껏 겪어보지 못한 어려움에 처할 것이다, 태자에 의해. 또한 이제껏 이루지 못했던 대제국을 건설할 것이다, 그 또한 태자로 인해.'

언젠가 무휼가 내뱉었던 탄식을 억지로 삼키던 정원은 불현듯 몸을 부르르 떨며 마지막 말을 되뇌었다.

'대제국을 건설할 것이다, 그 또한 태자로 인해.'

정원은 그길로 평양성을 떠나 선곡으로 향했다.

# 기다리는 이 없어도

신성.

태왕 사유의 명에 따라 고구려 북방의 모든 군사는 신성의 군사로 편제되어 왕제 고무의 휘하에 놓여있었다. 그 수만도 자그마치 삼만에 이르렀으니, 이는 평상시 고구려 전력의 절반에 해당하는 것이었다. 대군의 집결로 금세라도 터져나갈 것만 같은 이 신성에는 유능한 장수가 구름같이 모여있는 데다 본래가 철의 산지인지라 질 좋은 병장기 또한 갖출 수 있었으며, 수장인 고무는 과거 여노의 뒤를 잇는 고구려 제일의 무인이라 불리는 인물이었다.

그러나 신성은 이렇게 일개 성으로는 도무지 포용할 수 없는 전력을 품고서도 눈앞의 적을 침묵 속에 관망하고만 있었으니 그것은 당장 천지가 뒤집히더라도 태왕 사유의 당부를 지키겠다는 무의 결심이 굳건한 까닭이었다. 사유는 무에게 결코 나아가 싸우지 말 것을 명했고, 무는 근방의 요지마다 설치된 관문이 모조리 무너질 때까지도 그 명령을 충실히 따랐다. 그리고 적군이 무인가도(無人街道)를 지나듯 관문을 모조리 돌파하여 신성의 성벽 바로 아래에 이를 즈음 환도성에서 당도한 새로운 전령에 의해 적을 그냥 통과시키라는 청천벽력 같은 어명이 전달되었다.

여태껏 사유의 명이라면 무조건 이행하던 무조차도 그 명령만은 한나절을 고심하며 결정을 미루었다. 무는 실낱같은 가능성이라도 찾으려 전령을 붙잡고 태왕의 명이 맞는지 수십 번을 되물었고 종내는 태왕의 명이 확실하다고 거듭 답하는 전령의 따귀를 후려치며 짐승의 포효를 내질렀다. 그런 다음 그는 깊이 흐느꼈다.

밤새 온갖 상념을 다 떠올려보던 무는 자신의 불복이 형의 운명을 몰락시킬 것에 생각이 미쳤다. 자신이 사유의 명을 어기고 적을 섬멸시키면 반드시 폐위의 문제가 제기될 터이고, 자신의 뜻이 아무리 완강하다 하더라도 최근 들어 부쩍 신경이 예민해진 형은 스스로 견딜 수 없을 것이었다.

비관에서 헤어나지 못한 형이 자진(自盡)할 수 있다는 생각에 결국 무는 사유의 명을 따랐다. 무의 지시로 성벽에 붙어선 채 적에게 활을 겨누고 있던 군사들이 모두 물러나니 처음에는 영문을 몰라 근처를 몇 번이고 염탐하고 살피던 적군은 사나흘이 지나자 성벽 옆으로 조심에 조심을 거듭하며 다가섰다.

"적장은 어째서 움직임이 없느냐. 항복이라도 하는 것이냐?"

괴이한 장면이었다. 화살 한 대 쏘지 않고 적을 통과시키는 수비대라니. 이 또한 계략일 수 있는지라 연나라 군사의 수장 왕우는 함부로 다가서지 않고 멀찍이서 소리를 높여 물었다.

"적장은 지나라!"

하지만 왕우는 어떠한 결심도 하지 못하고 엉거주춤 사나흘을 보냈다. 잠 한숨 자지 못한 채로 이 괴이한 대치 상태를 유지하다 결국 더 이상 참지 못한 왕우가 용기를 내어 군사 여럿과 함께 성문 가까이 다가와 외쳤다.

"네 말이 정말이거든 모든 고구려 군사는 눈길이 닿지 않는 곳까지 물러서라."

이에 무는 다만 코웃음을 쳤다. 왕우는 결국 성벽을 따라 난 좁은 길에 들어설 생각을 못 하고 물러갔다.

"겁쟁이 같으니. 그럼 아예 성문을 열어주마."

무가 아예 성문까지 열어 큰 길을 내주었음에도 왕우는 들어설 용기가 나지 않았다. 열린 성문을 두고 이러지도 저러지도 못하니 오히려 닫힌 성문을 바라볼 때만도 못한 상황이었다. 왕우가 갑갑하여 연신 가슴을 두드리는데 한 책사가 나서서 꾀를 내었다. 먼저 오백여 군사만을 성문 안으로 들여 보자는 것이었다. 왕우가 손뼉을 치며 이 말에 따르니 늙은 군사 오백이 결국 신성의 성문을 들어섰다. 비록 늙었으나 목숨에 대한 애착은 젊은 병사들에 못지않은지라 이들은 죽을힘을 다해 뛰다시피 신성의 남쪽 문을 빠져나갔다. 이를 본 왕우는 다음 날에는 일천을, 그다음 날에는 이천을, 또 그다음 날에는 삼천을 보내니 이들은 모두 북쪽 성문으로 들어 남쪽 성문으로 무사히 빠져나갔다. 도대체 이 거짓말 같은 사실을 믿을 수 없어 며칠간 내내 고개를 가로젓던 왕우 앞에 먼저 빠져나갔던 장수가 길거리에서 엽전이라도 주운 양 입이 헤벌어진 채 돌아와 아뢰었다.

"장군, 고구려 전역에는 태왕의 첩지가 내려졌다 합니다. 그 어느 누구도 모용부의 군사와 싸움을 벌여서는 안 된다는 내용이라 합니다. 또한 여기 신성 태수에게는 성문을 열어줄지언정 싸워서는 안 된다는 엄명이 떨어졌다 합니다."

"뭐라! 세상에 어찌 그런 명령이 있단 말이냐. 고구려 태왕이라는 자는 도대체 어떻게 된 위인이기에 그런 명령을 내렸을까?"

강하게 치미는 의심을 숨기지 않던 왕우는 그러나 잠시 후 고개를 크게 끄덕였다.

"그렇지! 그런 일이 있었지. 고구려 태왕이란 그런 자였지. 그 옛날 평곽성의 다 이긴 전쟁에서 오히려 무릎을 꿇고 항복을 빌었던 자가 아닌가. 바로 그 고구려 태왕이 또다시 겁을 먹어 무릎을 꿇는구나!"

모든 것이 분명해지자 왕우는 다음 날 남은 군사를 모두 거느리고 의기양양하게 신성의 북문에 들어섰다. 그는 마치 개선장군처럼 고구려 군사 앞을 지나며 위엄을 부렸다.

"저자가 바로 신성 태수구나."

왕우는 무를 보자 짐짓 위엄을 부리며 그의 앞에 다가가 섰다. 무는 입을 한일자로 굳게 다문 채 여려극을 들어 쿵 소리가 나게 바닥에 찧었다.

"장수의 잘나고 못남은 오로지 그가 모시는 왕에 따라 결정되는 법. 따라서 네 비록 약간의 용맹이 있다고는 들었으나 사실 극히 가엾은 자에 불과하다."

무는 핏기 어린 눈으로 왕우를 노려보며 나직이 뱉었다.

"너도 머리가 있다면 고구려 태왕의 이 큰 뜻을 짐작하여라!"

고구려 제일의 무인이라는 무의 위풍당당한 모습에 연나라 장졸이 모두 겁을 먹고 침을 삼켰으나 왕우는 제 치졸한 패기를 감출 줄 모르는 인물이었다. 가만히 무의 안색을 살피던 그는 돌연 무의 얼굴에 가래침을 퉤 뱉었다.

"겁쟁이 왕이 내린 명령이나 따르는 주제에 건방이 심하구나."

무는 미동도 하지 않았다.

"네가 이름이 좀 있는 건 안다만 일개 무장이 무어 그리 대수이겠느냐. 왕이 겁을 먹어 이리도 발발 떠는데 겁쟁이 밑의 용장이란 차라리 더 우습지 아니하냐!"

왕우의 객기를 지켜보는 연나라 군사는 침을 삼켰고, 고구려 군사는 이를 악물었다. 양측의 군사들이 서로 다른 까닭으로 침묵을 지키니 일촉즉발의 팽팽한 긴장이 흘렀다. 무의 위명은 둘째 치고 군사의 수로 보아도 상대가 되지 않는 터였지만 고구려 태왕이 뒤를 받치고 있다는 생각에 왕우는 다시 한번 거드름을 피웠다.

"내 이제 환도성을 다녀올 터이니 그때 다시 보자. 다음에 볼 때에는 좀 더 부드러운 표정을 보고 싶다."

왕우는 만면에 득의의 웃음을 지으며 무를 노려보았다. 이때 멀리서 말발굽 소리 하나가 희미하게 들려왔다. 온몸으로 치욕을 참아내는 무와 장수들, 군병들의 눈길을 한몸에 받으며 조금씩 가까워오던 그 소리는 신성의 남쪽 성문을 지나치며 점점 또렷해지다가 머지않아 그 정체를 궁금해하는 이들의 시야에 모습을 드러냈다. 환도성의 깃발을 등에 꽂은 전령이었다.

"성지요!"

먼 길을 숨도 안 쉬고 달려왔는지 전령도 말도 숨을 헐떡이며 나는 살처럼 대장군 무의 깃발 앞으로 달려들었다. 온몸이 땀에 전 채 숨을 몰아쉬며 나타난 전령이 올리는 성지를 받아보는 무의 눈꺼풀이 차츰 떨리기 시작했다.

"음!"

무는 묵직한 신음을 내었다. 성지의 내용이 궁금한 것은 고구려의 장졸들만이 아니었다. 왕우 또한 전령과 무를 번갈아 바라보았다.

"아, 어떻게 이런 명령이!"

거듭 신음을 내며 손조차 떠는 무를 바라보던 왕우는 더욱 오만한 표정을 지었다. 당혹해하는 무의 표정을 보아서는 필시 고구려 태왕이 또 한번 겁먹은 첩지를 내린 것이리라 판단한 왕우는 무의 어깨를 두어 번 툭툭, 치고는 말고삐를 가볍게 당겼다. 순간 섬광이 한 번 번뜩이는가 싶더니 바닥에 섰던 무의 여려극이 온데간데없이 사라졌다. 동시에 왕우의 떨어진 목이 하늘 위로 뱅글뱅글 솟아오르고 목 잃은 몸이 썩은 나무처럼 바닥에 쓰러졌다. 이어서 무의 벼락같은 호통이 떨어졌다.

"성문을 닫아라!"

병사 수십 명이 몸을 던져 양쪽 성문을 향해 달려감과 동시에 그간 참고 또 참기만 했던 삼만의 고구려 군사는 이 순간이 오기만을 평생 기다렸다는 듯 시뻘건 눈빛을 번뜩이며 제 무기를 잡아 들었다. 무릎에 힘이 풀려 주저앉은 연나라 군사들의 귀에 무의 섬뜩한 음성이 저승사자의 그것처럼 파고들었다.

"한 놈도 남기지 말고 모조리 도륙하라!"

이와 동시에 일방적인 학살이 벌어졌고 신성 안에 들어있던 연의 군사 가운데 단 한 명도 빠져나간 이가 없어 포로를 포박하고 시체 더미를 성 밖으로 내다 버리는 데만도 하룻밤을 온통 보내야 했다.

다음 날 새벽 무가 군사를 거느리고 질풍같이 내달아 남문을 빠져나간 연의 군사들을 뒤쫓아 모조리 도륙하니 고구려 군사의 함성이 온 벌판을 뒤덮었다.

"모용황의 본진은 어디에 있는가!"

무는 근방 백여 리를 수색하게 하였으나 어디서도 적의 본진을 찾을 수가 없었다.

"선봉이 모조리 도륙당했으니 겁을 집어먹고 벌써 요동성으로 물러간 것이 아니겠습니까. 도성으로 향하는 길은 오직 이곳 신성을 지나는 길뿐입니다."

그러나 가만히 상황을 따져보던 무는 곧 침중한 표정이 되어 고개를 저었다. 세상에 선봉군만 놓아두고 돌아가는 회군이란 있을 수가 없었다. 더군다나 적은 모용황이었다.

"새 길을 찾았을지 모른다. 그런데 도대체 어떤 새 길이 있단 말인가. 극성과 신성 사이에."

무가 극성까지 수색을 놓아 보내자 첨병 하나가 경천동지할 소식을 갖고 돌아왔다.

"모용황은 본진을 거느리고 산맥으로 들어갔다 합니다."

이를 들은 무는 기가 막혀 소리쳤다.

"아, 환도성은 이미 무너졌을 것이다!"

물자와 보급 따위는 생각지도 않은 채 무는 즉시 기병을 거느리고 환도성으로 달리기 시작했다. 달리는 내내 무는 끊임없이 스스로를 탓하며 괴로워했다. 어째서 그런 생각을 하지 못했단 말인가. 태왕 사유에게, 모후 아영에게, 그리고 왕후 정효에게 무슨 일이라도 생겼다면 결코 본인 스스로도 목숨을 이어가지 않으리라. 무는 피가 나도록 입술을 깨물며 쉴 새 없이 말을 박찼다.


그러나 무의 걱정과는 달리 환도성은 아직 건재하였다. 오히려 대신들의 능수능란한 대처에 각지의 군사가 미친 듯이 달려오고 있었으니 신성의 군사가 늦더라도 당장은 어떻게든 버틸 만한 전력이 되어가고 있었다. 다만 연나라 오만의 대군이 산맥을 타고 넘는 도박의 승부수를 던져왔음을, 또한 그 승부수가 이미 성공했음에도 아직 환도성에 비극이 닥치지 않았음이 누구의 덕인지는 모르고 있었다.

그 구원의 주인공은 이 순간 생의 마지막일지도 모르는 숨을 몰아쉬고 있었다. 산달곡의 아불화도. 그는 이미 꼬박 나흘째 손에서 칼을 놓지 못했고 제대로 먹지도 잠을 자지도 못하고 있었다. 물 대신 땀과 피를 입에 머금었고 꿈을 꾸듯 적을 베어 넘겼다. 말 허리를 붙잡은 양다리는 지남철처럼 달라붙어 떨어질 줄을 몰랐고 손에 쥔 창은 처음부터 팔의 일부분이기라도 한 듯 놓칠 줄을 몰랐다. 말이 지치면 적의 것을 빼앗아 타고 창이 무뎌지면 적의 것을 빼앗아 쓰기를 거듭하니 이미 그를 거쳐 쓰러진 말과 이 빠진 병장기가 수십이 넘었다. 제 몸을 건사하는 대신 하나라도 많은 적을 쓰러뜨리겠다는 듯 오로지 앞만을 향한 그는 이제 마지막 생명의 불꽃을 불태우고 있었다. 은백의 머리와 수염에 남의 피와 제 피가 분간할 수 없게 엉키어 이미 온몸이 검고 붉으니 그야말로 민담 속 귀신의 모습이었다. 대모달과 그를 따르는 삼천의 군사가 산달곡에 목숨을 던져 넣은 싸움으로 고구려의 수도 환도성에 자그마치 나흘이라는 시간을 벌어주고 있는 것. 고구려 삼천 군사가 모두 목숨을 잃고 쓰러진 이 순간까지도 아불화도를 마주하는 연나라 군사는 함부로 덤비지 못하고 뒷걸음질을 치고 있었다.

"내 활을 가져오라."

그 모습을 멀지 않은 곳에서 지켜보던 모용황이 근처의 시위를 불러 명했다. 비록 오랜 시간 병마에 시달려 직접 싸울 기력은 없었으나 본래 출중한 무인인 데다 궁술은 온 나라에 소문이 자자했으니 적장의 그러한 신위를 보고도 마음이 동하지 않을 수 없는 노릇이었다. 주위 장수가 모두 저어하였지만 이제 고작 하나 남은 적장이 두려워 수만 군사의 왕을 말리고 위엄을 해칠 수는 없었다. 곧 활을 받아 든 모용황은 말 탄 장수의 등 뒤에 붙어 대모달의 앞까지 다가간 후 오랜 시간 공들여 시위를 당겼다.

핑!

불과 이백 보 남짓, 가까운 거리라 빗나갈 수도 없었으나 병든 팔이 당긴 살은 전신(戰神)의 목숨을 끊어놓기에는 힘이 모자랐다. 등판을 긁고 지난 살에 힐끗 모용황을 돌아본 아불화도는 눈을 뒤집듯 시뻘겋게 물들였다. 제 말을 죽이기라도 할 기세로 있는 힘껏 박차 두세 병사를 뛰어넘으며 창을 휘둘러 앞길을 트자 이미 질릴 대로 질린 병졸은 좌우로 갈라져 모용황의 모습이 휑하니 뚫린 길 사이로 드러났다. 모용황을 본 아불화도는 그야말로 대나무를 쪼개듯 연나라 군사를 가르며 득달같이 달려들었다. 언제 아불화도의 창이 날아가 모용황의 머리를 꿰뚫어도 이상할 것이 없는 순간이었다.

"저, 저자."

"쏘아라! 어서 활을 쏘아라!"

순간 목소리를 잃은 모용황을 대신하여 그의 곁을 지키던 모용한이 제 군주의 앞을 가로막으며 비명을 지르듯 외쳤다. 장졸 모두가 그 다급함을 아는지라 활 가진 이는 누구 하나 빠짐없이 모두 살을 재어 제대로 겨눌 겨를도 없이 쏘아내니 일순간에 수백 개의 화살이 피아를 가리지 않고 날아 온 하늘을 메우며 쏟아졌다. 생쥐 한 마리 벗어날 길 없는 화살망, 근처의 연나라 군사들이 비명을 지르며 동료의 화살에 죽어가는 가운데 아불화도는 끝까지 제 달리던 길을 멈추지 않았다. 말이 맥없이 무릎을 꿇으며 나자빠지고서도 제 다리로 달렸고, 온몸의 살이 쇠붙이에 찢겨 피를 튀기면서도 비명 한 번, 신음 한 번 터트리지 않은 채 모용황을 향해 홀로 달려들었다.

봉혁, 한수, 모여니, 석종, 난발 다섯 장수가 한꺼번에 앞으로 나서 모용황의 앞을 가로막는 순간 영원히 멈추지 않을 것만 같던 아불화도의 걸음이 심하게 비틀거리더니 무릎이 꺾였다. 모용황과의 사이에 불과 십여 보만을 남겨둔 지척이었다. 이내 아불화도는 동작을 멈춘 채 그 자리에 굳었고 찰나적인 정적이 흘렀다. 병사들도 다가서지 않고 아불화도도 나아가지 않으니 마치 흐르던 시간이 멈춰버린 것 같았다.

"네놈은 무엇이 그렇게."

잠시 후 신음과도 같은 모용황의 목소리가 정적을 타고 흘렀다. 제자리에 마지막 힘을 다하여 버티고 선 아불화도의 얼굴에는 악귀와도 같았던 극기와 투지도, 마지막을 맞는 패장의 원통함도 없었다. 대신 알 수 없는 만족과 성취의 후련함이 편안한 표정으로 어리어 있었다. 이를 깨물고 그 모습을 한참 바라보던 모용황은 홀린 듯 천천히 그에게 다가갔다.

"네놈은 무엇이 그리도 기쁘냐. 어째 죽음의 순간에 그렇게 웃는 것이냐. 군사를 모두 잃은 패장이 어째서 웃는단 말이냐."

"내가 패장으로 보이느냐?"

며칠간 끊이지 않던 창칼 부딪치는 소리도, 악쓰는 소리도 모두 멎어 정적이 내려앉은 산달곡, 잦아드는 아불화도의 목소리는 이상하리만치 긴 울림을 남겼다. 초점을 잃어가는 그의 눈길은 사방에 쓰러진 고구려 병사들을 향해 모아져 있었다.

"무어라?"

"네 눈으로 보아라."

이에 아불화도의 시선을 따라 뒤편의 전장을 살핀 모용황의 얼굴이 점차 일그러졌다. 전선은 첫 조우에서부터 한참이나 물려져 있었다. 더욱이 등 돌려 도망하다 죽은 이가 반절이 넘는 연나라 군사와 달리 고구려 군사는 누구 하나 빠짐없이 정면에 창칼을 맞아 쓰러졌으니 그간 오히려 쫓긴 것은 연나라요 쫓은 것은 고구려라, 그것은 흔히 있어 온 승패의 결과와는 정반대의 모양이었다. 지난 나흘간 고구려군이 얼마나 무섭도록 투지를 불태웠는지 보여주는 증거였다.

"작은 전장의 용맹일 뿐이다. 고구려는 너희의 전멸을 알고 두려워하며 나의 대군이 강대함을 알고 겁먹어 물러서고 있지 않은가. 내가 허락만 하면 네 겁 많은 왕은 언제든 달려와

내 앞에 무릎을 꿇고……."

"무서우냐?"

구구절절 이어지는 모용황의 말을 자르며 아불화도는 마지막 힘을 다해 피로 범벅이 된 얼굴을 들었다.

"네 남은 병사들도 모두 그러하리라."

"무엇이!"

"그러나 고구려에는 두려워하는 이 없으리니."

다시금 떨구어져 가는 그의 얼굴에 진한 웃음이 감돌았다.

"제아무리 깊은 강이라도 한 사람이 건너거든 뒷사람이 따라 건너는 까닭이다."

그것을 마지막으로 평생을 선두에만 섰던 노장의 몸이 뻣뻣이 굳었다. 마치 거대한 고목처럼 버티고 섰던 그 몸은 이내 앞으로 쿵 소리를 내며 쓰러지고 승전을 기뻐하는 안도의 한숨도 기운찬 환호성도 없는 기나긴 정적 속에서 연나라 장졸들의 눈길은 왠지 모를 숙연함을 담은 채 적장의 시신에서 떠날 줄 몰랐다. 그렇게 한참의 시간이 흐르는 동안 참담한 표정으로 이를 악물고 관자놀이를 실룩거리던 모용황은 제 칼을 뽑아 옆의 한수에게 던졌다.

"저자의 목을 쳐라."

"예?"

"고구려의 졸장 아불화도는 연나라 장수 한수의 칼에 목을 잃었다.”

한수는 모용황의 뜻을 알아듣고 받아 든 칼을 높이 들어 아불화도의 목을 내리쳤다. 생전의 뜻이 워낙 굳었던 탓일까, 그 살마저 굳고 질기어 이름난 무인의 칼질조차 잘 들지를 않아 연신 몇 번을 더 내리치고서야 한수는 그의 목을 잘라낼 수 있었다. 이윽고 모용황은 잘려나간 아불화도의 목을 장대에 매달아 높이 들고 군사들로 하여금 북을 치고 환호성을 지르게 하였다. 귀기 어린 아불화도의 얼굴이 두려운 까닭인지 그 모양새가 워낙 졸렬한 까닭인지 따르는 이가 반이 되지 않아 장수들은 소리가 작은 병사들을 몇 지목해 목을 쳐야만 했다. 그제야 산달곡에는 승전을 알리는 연나라 병사들의 환호성이 울렸다. 모용황은 그 강제된 기쁨의 한가운데서 옆에 자리한 모용한을 향해 나직한 음성을 내었다.

“극도로 불쾌하다.”

지독한 염증이 담긴 제 주군의 목소리에 모용한은 지그시 입술을 깨물었다. 그는 엄습해오는 불안을 느끼던 중이었다. 산맥을 타고 넘을 때만 해도 보장된 승리에는 한 치의 의심도 없었다. 그러나 지나던 적군과 조우하는 우연의 소치, 그리고 고작 삼천여 군사에 묶여 허비한 나흘이라는 시간, 그간 직접 겪고 느낀 고구려군의 용맹에 더불어 아불화도의 장렬한 최후는 이제 그의 마음을 심히 불편하게 만들고 있었다. 그의 염려는 곧 북로의 왕우와 일만 오천 군사에게로 향했다. 그들이 전멸하고 신성의 군사가 환도성으로 향하기라도 했다면 승리의 향방은 알 수 없는 곳으로 흘러갈 수도 있었다. 그런 그의 걱정을 아는지 모르는지 마지막 획을 찍어내듯 던져진 모용황의 신경질적인 목소리가 그의 상념을 깨트렸다.

"앞으로 닷새 후에는 환도성에 허리를 펴고 걷는 고구려인이 있어서는 아니 될 것이다."

닷새의 거리.

그것은 고구려와 연나라 양편이 모두 알고 있는 사실이었다.

연나라 군사가 산달곡을 떠날 무렵 아불화도의 전갈을 전해 받은 고구려의 대신들 또한 대경실색하여 이제껏 모여든 군사를 편제하고 요격을 준비하니 그 또한 적지만은 않은 일만여 군사. 비록 네다섯 곱절의 차이가 있지만 향후로 흐르는 시간은 고구려의 것이라 희망이 없는 것만도 아니었다. 바야흐로 양국의 명운을 갈라놓을 일전이 시작되려 하는 순간, 그렇게 한 치 앞을 알 수 없는 아슬아슬한 국면이 펼쳐지는 가운데 환도성에서 동쪽으로 십여 리 떨어진 단웅곡(斷熊谷)이라 일컬어지는 심산유곡에서는 한 부부의 만남이 있었다.


사유가 유폐된 단웅곡의 모옥(茅屋)에는 병졸 한 명 없이 밥 짓는 식모와 시종만이 있었다. 그것은 다들 사유가 결코 궐로 돌아오지 못할 것임을 아는 까닭이었다. 뜻을 지지하는 단 하나의 신하와 명을 받들 단 하나의 장수도 없는 외로운 태왕. 그러니 최소한의 예우로써 감금의 형식을 피하여 풍광 좋은 산중을 골라 요양이라도 떠난 듯 모셔진 이 특별한 유배지에 는 떠나는 이를 붙잡을 사람도 오는 이를 막을 사람도 없었다. 그리고 실제로도 태왕이 든 이후 단웅곡에는 그토록 요사스 럽던 여우의 울음소리조차 끊겨 있었다. 태왕 사유는 유배지 가 아닌 외로움에 갇혀있는 것이었다.

"왕후."

처음으로 이 유배지에 나타난 외인, 단신으로 나타난 정효 가 얼굴을 가린 면사를 걷자 사유는 검게 죽은 얼굴에 일말의 놀라운 기색을 보였다. 왕후의 몸이 되어 험한 산속을 홀몸으 로 찾아든 것이 놀라운 까닭인지, 면사 속의 수심 어린 얼굴이 너무나 야위어 마치 다른 사람으로 보이는 까닭인지 사유는 신음으로 인사를 대신하였다.

"참으로 모진 고초를 겪으십니다."

짧은 인사나마 나누고 나니 이내 대화가 잦아들고 그들 사 이에는 침묵이 흘렀다. 시비가 내어놓은 찻잔을 앞에 두고 두 사람은 한참의 시간을 그냥 흘려보냈다. 가뜩이나 모든 감정 과 생각을 속으로 삭이는 버릇이 들어있었던 사유는 이제 유 배지에 갇혀 더욱 속으로만 침잠하고 있었다. 결국 먼저 속에

든 말을 꺼낸 것은 정효였다. 자못 담담한 투로 흘러나온 목소리에는 참담한 내용이 담겨있었다.

"산달곡에 연나라 오만 군사가 들었습니다. 아버님께서 삼천 군사로 그에 맞서……."

서두가 트임과 동시에 사유의 손에 들린 찻잔은 눈에 띄게 흔들렸다. 설운 것이 섞이어 끝까지 맺지 못한 정효의 말에는 두 소식이 함께 담겨있었다. 환도성 바로 코앞까지 들이닥친 적의 대군, 그리고 아불화도의 죽음. 아불화도의 성정이란 물러서는 법이 없고 휘어지는 법이 없기로 유명한 것이었다. 그런 그가 열 배가 넘는 군사에 맞섰으니 아직 세상 사람일 도리가 없을 것이었다.

"산달곡이라 하셨소?"

"예."

"산달곡을 나서면 환도성까지는 수많은 백성이 모여 사는 마을들로 이어져 있소. 일전을 치른 저들의 분노가 죄 없는 백성들에게 미쳐서는 안 되오. 대모달께서 이를 모를 리가 없을진대 어찌……."

한참 만에 내어진 사유의 혼잣말이 너무도 야속하여 정효는 목구멍까지 올라오려던 흐느낌을 꾹 집어삼켰다. 아불화도에 대한 걱정은커녕 사유는 오히려 그를 탓하기만 하고 있었다. 그녀는 한숨을 쉬듯 말을 흐렸다.

"대모달께서는 제 아비이기에 앞서 선대로부터의 충신이요, 고구려의 대들보와 같은 분입니다. 안위가 걱정되지는 않으십니까?"

"그러나……."

정효는 고개를 저어 사유의 말을 끊었다. 사유의 거의 비틀리다시피 한 백성 이야기는 이미 지겹도록 겪어 익숙히 아는 탓이었다. 굳이 지금에 와서 따지고 원망할 일이 아니었다.

"소첩은 감히 폐하께서 어떠한 뜻을 품고 행하시는지 또한 가늠할 눈이 없습니다."

"……."

"지아비를 이해 못하고 살아가는 것이 편치는 않습니다. 눈만 뜨면 보이고, 귀만 열면 들려오는 폐하에 대한 반발을 그저 못 본 척, 못 들은 척 참아 넘기기만 해야 하는 탓입니다. 그대들의 생각이 틀렸노라고, 폐하께서 품은 뜻이 이러하니 따르라고, 그렇게 말할 수가 없으니까요."

"……."

"언제부터인가는 폐하를 이해하려는 생각도, 노력도 하지 않았습니다. 그저 뭇 부인들의 모범이 되는 모습으로, 지아비 되는 이의 뜻을 묵묵히 따르기만 하는 지어미의 모습으로 살았습니다. 그것이 모자란 소첩이 택할 수 있는 최선이었습니다."

홀로 푸념과 같은 이야기를 계속하는 정효를 사유는 굳은

272

얼굴로 묵묵히 바라보고만 있었다. 모를 이야기들이 아니었다. 처음부터 정효는 그를 사랑하지 않았고 그와 어울리는 성정을 가진 사람도 아니었다. 오히려 아불화도의 피를 이어받은 그녀는 사유의 맹목적인 온건함과는 정반대의 기질이 있었고, 나라를 뒤흔든 사유의 파격적인 방침이 있을 적마다 얼굴에 한 꺼풀씩 수심을 더해갔던 터였다. 사유는 미미하게 고개를 끄덕이며 듣기만 하다가 정효의 말이 멈추자 천천히 입을 열어 답했다.

"왕후의 탓이 아니오. 내가 틀린 탓이지."

더없이 짙은 외로움을 담은 목소리가 정효의 귀로 흘러들었다.

"세상 사람 모두가 입을 모아 틀렸다 하면 그것은 틀린 것이오. 진즉 그것을 알았더라면 그 많은 충신열사를 그리 잃지는 않았을 텐데. 태대사자를 그리 보내지 않았어도 될 터인데."

"……."

"왕후가 나를 미워하는 것도 알고 있소. 백성보다는 대모달의 안위를 먼저 물었어야지. 그것이 맞는 순서인데. 미안하오. 나는 틀린 사람이라 생각이 짧고 비뚤어진 탓인가 보오."

지독한 회의가 섞인 사유의 목소리를 들으며 정효는 원망과 넋두리를 뱉은 제 입술을 깨물었다. 십수 년의 세월 동안 한 번 양보하고 물러서는 법 없이 고집과 강단을 부려왔던 제 신넘을 지금 사유는 스스로 틀린 것이라 말하고 있었다. 그녀는 문득 정원의 말을 떠올렸다.

'폐하를 억류하고 있는 것은 외로움과 실의입니다.'

실로 그러했다. 사유는 결국 포기한 것이었다. 백만 사람을 적으로 두고 단 한 사람도 곁에 두지 못하였으니 버틸 요량이 없는 것도 당연하였다. 오랜 세월 거센 바람을 맞아 흔들려 온 촛불을 불어 꺼트리는 가장 가까운 사람들의 모습, 까맣게 타 버린 심지, 그것이 사유의 얼굴에 겹친 채로 정효의 눈에 자꾸만 아른거렸다.

"모두가 다 틀렸다 하지는 않았습니다."

탓하던 어조가 오히려 위로하는 것으로 바뀌어 한숨처럼 흐르니 사유는 힘없이 웃으며 고개를 저었다.

"가벼운 위로겠지요."

그러고는 시비를 불러 상을 물리게 하였다. 그것은 정효더러 이제 돌아가라는 뜻. 곧 몸을 일으키려 하니 정효는 문득 손을 들어 사유의 손목을 가만히 붙잡으며 잠시 뜸을 들이다 천천히 입을 열었다.

"앙숙인 두 사람을 세워놓고 번갈아 서로의 따귀를 때리게 하는 벌이 있더랍니다. 두 사람 모두가 그만두기를 원할 때까지요."

굳이 귀 기울여 들은 것이 아닌데도 그 한마디는 이상하리만치 강하게 사유의 주의를 잡아끌었다. 다음 내용이 궁금해진 탓에 사유는 일으키려던 몸을 멈추었다.

"맞은 사람은 더욱 힘껏 때리게 마련이라 고통도 원한도 더욱 커져만 갑니다. 그만두기를 원하더라도 둘 모두 때리고 그만두기를 원하니 어느 한쪽이 죽거나 혼절하지 않으면 이 일은 끝나지 않습니다."

"……"

"서로 괴로우면서도 시원한 기억만을 내세우며 맞고 때리기를 반복하고 반복합니다. 이것이 바로 전쟁이랍니다."

사유는 갑자기 얼굴을 굳혔다. 무엇이 그리도 그를 흥분케 했는지 그는 돌연 눈을 크게 뜨고 온 신경을 집중하여 다음 말이 나올 정효의 입에 시선을 모으고 있었다.

"세상 누구나 다 제가 때리고 그만두기를 원합니다. 그러나 오직 한 사람, 폐하께서만은 맞고 그만두기를 원하시지요."

"뭐라!"

터져 나온 사유의 신음에 정효의 차분한 말이 이어졌다.

"곧 태왕 폐하 한 분만이 전쟁이 참으로 끝나기를 바라는 사람인 것입니다."

일 년 내내 인적 없는 단웅곡이 너무도 조용한 탓일까, 평생 큰 소리 한 번 내지 않고 살아온 사유의 인생이 너무도 잔잔한 탓일까, 벌떡 일어서며 터트린 사유의 신음은 실제의 소리보다 몇 배는 크게 정효의 귀를 울렸다. 무릎으로 탁상을 엎으며 일어선 사유는 쏟아진 찻물이 제 버선과 정효의 치맛자락을 잔뜩 적시는데도 멍하니 서서 한마디만을 연신 중얼거렸다.

"따귀를 맞고 그만둔다고요?"

그것은 본인 스스로도 생각조차 해보지 못한 비유였다. 추상적으로 닿아있던, 논리가 아닌 심서(心緒)의 영역에서만 어렴풋이 떠오르던 그런 속뜻이었다. 그런 속뜻을 그토록 정확하고 간단하게 말로써 그려낼 수 있다니, 너무도 시원하여 갑갑했던 속이 뻥 뚫리는 것만 같았다. 질척한 진흙 속 깊이 묻혀 잃어버렸던 보물을 쏙 빼낸 것과 같이 무어라 말할 수 없는 시원함이 그의 마음을 갑작스레 가득 채웠다.

"그분은 누구시요?"

다음 순간은 참을 수 없는 궁금증이 일었다. 도대체 누가 그토록 지혜롭고 현명할 수 있단 말인가. 얼마나 깊은 도를 닦았기에 시대의 이치와 배치되는 그의 뜻을 도리어 이치로써 설명해낼 수 있단 말인가. 정효로서는 결코 할 수 없는 말이었다. 아니, 사유가 아는 그 누구도 그러한 생각의 폭을 지니지는 못하였다.

"도대체 어디의 어느 선생께서 그런 말을 하셨소?"

가만히 그를 응시하던 정효는 천천히 답했다.

"구부입니다."

"……!"

"폐하의 자식인 구부가 한 말입니다."

그 말을 듣는 순간 사유는 할 말을 잃고 자리에 앉은 채로 굳었다. 무슨 생각을 하는지, 무슨 감정의 소용돌이를 겪는지 한없이 복잡하게 얽혀가는 얼굴로 오만 반성과 반추를 거듭하였다. 충분히 그럴 만도 하였다. 세상에 누구 하나 손잡는 이 없이 버려진 고독한 신세에 손을 내민 이가, 나아가 상상만으로 머물렀던 꿈을 마치 그림처럼 선명하게 그려 보여준 이가 제 어린 자식이라니. 사유는 신음과도 같은 목소리로 다시한번 물었다.

"구부가, 내 자식이 그리 말했다 하였소?"

"예."

"따귀를 맞고 그만둔다고. 그 아이가 나의 뜻을 그리 표현했다고."

숙연하기까지 한 얼굴로 중얼거리던 사유는 어느 순간, 복잡하게 얽혀들던 표정을 한순간에 모두 풀어내고 자리에서 벌떡 일어섰다.

"가야겠소."

"어디로 말씀이십니까. 궐에는 이미 대신들이……."

"갈 길을 가야만 하겠소."

무엇을 하겠다는 것인지, 어디로 가겠다는 것인지 알 수 없는 모호한 말이었으나 정효는 고개를 끄덕였다. 까맣게 타버린 심지로만 보였던 사유의 얼굴에는 다시금 불길이 일렁이고 있었다. 그 불길이 무엇을 밝히고 무엇을 태운들 어떠랴. 타오르는 것은 그녀의 지아비였고 불씨를 살려낸 것은 그녀의 자식이었다. 할 말을 다 하여 후련한 듯 고개를 한 번 젖힌 정효는 말에 몸을 싣는 사유를 눈으로 배웅하였다.

단웅곡을 떠난 사유는 머지않아 도성의 성벽에 이를 수 있었다. 이제 연나라의 대군이 지척에 이르렀음을 알고 엄중하기 이를 데 없는 경계를 펼치고 있는 환도성, 긴장한 초병들이 사방에서 한시도 눈을 떼지 않고 성벽의 궁수들은 잡은 활에서 손을 떼지 않으니 환도성 구석구석에 금세라도 일전이 일어날 것만 같은 긴장이 흐르고 있었다. 달리는 말 위에서 이 광경을 한동안 눈에 담던 사유는 말 머리를 획 돌렸다. 어디로 향하는 것일까. 알 수 없는 곳으로 계속해서 말을 몰아가는 사유는 그 어느 때보다 굳게 입술을 깨물었다.


산달곡에서 동진(東進)을 계속하기를 사흘 남짓, 이제 연나라의 오만 대군은 멀찍이 드러나는 환도성을 눈앞에 두고 있었다. 그간 오만이라는 대군의 숫자에 요격을 포기한 고구려는 그들의 접근을 막지 않았다. 이에 연나라 군사는 무인가도 위의 진군을 거듭하여 비어버린 근방의 작은 성과 주둔지를 통과한 다음 환도성에 이르러 이제 최후의 일전을 준비하고 있는 것이었다. 그러나 그들로서도 무사태평하기만 한 길은 아니었다. 북방의 첩병(諜兵)이 전해온 소식은 왕우와 일만 오천 군사를 한순간에 도륙한 신성 태수 고무와 신성의 군사가 밥과 잠을 거르며 무서운 속도로 달려오고 있다는 것이었다. 그들이 합류하면 승리를 장담할 수 없는 일이었다.

이제 이틀 후면 시작될 전투를 앞에 두고, 입위장군이라는 이름으로 전군(前軍)을 맡아 앞길을 내던 모용한은 본군 진영 모용황의 막사로 부름을 받았다.

"불쾌하다."

모용황은 먼지가 낀 것만 같은 음침한 음성을 내뱉었다.

"어째서 저들이 저리도 호전적인가. 왕우의 별군을 치고, 그토록 빌려 오던 사절이 발을 끊고. 여태껏 보아온 고구려왕의 태도와 너무도 다르다."

"해도 달라질 것이 있겠습니까. 이제 한 싸움에 환도성을 허물고 모조리 잡아들여 목을 치면 되지 않겠습니까."

"다르다."

"예?"

"지금의 고구려인은 그 아불화도처럼 고개를 뻣뻣이 세우고 죽음을 맞이할 것이다. 그러한 승리란 승리가 아니다."

일견 터무니없는 소리였으나 아불화도의 최후를 함께 목격

한 모용한으로서는 그 심정을 이해할 것도 같았다. 아불화도
는 죽었으나 싸움을 이긴 장수의 모습으로 마지막을 맞이했
고 그것은 연나라 장졸 전원의 마음에 희뿌연 안개를 답답히
도 내려놓았다. 필생의 원수를 갚으려는 모용황에게 그것은
승리가 아니었다.

"일만 군사를 따로 편성하라. 그들로 하여금 먼저 옛 도성인
평양성을 허물고 그 안에 살아있는 모든 것을 죽이라 하여라.
그러고도 저들이 저리 기세등등한지 보아야겠다."

"폐하, 그러나 적의 원군이 향하고 있습니다. 얼마 후면 도
착할 거리라⋯⋯."

"모용한."

"예, 폐하."

"그것이 고구려의 명줄이다. 다른 무엇도 아닌 그것을 베어
야 고구려가 쓰러지는 것이다."

모용황은 더 이상 모용한의 말을 듣지 않았다. 명운을 가를
일전을 앞두고 전략 전술에 정반대로 가는 일을 명하니 모용
한은 기가 찰 따름이었으나 오랜 병마와 마약이 달라붙은 오
기라 쉬이 돌려질 마음도 아니었다. 곧 부복하고 막사를 나선
모용한은 발 빠른 일만 군사를 따로 편제하였다. 탐문한 바로
평양성에는 고작 수백의 병사들이 적당히 지킬 뿐이라 따지
고 보면 그리 힘들일 일도 아니었다.

"공께서 수고해주시오."

많은 전공을 쌓았기로 둘째가라면 서러운 대사마(大司馬) 봉혁에게 정병 일만을 주니 질풍처럼 떠나간 그는 불과 사흘 만에 돌아왔다. 고구려의 상징과도 같은 고도(古都) 평양성을 너무도 쉬이 불태우고 허물었다는 보고와 함께 봉혁은 엉뚱한 인물 하나를 달고 돌아와서 모용한을 찾았다.

"이자가 누구요?"

"평양성을 불태울 때에 갑자기 나타난 자요. 죽이기 전에 일단 포박하여 물으니 고구려의 사절이라 반드시 폐하를 뵙겠다기에 이리 데려왔소이다."

흰 무명옷을 걸친 문사 풍의 사절이 곧 모용한에게도 고개를 숙여 정중히 예를 표하니 모용한은 새삼 웃음을 감추지 못하였다. 많은 걱정이 있었으나 결국 모용황이 원하는 대로 일이 이루어진 것이었다. 오랜 도읍이었던 평양성을 불태웠으니 과연 고구려 조정이 견디지 못한 것이리라. 이제 오랜만에 모습을 보인 사절이 비굴한 투로 읊어댈 고구려의 사정을 생각하며, 득의만면한 모용한은 그를 이끌고 모용황의 막사로 향했다.

그러나 이후로 펼쳐진 광경은 모용한의 기대와는 사뭇 다른 것이었다.

"……."

나타난 사절을 대면한 모용황은 눈을 한 번 깊게 감았다 떴다. 그러고서 사절의 얼굴을 한참 응시하다가 다시 한번 같은 행동을 되풀이했다. 그리고 가만히 서서 그 모습을 지켜보던 사절은 곧 모용한에게 그러했듯 허리를 깊이 숙여 인사를 건넸다.

"연왕께서 그간 안녕하셨습니까."

너무도 무례한 언사에 주변의 시위와 장수들이 눈을 부릅뜨며 한꺼번에 칼자루에 손을 가져다 대었다. 볼 것도 없이 모용황은 사절의 목을 치라 명하리라. 가장 빠르게 사절의 목을 치리라며 모용황의 명령만을 기대하던 그들에게 곧 엉뚱한 소리가 들려왔다.

"고사유!"

"그렇습니다."

막사에 들어있던 모든 이가 순간 놀라 멍하니 사절을 바라만 보았다.

고사유. 그것은 고구려 태왕의 이름 세 글자였다. 적국의 왕이 직접 찾아들다니, 그것도 홀몸으로. 어떤 고초와 멸시가 기다리고 있는지 알 수 없는, 생사조차 장담할 수 없는 그러한 처지에 스스로를 밀어 넣은 고구려의 태왕은 그 수많은 눈길을 받아내며 잔잔한 표정으로 천천히 입을 열었다.

"항복을 청합니다."

# 간도, 쓸개도, 염통도

고국원왕 13년, 막 해가 바뀌어 봄으로 들어설 무렵.

조나라의 북쪽 변경에 열서넛 남짓한 소년이 홀로 걸음을 옮기고 있었다. 본래는 궁색하지 않았을 옷차림이나 오랜 시간 떠돌았는지 낡고 해져 반쯤은 거지와도 같은 꼴이었다. 걷다가 멈추어 주위 경치를 둘러보고 사람이 있으면 인사를 건네고 목 좋은 그늘이 있으면 쉬어가는 것이 마치 나이깨나 먹은 방랑자와도 같은 모습이었다. 그리 걷던 소년은 한 고을 어귀에서 멈추어 눈앞의 생소한 광경을 지켜보았다.

"아미타불."

그 한마디가 마치 요술과도 같은 일을 일으켰다. 소년만큼이나 남루한 기색, 더군다나 대머리인 젊은이가 구걸하듯 내민 밥그릇에 마을 아낙네 몇몇이 앞을 다투어 갓 지은 밥을 담아주는 것이었다. 그러고도 그들은 도리어 고개를 깊이 숙이며 두 손을 모아 인사를 올렸다. 이 알 수 없는 광경을 입을 떡 벌린 채 지켜보던 소년은 그들이 헤어지기를 기다려 젊은이에게 다가갔다.

"당신의 행색과 의복이 신기하오. 무엇 하는 분이시오?"

"불심(佛心) 닦는 승려외다. 승려가 신기하다니 아마도 작은 시주께서는 먼 나라에서……."

"불심이요?"

소년은 명랑함을 잔뜩 과장한 말투로 신기하다는 듯 승려의 말을 잘랐다.

"불심의 불(佛)이란 누구를 가리키는 것입니까?"

소년이 불법에 관심을 보이자 젊은 승려는 밥그릇에 침을 튀겨가며 열변을 토하기 시작했다.

"아미타 부처님을 가리키는 말이지요. 사바세계와 극락정토 사이의 길을 터 주신 분이외다. 사바세계란 이 세상이며 극락정토란……."

"말씀을 듣자 하니 선생은 극락정토라는 곳으로 가시려는 분인가 봅니다."

소년이 다시 한번 말끝을 잘라오자 승려는 잠시 말문이 막혔는지 눈만 껌뻑이다 이내 고개를 끄덕이며 웃는 얼굴로 답했다.

"작은 시주께서 대단히 영특하십니다. 예, 그러합니다."

"어찌하면 그리로 갑니까?"

"가진 욕심을 버리고 태어날 때와 같은 모습으로 돌아가면 갈 수 있습니다."

"가진 것을 버린다고요?"

"그렇지요."

"그럼 선생 손에 들린 그 밥부터 버림이 어떻겠습니까?"

소년이 승려의 손에 들린 밥그릇을 가리키자 승려는 잠시 머뭇거리더니 이를 소년에게 내주었다. 고맙다는 말 한마디 없이 받아 든 소년은 허겁지겁 배를 채우고 승려를 가만히 살피다 이번에는 그가 입은 옷을 가리켰다.

"선생께서는 옷도 두텁게 입으셨습니다."

젊은 승려는 뭐라 말하려다가 이내 허탈해하며 울상을 지었다. 그러나 이번에도 별말 없이 걸치고 있던 가사를 벗어 소년에게 내밀었다. 소년은 이 또한 자연스레 제 몸에 둘렀다. 그러고는 승려에게 다시 물었다.

"어찌 감사하단 말은 않으십니까?"

"예?"

"제가 선생을 극락정토로 이끄는데 감사하단 말을 않으시니 이상스러워 그렇습니다."

"허허. 하하하!"

소리 내어 크게 웃은 승려는 두 손을 마주 잡고 합장을 하며 소년에게 깊이 고개를 숙였다.

"작은 시주께 소승이 큰 덕을 입었습니다. 감사하외다."

고개를 꼿꼿이 세워 인사를 받은 소년은 곧 작별을 표하려다 다시 승려를 물끄러미 바라보았다.

"선생께서는 집이 있습니까?"

"같은 공부를 하는 이들이 모여 사는 절이 있기는 한데……."

소년은 씩 웃으며 고개를 끄덕였다.

"며칠 신세를 좀 져도 되겠습니까?"

승려 또한 묘하게 거리낌이 없는 소년이 꽤나 마음에 들었는지 오래 생각하는 법 없이 두 손을 모아 합장하며 선선히 승낙했다.

"소승 도안이라 합니다."

"구부입니다."

그랬다. 소년은 우앙을 고구려로 먼저 돌려보낸 구부였다.


도안이 몸담은 절간은 보름은 족히 걸어야 하는 거리였다. 묘하게 시작한 동행이었으나 두 사람은 서로 금세 가까워져 어느 만치 속내를 터놓는 사이가 되었다. 따로 하는 것이 없으니 자연히 주고받는 대화가 전부라 세상의 오만 이야기를 나누는데 도안의 식견이 오히려 네댓 살 어린 구부의 것보다 못한 경우가 거의 다라 도안은 구부를 마치 선배 대하듯 하였다. 그 출신이나 내력을 묻는 것 또한 그러했다.

"작은 시주는 어째서 어린 나이에 고향을 나섰는지요?"

"어린 나이가 밥을 얻어먹기 더 쉽습니다."

"허어."

"어린 나이에 떠돌면 무슨 사정이 있겠거니 불쌍히 여기지만 늦은 나이에 떠돌면 거지라 부르지요."

그렇게 적당히 둘러대니 도안은 더 이상 묻지 않고 사연이 있으려니 짐작하여 이후로는 신상에 관한 것을 묻는 법이 없었다.

마침내 도착한 도안의 사찰은 규모가 크고 대단하였다. 백 명이 한꺼번에 드나들 수 있을 만한 세 개의 산문(山門)이 각기 수백 보를 두고 떨어져 그 위세를 자랑하였고 이들을 지나 나타난 주불전(主佛殿)의 법당은 여느 높은 제후의 장원보다도 거대하여 그 안에 수백의 불경 읽는 승려를 품고도 넉넉하였다. 밤이 늦어감에도 법당에서는 독경 소리가 그칠 줄을 모르고 울렸으며 불상에 절을 올리는 이들의 그림자가 쉼 없이 스쳤다.

"도안이 왔느냐!"

"큰 스님을 뵈옵니다."

법당 앞을 비로 쓸던 승려가 도안의 인사를 받으며 넉넉한 웃음으로 맞이하였다.

"새 인연을 얻었구나."

"구부라 합니다. 잠시 쉬어가기를 허락해주실는지요."

주지승은 소년의 얼굴로 어른의 말을 하는 구부가 대견하였는지 오히려 더욱 진중한 태도로 합장을 하였다.

"어린 시주께서 어인 인연이 있어 예까지 귀한 걸음을 하셨는지요. 부디 편안히 머무르길 바랍니다."

구부가 주지의 하는 양을 따라 손을 마주하고 고개를 깊이 숙이니 주지는 그 모습이 더욱 우습고도 기특한지 껄껄 웃으며 직접 빈 방을 찾아 구부를 안내하였다.

도안의 절은 유서가 깊은 곳이었다. 나라의 고관대작은 물론이요 가끔은 황제나 황후가 찾아 불공을 드리곤 한다는 것이었다. 자연 볼 것도 많고 학식 높은 승려도 많으니 구부는 이후로 꽤나 오랜 나날을 머물러 이곳저곳을 구경하거나 불가에 관한 질문을 던지며 소일하였다. 승려들 또한 명석하고 영특한 구부를 금세 아끼게 되어 그와 대화하는 것을 즐겼다. 가끔 그의 내력을 묻는 이들이 있었으나 구부는 그것만큼은 대답하는 법이 없었다.

"불제자께서 어찌 속세의 일을 궁금해하십니까?"

그간 불가를 제법 공부한 구부가 그리 반문하면 승려들은 얼굴이 붉어져 물음을 도로 삼키곤 하였다.


하루는 아침 일찍부터 승려 하나가 찾아와 구부에게 좀처럼 하지 않던 말을 꺼냈다.

"오늘은 대웅전 출입을 삼가는 게 좋겠습니다."

"무슨 일이라도 있습니까?"

"높은 분께서 불공을 드리러 오시는지라……."

승려가 부끄러이 여기며 말끝을 흐리는데 구부는 이해한다는 듯 고개를 끄덕였다.

"속세에서 이룬 게 많으면 내세를 준비하려 하겠지요. 누굽니까?"

승려는 잠시 망설이다가 그 이름을 감히 입에 담기도 송구스럽다는 표정을 지으며 조심스레 답했다.

"조나라 황제께서 직접 행차하십니다."

"잘 알았습니다."

큰 이름을 들었음에도 별로 개의치 않고 대답한 구부는 미안한 듯 연거푸 얼굴을 붉히는 승려를 오히려 달래어 보내었다. 그러나 승려가 처소를 나서자마자 구부는 절에 머문 이후로 가장 분주하게 움직였다. 우물에 가서 얼굴을 말끔히 한 후 행낭을 뒤져 깨끗한 의복을 꺼내어 차려입더니 곧 승려의 출입을 금한 법당을 향해 당당하게 나섰다. 법당에서는 평소보다 몇 배나 또렷한 목탁 소리가 겹겹이 울려왔고 염불 외는 소리가 경건하게 들려왔다. 이에 빙그레 웃으며 구부는 법당의 문으로 향했다. 과연 황제의 위세란 대단하여 사찰임에도 갑주를 차려입은 수백의 위병이 주위를 매서운 눈길로 살피며 법당을 에워싸고 있었다. 위압적인 광경에 주눅이 들 법도 했지만, 구부는 한 번 머뭇거리는 법 없이 법당 앞으로 다가가더니 한껏 목소리를 내어 소리를 질렀다.

"어느 고명하신 분께서 불당을 독점하시는가?"

고꾸라질 듯 놀란 위병들이 튀어나와 그를 막아서는데 구부는 더욱 소리를 높여 다시 한번 외쳤다.

"남몰래 부처님 불알이라도 떼어 가시려는가?"

이쯤 되면 어린아이라고 사정을 보아줄 일이 아니었다. 번뜩이는 창날을 들이댄 병사들이 구부를 잡아 엎어트리고 포승줄로 묶는데 하도 흉흉한 모습이라 승려 가운데도 누구 하나 나서서 말릴 생각을 하지 못하였다. 다만 이 사단을 여기저기 전하려 몇몇 승려가 부리나케 달릴 뿐이었다. 그 소란의 와중에 법당의 문이 열렸다.

"……."

조나라 황제 석호가 직접 모습을 드러내었다. 당시 조나라는 모용황의 연나라를 제외하고는 북방에 세력을 비할 상대가 없는 강국이었고 석호의 위세란 나는 새도 떨어트릴 만치 대단한 것이었다. 그 석호가 가장 중히 여기는 것이 바로 불공을 드리는 시간임을 잘 아는 병사들은 곧바로 머리를 조아렸다.

"……."

묵묵히 소동을 살피는 석호의 눈에 낯설기 짝이 없는 한 소년의 모습이 잡혔다. 구부는 석호의 눈길을 피하지 않았고, 한참을 갸웃거리며 구부를 응시하던 석호는 웅장한 목소리로 입을 열었다.

"이리 들라."

모두가 입을 벌리고 놀란 와중에 구부는 석호에게 성큼 다가갔다.

"네 말이 맞다. 석가께서 만생에 베푸신 불공을 홀로 차지해서는 안 되는 법이지."

석호는 네모진 얼굴을 움직여 어색하게 웃으며 주위를 향해서도 말했다.

"이 아이 말고도 불공을 드릴 자가 있으면 누구든 법당으로 들라."

그리고 등을 돌려 다시 법당으로 들어가려던 석호는 구부가 따라서 움직이지 않음을 알고 돌아보았다. 그러자 구부가 입을 열었다.

"나는 불공을 드릴 생각이 없습니다."

"……?"

"다만 조나라 황제께서 얼마만 한 그릇인지를 알아보고자 소동을 벌인 것입니다."

이에는 성군임을 자처하는 석호 또한 얼굴이 굳을 수밖에 없었다. 위졸들이 눈을 부릅뜨고 구부를 노려보는 가운데 잠시간의 침묵이 흘렀다.

"그릇?"

"제게는 질문이 하나 있습니다. 오직 천하에 명망을 떨치는 군주들만이 답할 수 있는 질문이라 잠시 결례를 범한 것입니다."

"좋다. 그러나 그 질문이 가벼운 것이라면 저 호위들이 가만 있지는 않을 것이다. 어쩌면 네 목숨을 부지하기 힘들리라."

평생을 폭군과 부처 사이를 오간 석호는 사리 분별과 공사 구분에 냉혹하리만치 엄격한 군주였다. 그의 말이 떨어지자 위병들은 즉시 구부의 곁에서 물러나 창칼을 거두었으나 오히려 더욱 엄중한 기세로 구부의 목을 취할 기세였다. 그러나 구부는 그러한 협박과 경계에는 전혀 개의치 않은 채 명랑한 얼굴로 입을 열었다.

"소와 농부를 본 적이 있습니다. 죽은 지 오래된 농부의 시체 곁을 황소 한 마리가 굶어 죽을 지경이 되도록 떠나지 않고 지키는 광경이었는데, 미물 주제에 인간보다 충직한 것이 고까워 온종일 매를 때렸는데도 그 녀석은 결코 떠나는 법이 없었습니다."

"흠."

"평생 제 주인의 채찍을 맞아가며 밭을 가는 것이 소라는 놈의 억울한 삶으로 압니다. 한데 대체 어인 까닭으로 그 소는 주인이 죽고서도 곁을 떠나지 않는지 알 길이 없었습니다."

처음에는 흘려만 듣던 석호는 곧 그 물음이 가벼이 느껴지지 않았는지 점차 귀 기울여 듣다 종내는 눈을 감아버렸다. 그러고는 한참이나 선 채로 생각하는 시간을 보내었다.

"네가 나에게 많은 생각을 하도록 하는구나."

이윽고 자신 있는 목소리로 입을 연 석호는 얼굴에 미소조차 떠올리며 답했다.

"불가에서 말하는 인연(因緣)이라는 것이 있다. 많고 많은 인연 중 평생을 섬기는 주인으로 만난 인연이란 단연 으뜸일 터. 그 무거운 인연을 어찌 끊고 떠나겠는가. 아마도 소는 다음 생애에 있을 인연을 위하여 제 의리를 지켰으리라. 누가 소에게 가르쳐주지 않아도 안 것이니 참으로 윤회의 덕을 쌓았다 할 만하다."

"그 인연이란 끊어지지가 않는 것입니까?"

"사바세계를 떠돌고 떠돌다 인연의 무거움을 알고서야 성불하는 것이 불가의 법이니 종내는 누구나 인연의 중함을 알게 되는 법이다. 끊어낸 줄 알아도 끊어지지 않은 것이 인연이거늘."

스스로의 답에 만족했는지 한껏 도취된 표정으로 말한 석호는 구부에게로 걸어와 머리를 쓰다듬었다.

"네 보통 소년이 아니로구나. 내 평소 인연의 질기고 무거움을 강변(强辯)하는 승려는 많이 보았으나 이처럼 마음에 느낌을 직접 주는 질문은 처음 들었다."

구부는 썩 좋은 낯빛이 아니었으나 석호는 이를 눈치채지 못한 채 기분 좋게 물었다.

"한데, 어이하여 굳이 나를 찾아 물었는고?"

"저는 농부를 군주로 보았고 소를 백성으로 보았습니다. 하여 백성에 명망이 높은 군주를 찾아 묻고 싶었습니다."

석호는 크게 웃음을 터트렸다. 구부를 얼싸안기라도 할 양으로 옆구리에 낀 채로 웃더니 앞의 영문 모르는 좌중을 향해 힘찬 열변을 토해냈다.

"들었느냐. 결국 임금과 백성이란 가장 무거운 인연으로 묶인 것이니라. 임금은 굳이 백성에게 베풀지 않아도, 백성은 굳이 임금을 사랑하지 않아도 이 인연이란 떼려야 뗄 수가 없는 법이니 굳이 드러내 보이려 하지 않고 모두가 한마음으로 불심을 쌓는 것만큼 훌륭한 일이 어디 있을까!"

석호는 이후로도 한참 떠들썩한 설법을 계속하였다. 승려는 물론이요, 따르는 장수와 병사들조차 그의 설법에 심취하여 한 마디 한 마디를 경청하고 따라 읊으며 되새기니 졸지에 법회에 동참한 꼴이 된 구부는 그 모습을 가만히 보다 남에게 들리지 않는 소리로 중얼거렸다.

"무지한 자가 어찌 따르지 않을까. 아미타란 자가 귀신이라면 참으로 으뜸가는 귀신이로다."

영원히 끝나지 않을 것만 같던 설법이 끝나고서 석호는 다시 구부를 마주하였다. 귀인을 만났다며 신하를 시켜 두둑한 황금을 내리게 하고는 그러고서도 성이 차지 않는지 석호는 구부를 잡은 손을 한참이나 놓지 않으며 이것저것 물었다.

"어어, 고구려에서 왔다고? 이름은 무엇인고?"

"고구부라 합니다."

"구부?"

석호는 몇 번 들은 이름을 되뇌며 고개를 갸웃거렸다. 그러다 무엇인가에 생각이 닿은 듯 퍼뜩 놀란 눈으로 구부를 다시금 살피더니 확인이라도 하듯 물었다.

"고구려에서 온 고구부라고?"

"예."

"네 고구려의 태자가 아니더냐?"

본래 조나라와 고구려는 선대로부터 친교를 나누던 터, 그 막역함이란 과거 석호가 을불에게서 군사의 상징인 싸리나무 화살을 전해 받은 적이 있을 정도이니 태자의 이름쯤이야 알고 있는 것이 당연했다. 그 사실을 모르고 이역만리 먼 땅이라쉽게 제 본명을 발설한 구부는 그제야 아차 하는 생각에 입술을 깨물었다. 태자가 제 나라를 떠나 방랑한다는 사실이 알려지면 좋을 것도 없었고 모종의 외교에 연루될 수도 있는 까닭이었다. 그러나 구부의 걱정과는 달리 그의 신분을 확인한 석호는 기나긴 탄식부터 터트렸다.

"그렇구나, 부왕께서 너를 모용씨의 행패로부터 피신시킨 게로구나."

"예? 무슨 말씀이신지……."

알 수 없는 석호의 탄식은 심한 불안을 불러왔다. 구부가 영문을 모르겠다는 듯 묻자 석호는 그가 언제 고구려를 떠났는지를 묻더니 더욱 안쓰러운 얼굴이 되어 재차 물었다.

"하면, 너는 전쟁이 났던 것조차 모른다는 말이냐?"

"고구려에 전쟁이 났었단 말입니까?"

몇 번을 거듭 탄식한 석호는 곧 구부를 앉혀놓고 기나긴 이야기를 시작하였다.


수많은 신념과 수많은 희생이 얽히고설켜 만들어진 이야기.

노장 형대가 목숨으로 피워 올린 봉화, 그릇된 명을 죽음으로 물었던 전령, 충의와 의리에 더하여 제 목숨까지 바친 평강, 역적의 오명을 쓰면서까지 환도성을 사수하려던 중신들, 최후까지 고구려의 선봉이었던 아불화도. 그들 모두가 하나같이 바랐던 호국의 혼은 결국 태왕 일인의 한마디에 먼지처럼 흩어지고 말았다.

환도성으로 진군해 온 연나라 사만여 대군의 선두에는 말

탄 모용황과 더불어 머리를 풀어 헤친 한 인물이 있었다. 유폐되어 단웅곡에 있어야만 할 태왕. 불과 한 달 정도만 더 갇혀 있었더라면 역적이자 충신인 그 호국의 열사들에 의해 다시금 고구려의 태왕으로 군림하게 되었을 그는 결국 온 고구려의 염원을 다 저버리고 적에게 몸을 의탁한 것이었다.

"어찌 폐하를 저버릴까."

비록 어쩔 수 없이 유배하였으되 누구 한 명 진정으로 역모를 꿈꾼 이는 없었다. 누구 하나 반대가 없었던 회의 이후 환도성의 성문은 너무나도 허무하게 열렸고 사유를 앞세운 연나라 군사는 싸움 한 번 없이 환도성의 장졸을 모조리 포박하여 무릎 꿇렸다. 그렇게 당당히 들어선 모용황은 궐의 가장 높은 곳에 앉아 사유를 꿇어앉힌 채로 물었다.

"내가 원하는 것은 무엇이든 하겠다고 하였느냐?"

"그렇습니다."

모용황은 평생의 원수를 가리켰다. 제 아비를 빼앗고, 제 몸을 불태우고, 제 형제들을 죽인 고구려의 태후 주아영.

"내어주겠느냐?"

믿을 수 없을 만큼 간단하게 사유는 고개를 끄덕였다. 노쇠한 제 어미를 포박하여 데려오라는 명을 직접 내리는 사유를 보며 대신과 백성들은 치를 떨었다. 조정의 추대를 받고서도 사유를 생각하여 대신들의 따귀를 치던 그 서릿발 같은 여인의 모정이 그리도 간단하게 배신당한 것이었다. 이윽고 끌려온 주아영의 모습을 보자마자 모용황은 직접 칼을 들어 휘둘렀다. 지켜보던 이들의 비명이 궐을 온통 울리는데 얼굴빛 하나 변하지 않는 그녀의 목 바로 한 치 앞에서 모용황은 칼을 멈추었다.

"간단히 죽이지 않으리라. 이 원한이란 평생을 두고 갚으리라."

두 번째 요구는 왕후를 향했다. 사유는 그녀에 대해서도 전혀 배려가 없었고 정효 또한 아무런 저항 없이 끌려와 모용황의 앞에 꿇려졌다. 아영도, 정효도 말이 없었다. 태왕을 향한 한 서린 원망도, 배신감에 가득 찬 비난도 없이 그들은 묵묵히 던져진 운명에 순응하였다.

"우습다. 참으로 우습다!"

모용황은 길고 공허한 웃음을 터뜨렸다. 그 어떤 요구도 사유는 반항하는 법 없이 받아들였고 그것은 모용황에게 빠른 싫증을 불러일으켰다. 더없이 낮은 자세를 유지하며 굴종을 받아들이는 모습, 어떠한 조롱과 수치를 가하여도 아랑곳없이 받아들이는 모습이란 가해자인 모용황의 눈으로 보아도 갑갑하고 역한 모습이었다.

"네놈이 그렇게까지 기면서 원하는 것이 무어냐?"

"……."

"간도, 쓸개도, 염통까지 내어놓으면서 네놈은 무엇을 바라 느냐 말이다."

"……"

"그저 네놈의 그 한심한 왕위를 지키고자 함이더냐! 정말로 네 어미와 부인마저 질투하고 네 형제를 경계하여 다 내어주 는 것이더냐!"

사유는 대답하지 않았고 모용황은 더 이상 아무 말도 없이 자리를 박차고 일어섰다. 사유는 정말로 어떤 요구든 수용하 였고 그런 고구려란 이미 연나라의 속국이 되어버린 것과도 마찬가지였다. 그가 고구려의 군사를 해산시키고 환도성의 성벽을 허물 때에도, 아영과 정효를 비롯해 수많은 고구려 인 질을 잡아 연나라로 돌아갈 때에도 누구 하나 나서서 막는 이 가 없었다. 도리어 수십의 고구려 대신이 그 뒤를 따랐으니 고 구려 조정의 중신 가운데 반절 가까운 숫자였다.

"태후 마마와 함께 고초를 겪고 싶습니다."

그것은 더 이상 사유와 함께하고 싶지 않다는 뜻, 고구려에 서 살아가고 싶지 않다는 뜻이기도 했다. 모용황은 한없는 비 웃음과 함께 그 청을 받아들였다. 그들 모두가 고구려의 오랜 충신, 결국 고구려의 혼이 엉망진창으로 무너지고 만 것이었 다.

"을불이라는 자의 묘를 파헤쳐라. 그자가 잊히면 고구려는 참으로 아무것도 남지 않으리라."

떠나가며 모용황은 마지막으로 그러한 패악을 남겼다. 미천원의 묘가 파헤쳐지고 을불의 유해가 나타나자 모용황은 이에 침을 뱉으며 욕을 보였다. 평생을 고구려의 충신으로 살아온 대신들, 태후가 잡혀가고 왕후가 잡혀가며 성벽이 허물어지고 태왕이 무릎을 꿇어도 모든 것을 받아들이기만 해야 했던 그들은 이번에도 아무 행동도 하지 못한 채 피눈물을 흘려야만 했다.

"후대가 못난 탓에 그리 욕을 보십니다!"

백발이 성성한 명림중수가 그 꼴을 보다 못해 돌무더기에 제 머리를 들이받으며 자진하니 그 뒤를 따르는 이가 한둘이 아니었다. 참극도 그러한 참극이 없었다.

그런 와중에도 태왕 사유는 아무 말이 없었다. 잡혀가는 태후와 왕후에게도, 파헤쳐진 제 아비의 유해에도 눈길을 주지 않은 채 등을 돌리고 서 있기만 했다. 고금의 역사를 통틀어 그 누구보다도 초라하고 비겁한 왕이었다. 뜻있는 관리와 강직한 장수는 물론 무지한 병졸과 궁궐의 시종, 하다못해 밥 짓는 식모까지 피눈물을 흘리며 그러한 태왕을 맞이한 고구려의 운명을 슬퍼하였다. 고구려는 이제 망한 나라와 다름이 없었다. 뒤늦게 환도성에 도착한 무는 모용황을 쫓아갔지만, 태후와 왕후의 안위 때문에 모용황을 두 눈 뜬 채 그냥 보낼 수밖에 없었다.

　석호의 긴 이야기를 다 듣고 난 구부는 아무 말도 없이 고개를 몇 번 끄덕이더니 앉은 자리에서 일어섰다. 그 얼굴빛이 흔들림이 없고 태도가 의연한 것을 보고 그가 눈물 한 자락 뽑아낼 줄로만 짐작했던 석호는 구부가 흉중의 아픔을 숨기는 게 대견하여 칭찬과 위로의 말을 내놓았다.

　"심성이 깊기도 하구나. 하나, 네 나이에는 우는 것이 흉이 아니다."

　그러나 구부는 고개를 저었다.

　"어머님과 할머님께서 겪으실 고생이란 왕가의 일원으로서 감내해야만 하는 운명입니다. 한 분당 일만 이상의 목숨을 살리신 거지요. 두 분을 제가 걱정하는 것은 오히려 그분들을 욕되게 하는 일입니다."

　"나이답지 않다. 참으로 비범한 아이로구나. 하나, 네 조부께서 욕을 보신 것은 참으로 원통하지 않으냐."

　석호는 제가 더 분하여 이를 갈며 외쳤다. 이에도 구부는 고개를 저었다.

　"유해란 썩게 마련이고 언젠가 흙으로 변합니다. 흙이 제 조부일 리가요. 모용황이 함부로 한 것은 제 조부가 아니라 조부께서 한세상 머무르셨던 이승의 흙일 뿐입니다."

"참으로 그러하다! 석가께서도 그것을 아시어 본인을 화장하라 하시지 않았던가. 네 불가의 공부가 대단히 깊구나. 그러나 네 나라가 그리 쇠하였으니 그것이 분하지는 않으냐?"

구부는 또 한번 고개를 저었다.

"본디 한 번 홍수를 겪은 땅이 더욱 비옥해지는 법입니다. 도리어 콩만 심던 밭에 팥을 심어볼 기회이기도 하니 굳이 안타까운 일만도 아닙니다."

말문이 막혀버린 석호에게 구부는 허리를 깊이 숙여 인사를 표했다.

"베풀어주신 후의에 감사합니다. 훗날 다시 뵙고 많은 이야기를 나눌 수 있기를 빕니다."

그러고는 곧 절간을 나섰다. 비록 그 걸음걸이는 당당하고 차분하였으나 제 숙소에 놓인 행낭도 석호가 내린 황금도 다 잊고 서둘러 떠나는 것이 말과 행동과는 달리 마음만은 태평하지 않은 것이 분명하였다. 석호는 탄식인지 감탄인지 모를 신음을 터트리며 중얼거렸다.

"어찌 저리도 의연할 수가 있는가. 헤아림이 만 길 깊이로되 속은 그보다 열 배가 더 깊구나. 오늘 너무나 소중한 인연을 얻었도다. 필히 평생을 귀히 여겨야 할 인연이야."

# 농부가 밉구나

타고난 얼굴은 세월의 바람에 부딪혀 새로이 조각되는 법이었다. 굴욕과 회한의 세월이란 더욱 날카로이 불어오는 법이었고 이렇게 빚어진 얼굴은 표정으로 쉬이 감출 수 있는 것이 아니었다. 고구려 태왕 사유의 얼굴이 그리 변해있었다. 희었던 얼굴엔 깊은 그늘이 드리웠고 완만했던 눈매는 움푹 꺼져 있었다. 윤기가 흐르던 입술은 바싹 말라붙었고 보기 좋게 두툼했던 턱은 이제 뼈와 가죽이 서로 달라붙어 있었다.

"아버님."

폐허가 된 환도성 대신 임시로 옮겨 앉은 평양 동황성 심처의 한 방. 태왕 사유는 언제부터인가 대전이 아닌 그 깊숙한 곳에서 장계를 받고 집무를 보았다. 구부의 목소리가 지나치게 나직한 탓인지, 아니면 너무나 오랜 시간 귀를 닫아두고 산 탓인지 탁상 위에만 시선을 던져둔 사유는 답을 하지 않았다. 구부는 연이어 사유를 불렀다.

"아버님."

그제야 구부의 목소리를 들은 사유는 흠칫 몸을 떨었다. 그리고 천천히 오랜 시간에 걸쳐 고개를 들어 목소리가 들려오는 곳을 바라보았다. 시선이 닿은 곳에는 구부의 밝은 얼굴이 있었다. 웃는 낯, 사유로서는 참으로 오랜만에 보는 웃는 낯이 그를 아버지라 부르고 있었다.

"소자 돌아왔습니다."

사유는 무어라 한마디 대꾸도 하지 못한 채 눈썹 한 오라기 한 오라기를 모두 세기라도 하듯 한참이나 제 자식의 얼굴을 뜯어보았다. 각별한 자식이었다. 무엇 하나 놓칠세라 찬찬히 구부의 얼굴을 새기던 사유의 눈길은 구부의 눈매 끝에서 잠시 멈추어 머물렀다. 그곳에는 밝은 얼굴과 어울리지 않는 물기가 미처 다 닦아내지 못한 채 남아있었다.

"어머님의 처소를 먼저 들렀습니다."

그 눈길에 변명이라도 하듯 구부는 머쓱한 목소리를 내었다. 이에 사유는 더욱 입을 열 수가 없었다. 아무리 영특하다 한들 이제 열서넛의 소년이었다. 그 웃는 낯 속에는 어미를 저버린 아비에 대한 원망이 없을 수가 없을 것이었다. 한참 만에 겨우 말문을 틔어 낸 소리라는 것은 형식적인 인사치레였다.

"그래. 몸은 건강하였느냐?"

"예. 많은 공부를 하고 돌아왔습니다."

사유는 어렵지 않게 과거 구부가 남겼던 얼토당토않은 쪽지를 기억해냈다.

"그, 해에 관한 답을 얻어 온 게로구나."

"아닙니다. 해의 비밀을 밝히는 것은 평생을 걸어야 하는 일이었습니다. 소자는 그 일을 후대의 학자들에게 양보키로 하였습니다."

"하면, 세상을 떠돌며 무슨 공부를 하였느냐?"

"제왕의 도리와 통치의 정신입니다. 이름난 군웅들을 직접 찾아 물었습니다."

구부의 패기 어린 답변에 사유는 힘없이 미소를 지었다. 제 아비의 치부를 건드리며 스스로를 뽐내려는 얄팍한 요량이 아님은 알았으나 첨언이나 충고를 해줄 수는 없는 처지라 그저 고개를 끄덕이니 구부가 당당한 목소리를 이었다.

"부여구라는 자는 의리로 자신과 백성을 엮었습니다. 모용황은 채찍으로 백성을 다스렸으며 석호는 불심으로 백성과 자신을 이었습니다. 하나 소자가 생각하기로는 이들 모두가 틀렸습니다."

"그렇구나. 하면, 네 생각이란 어떠한 것이었느냐?"

"법치(法治)입니다."

"법치라?"

"의리나 채찍이나 불심이나 모두가 과하거나 모자라면 백성과 왕을 해치게 됩니다. 또한 그것은 군주 개인의 심사에 따른 방편인지라 오래지 못하여 빛이 바래고 맙니다. 하나, 법이란 다릅니다. 세상만사 과하고 모자람의 기준을 정하는 것이 법이고 몇 대를 거듭하여도 남는 것이 법입니다. 이 법을 올바로 제정하여 군주와 백성 모두가 엄격히 따르도록 만든다면 그것이야말로 모든 방편의 장점을 취함과 동시에 단점은 버리는 길이라 가장 올바른 치국의 길이 될 것입니다."

"그렇구나."

사유는 그저 고개를 끄덕였다.

"틀린 것 없이 모두 맞는 말이다."

그리고 부자 사이에는 말이 끊어졌다. 유난히도 열정적으로 토해진 강변 이후라 뒤따른 침묵은 더욱 어색했고 이는 일부러 말하기를 피해가던 고구려의 현실을, 그리고 그것이 가져오는 침울함을 자꾸만 다시 불러왔다. 한참 무거워만 가는 분위기 속에 먼저 입을 연 것은 구부였다.

"아버님, 소자가 기회를 한번 가져보아도 되겠습니까?"

"어떤 기회를 말하느냐?"

"제게 임지(任地)를 주십시오."

어려울 것 없는 청이라 사유는 오래 생각지 않고 고개를 끄덕였다. 곧 관련된 장부를 꺼내어 펼치고 물었다.

"어느 땅이 좋겠느냐?"

"관원이 적고 자리 잡은 지 오래지 않은 변방의 고을로 보내주십시오."

지도를 살피던 사유의 쓸쓸하기만 했던 얼굴에 무슨 까닭인지 문득 드문 웃음이 찾아들었다. 쉬이 떠오르는 곳이 있는지 이내 붓을 들어서는 구부를 위한 부임장을 쓰며 그는 입을 열었다.

"적리성(積利城)이라는 곳이 어떻겠느냐? 예전에 가본 적이 있을 것이다."

구부 또한 기억하고 있었다. 적리성은 바로 사유가 첫 번째 축성을 시작했던 고을이었다. 고을이라 불리기도 힘들 만큼 척박한 땅이었으며 모여 사는 이들이라고는 반쯤은 도망한 죄인에 반쯤은 흘러든 걸인으로 글과 도덕을 아는 이라고는 찾아볼 수 없는 땅이었다. 구부는 자신 있게 고개를 끄덕였다. 오히려 그런 땅이야말로 제 능력을 펼쳐 보이기에 모자람이 없으리라.

"가겠습니다."

구부는 그렇게 대화를 끝내고 바로 인수를 얻어 물러나려다 문득 몸을 멈추고 사유를 가만히 응시하였다. 사유 또한 대국 고구려의 군왕이었다.

"죽은 농부와 소를 본 적이 있습니다. 소는 이미 시체가 된 지 오래인 제 주인의 곁을 떠나지 않더군요. 굶어 죽을까 걱정하여 몇 번 쫓았으나 그 미물은 결코 자리를 뜨지 않았습니다."

"음."

"아버님께서는 혹 그 이유를 아십니까?"

사유는 돌연한 물음을 곰곰이 생각하다가 이내 고개를 저었다.

"아니, 잘 모르겠다. 다만 이 아비는 그 농부가 밉구나."

"농부가 밉다 하셨습니까?"

"제가 죽을 것을 알았으면 소를 어디에라도 보냈어야 하지 않겠느냐. 농부가 제 생각만 하였으니 소가 그리 굶는 것이 아니겠느냐."

군왕의 도리를 묻는 질문에조차 그리 대답하니 구부는 실망한 표정을 내색하지 않으려 애쓰며 사유의 앞을 물러났다. 이후로 사흘 뒤, 구부는 궁성을 떠나 우앙을 데리고 적리성으로 향하는 말에 몸을 실었다.


축성을 시작할 때 사유를 따라 와보았던 적리성은 구부가 기억하는 과거와는 매우 다른 모습이 되어있었다. 아무렇게나 지어진 초옥들이나 간혹 보이던 허허벌판에는 반듯한 돌로 쌓인 성벽이 올라 있었고 그 두터운 보호 안에서 몇 곱절로 불어난 인구가 농사를 지으며 제법 풍성하게 살아가고 있었다. 특이한 것은 고을 사람들의 출신이었는데, 진이나 백제 등의 근방 민족은 물론이요 선비족이나 멀리 흉노족의 사람들까지도 그 고을에 정착하여 살아가고 있었으니 참으로 드문 광경이었다.

"딱 알맞구나."

관부에 도착하여 짐을 풀며 구부는 즐거운 목소리를 내었다.

"무엇이요?"

"제 땅과 재산이라는 것을 가지기 시작하였으니 이제 막 욕심을 내기 시작할 때이다. 더욱이 저토록 많은 이민(異民)이 한데 섞이었으니 경쟁과 다툼이 오죽할까. 틀림없이 내 법치를 펼치기에 가장 적합한 고을이구나."

우앙도 나름 알아듣는 바가 있는지 그에 동조하여 떠들었다.

"참으로 그렇습니다. 저 선비나 흉노 놈들을 보니 온갖 패악을 부릴 것이 눈에 선합니다. 저런 놈들한테야 몽둥이가 약이지요."

"죄를 지은 자는 벌하고 공을 세운 이에게는 상을 내릴 것이다. 필히 상벌을 가감 없이 정확히 구분하여 시행할 것이다. 백성 또한 처음에는 엄한 법을 대하여 두렵고 싫다가도 결국은 법으로 인해 자유를 누릴 것이니, 그것이야말로 진정 백성을 위하는 길이리라."

이튿날 모여든 몇 안 되는 관원들 앞에서 간략한 절차와 예식을 마친 구부는 곧바로 우앙만을 데리고 평복한 채로 고을을 살피러 나섰다. 농경을 업으로 삼는 이 고을에는 개간된 논밭이 꽤나 넓게 펼쳐져 있었고, 가을이 지나가려는 이 무렵에는 한 해의 수확물을 거두는 작업이 한창이었다. 고을 이곳저곳을 밤늦은 무렵까지 살피던 구부는 관부로 돌아가는 길에 날이 어둑함에도 아직까지 남아 작물을 거두는 사내 하나를 발견하고는 걸음을 멈추고 유심히 그를 관찰했다.

"저자를 데려오너라."

곧 우앙이 다가가 사내를 부르니 사내는 흠칫 놀라 우앙과 구부를 번갈아 바라보다 갑자기 도망하려는 듯 잽싸게 몸을 돌렸다. 그러나 몇 걸음 가지도 못하여 우앙의 손에 잡히니 그는 순순히 끌려와 구부에게 따지듯 물었다.

"왜 이러십니까? 제가 무엇을 어쨌다고 이러십니까?"

"게서 무엇을 하고 있었느냐?"

"작물을 거두고 있었습니다. 제가 제 땅에서 작물을 거두는데 무엇이 잘못되었습니까?"

"정말 네 땅이 맞느냐?"

"맞습니다."

"아니라면 나를 속인 죄로 네 목을 쳐도 되겠느냐?"

태수의 패를 꺼내어 제 신분을 드러내며 자못 엄한 투로 묻자 사내는 머뭇거리다 이내 입을 다물고 고개를 떨어트렸다.

"너는 결을 따라 작물을 거두지 않고 예닐곱 단 중 하나씩만을 표나지 않게 거두었다. 정말로 남의 것이 아닌 네 것이라면 어찌 그런 헛수고를 하겠느냐."

그제야 사내는 순순히 자기 죄를 시인하였다.

"작은 도둑질에 불과한 일이나 관용을 베풀어 이를 묵인함은 규모와 빈도를 더욱 키울 뿐이다. 결코 벌하지 않을 수가 없다."

용서를 청하는 사내에게 그리 답한 구부는 우앙으로 하여금 그를 옥사에 가두게 하고, 이튿날 밭의 주인을 찾아 관부로 오게 하였다. 날이 밝자마자 관부에 나타난 주인은 포박당한 채 끌려 나온 사내의 얼굴을 보더니 도무지 영문을 알 수 없다는 투로 외쳤다.

"도대체 이자가 무슨 잘못을 하였습니까?"

"네 밭에서 작물을 훔쳤다."

"예?"

놀라 묻는 주인에게 구부는 준엄한 목소리로 말했다.

"훔친 작물을 돌려주고자 부른 것이니 이만 돌아가거라."

그리 말하며 사내에게서 빼앗은 자루를 돌려주었다. 그러나 주인은 돌아가지 않고 떨떠름한 얼굴로 사내와 구부를 번갈아 바라보다 물었다.

"그럼 저 사람은 어찌됩니까?"

"합당한 벌을 내릴 것이다."

"벌이요?"

"그렇다."

"어째서요?"

"어째서라니, 도둑질을 하였으니 법에 따라 벌을 받아야 하는 것이 아니냐."

"무슨 놈의 법이 그따위랍니까?"

밭 주인의 입에서는 미처 생각지도 못했던 거친 반발이 튀어나왔다. 그 비난이라는 것이 오히려 구부를 향했음에 구부는 어안이 벙벙하여 할 말을 잃었다.

"저 사람은 늙고 쇠약해 거동을 못하는 부모와 어린 아이들까지 딸린 식구가 아홉입니다. 제 땅에서 거둔 것만으로는 먹고살 길이 없어요. 해서 남의 것을 조금 가졌기로서니 그걸 꼭 벌해야 한단 말입니까?"

"진즉 그리 생각했다면 도둑질 전에 네가 나누어주었으면 될 일 아니더냐?"

"소인도 부족하기로는 매한가지입니다. 다만 저치가 사정이 더 딱하니 알고서도 그러려니 하는 게지요. 아마 조금씩 가져간 것이 서너 해쯤 되었을 겁니다. 저치도 잃은 사람들 마음이 상할까 봐 일부러 표 안 나게 가져갑니다. 대여섯 단 중 하나 정도 될까요."

　돌연한 상황에 구부는 무어라 답하지 못하고 입을 다물었다. 그것을 도둑질이라 해야 할지, 또한 주인의 의사까지 반해가며 벌해야 할 일인지 분간이 가질 않았다.

　'내 강력한 법치를 펼치리라 그리 다짐하였건만……'

　갈등하던 구부는 이어지는 주인의 성화를 이기지 못하여 결국 두 사람 모두를 그냥 돌려보낼 수밖에 없었다.


　이후로도 구부는 같은 일을 몇 번이나 겪어야만 했다. 각종 농구나 물건 따위는 주인이 누구인지도 모를 정도로 여러 집을 돌아다니며 쓰였고 가끔 소리 높여 싸우고 주먹을 휘두르던 이들은 하루가 다 가기도 전에 화해하고 서로 용서를 구했다. 하다못해 외간 남자와 간통하여 도망갔다던 어느 여인은 결국 두 집 모두를 오가며 살기로 했다니 그것은 구부가 알던 법과는 너무도 멀리 동떨어진 일들이었다. 도무지 이해할 수 없는 일들에 구부는 일전의 도둑질 사건 이후로 가끔 이야기를 나누던 밭주인을 불러다 물었다.

　"소인 또한 이 고을이 이상하다는 것을 압니다. 처음 오는 사람들은 당황해할 수밖에 없지요."

　"어째서 이 고을만 그리도 특별한 것인가?"

　"소인의 머리가 둔하여 그 이유를 정확히 알지는 못합니다.

다만 하나 다른 고을들과 차이는 이 고을 사람들 대부분이 수년 전 폐하께서 명하신 축성 작업에 동원되었던 일꾼이라는 겁니다. 성벽을 쌓고 보니 도적과 산짐승이 들 일이 없어 그 안에 눌러살게 되어 마음들은 다 편합니다. 그게 이유가 아닌가 하는 생각이 문득 듭니다."

"성벽?"

"예. 성벽 안에 모여 살다 보니 안전하여 서로 편히 어울립니다."

"법은?"

"법이 무슨 필요랍니까? 태수께서 오시기 전에는 저기 있는 몇몇 관원들도 그저 편한 동네 사람일 뿐이었습니다."

"내가 오고 나서 오히려 불편해졌다는 말인가?"

"아무래도 그렇지요."

구부는 가만 생각하다 엉뚱한 소리를 했다.

"내 이름은 고구부다. 이 나라의 왕자이지."

"그렇습니까? 소인은 구리라 합니다."

"내 아버지는 고사유다. 태왕이시지."

"소인 아버지의 이름은 구마입니다."

구부는 밭주인이 태연히 자신의 아버지 이름을 대자 갑자기 큰 웃음을 터트렸다.

"아! 그렇구나. 답이 여기에 있었구나."

구부는 먼 하늘을 향해 시선을 돌렸다. 그리도 오래 찾아 헤매던 무언가가 머리에 쑥 들어오는 느낌이었다. 밭주인은 실성한 사람처럼 연속으로 웃음을 실룩이는 구부를 한참 쳐다보다 반문했다.

"답이요?"

"그래. 본래 욕심이란 나보다 나은 이를 보아야만 생기는 법. 고을 사람 모두가 형편이 같으니 차이가 없다. 그리하여 법이 필요가 없는 것이다."

"예. 정말로 세상에는 법이란 것이 필요가 없습니다."

"아니. 세상이 아니라 이 고을뿐이다."

"이 고을만이요?"

"바깥세상에는 이미 신분이 높은 자와 가진 것이 많은 자가 있다. 온 세상이 이 고을과 같으려면 그들 모두가 사라져야 할 터. 그러나 그것은 애초에 되지 않을 일이다. 법치라는 것은 처음부터 차이에서 출발하고 차이를 확고히 하는 것일 뿐 만법이 될 수 없다. 아아, 통치란 참으로 어려운 것이구나. 도대체 무엇이 군주와 백성의 기준이 되어야 한단 말이냐. 결국 군주의 선정이란 변덕스러운 자의(恣意)에 불과한 것이냐."

구부의 이야기가 복잡해지기 시작하자 밭주인은 무슨 말인지 모르겠다는 듯 고개를 설레설레 저었다. 이제 더 물을 것이 없어진 구부는 밭주인을 돌려보내고는 갑자기 어디엔가 생각이 미친 듯 홀로 몇 마디를 더 중얼거렸다.

"법이 필요 없다……."

구부는 막 나가려는 밭주인을 다시 불렀다.

"내 농부와 소를 본 적이 있다. 농부는 이미 죽어있었고 소는 피골이 상접한 것이 오래간 굶은 것이 틀림없었다. 그대로 두면 소가 죽고 말 것 같아 몇 번이나 회초리로 때리며 쫓았지만 이놈은 결코 농부의 곁을 떠나려 하지 않았다. 너는 그 소가 왜 그러했는지 알 것 같으냐?"

이야기를 다 듣고 난 밭주인은 무어 그런 것을 묻느냐는 듯 뚱한 눈초리로 구부를 보았다.

"정말 그것을 모르시겠습니까?"

구부가 아무 반응을 보이지 않자 그는 피식 웃으며 답했다.

"밭을 갈아줄 농부가 죽었잖습니까. 소는 밭을 갈아야 먹을 것이 생기는 법인데 농부가 죽었으니 누가 함께 밭을 갈아줍니까. 제 밭을 갈도록 씨를 뿌려줄 농부가, 수확을 하여 여물을 먹여줄 농부가 죽었으니 어쩌겠습니까. 밭을 떠날 수도 없는 노릇이고."

밭주인의 이야기를 듣던 구부는 언제부터인가 얼어버린 얼굴이 되어있었다. 이를 본 밭주인은 손을 들어 몇 번 그의 눈앞을 휘휘 저었다.

"괜찮으십니까?"

"그러니까 소에게는, 소에게는 농부가 제 일꾼이었다는 말이냐?"

"물론입죠. 사람이야 소가 일꾼이라 생각하겠지만 어디 소도 그리 생각하겠습니까."

구부는 바닥에 주저앉았다. 돌연 오만 가지 생각이 뒤엉키며 여태껏 생각해 온 모든 것들이 한도 끝도 없는 회의와 반성으로 빠져들었다. 그 사이로 사유의 한마디가 귀를 울리며 들려왔다.

'제가 죽을 것을 알았으면 소를 어디에라도 보냈어야 하지 않겠느냐. 농부가 제 생각만 하였으니 소가 그리 굶는 것이 아니겠느냐.'

이후로 며칠간을 두문불출하여 처소 밖을 나서지 않던 구부는 어느 날 관인을 방 안에 남겨둔 채로 소리 없이 고을을 떠나고 말았다.

# 이련의 분노

고국원왕 40년.

세월이란 쉬이 짐작할 수 없는 것이었다. 바야흐로 고구려를 굴복시킨 후 끝을 모르고 팽창해가던 연나라는 종내 화북의 패자가 되어 천하를 떨어 울렸음에도 반백 년 세월의 힘을 이기지 못하고 역사 속의 기록으로만 사라진 데 반해 스스로를 제후국이라 칭하며 허리를 굽혔던 고구려는 여전히 굳건한 맥을 이어가고 있었다. 그 공교로움의 한복판에 섰던 인물, 고구려의 태왕 고사유가 평양성 궐을 따라 이어진 뜰을 걷고 있었다.

가을의 선선한 바람 속에 낙엽을 밟으며 걷고 있는 그의 발걸음은 계절처럼 고즈넉하거나 가볍지 않았다. 그가 향하고 있는 곳이 북전인 까닭이었다. 북전, 연나라에서 돌아와서도 결코 자신을 만나주지 않았던 모후의 거처. 이제는 모후가 영원히 잠든 곳이었다.

"어머님."

모후의 위패가 모셔진 사당 앞에서 사유는 그리운 목소리를 내었다.

"마지막까지 한결같은 사람이 되겠습니다."

이제 칠십 노인이 된 사유는 오래도록 깊게 굽힌 허리가 고달팠는지 시위의 도움을 받고서야 천천히 허리를 펴고 일어섰다. 피로한 기색이 역력했으나 그는 사당을 떠나지 않고 제 어머니의 이름이 적힌 목각 위패를 한참이나 들여다보았다. 그는 모후와 나누었던 마지막 대화를 추억하고 있었던 것이다.

"모후께서 나를 보자 하셨다고?"

십 년 전의 어느 날 사유는 모후가 보낸 시종의 말을 듣고 벌떡 일어섰다. 오랜 세월 연나라에서 인질의 고초를 겪다 돌아온 아영은 이후로도 다시금 북전에 머무르며 다른 사람과의 만남을 극도로 기피하였다. 그것은 자식인 사유 또한 예외일 수 없었던 것이다.

"서둘러 가자."

기쁜 소식을 전하고 있음에도 어두운 표정을 감추지 못하고 있는 시종의 얼굴을 보면서 사유는 황급히 걸음을 옮겼다.

그렇게 달리듯 북전으로 향한 사유였지만 십팔 년 만에 대하는 어머니 앞에서 그리움과 반가움의 인사 대신 슬픈 외침을 터트려야만 했다.

"어머님!"

그녀의 주위에는 미처 감추지 못한 토혈의 흔적이 있었던 것이다. 그러나 아영은 흔들림 없는 자세와 표정으로 앉아 사유를 맞이했다.

"오랜만이로구나."

무너지듯 어머니 앞에 꿇어앉으며 상세를 살피려는 사유를 아영은 손을 들어 제지했다.

"내 너에게 꼭 하고 싶은 말이 있어 불렀다. 모자의 정은 시간이 남거든 그 뒤에……."

사유는 힘겹게 말을 이어가는 아영의 얼굴에 이미 죽음의 그림자가 드리워 있음을 보고서 눈시울을 붉게 물들이며 잡았던 어머니의 옷자락을 놓았다. 이어서 아영이 잘 움직이지 않는 손을 들어 어렵게 사유의 뺨을 때리니 사유는 그녀의 손에 힘이 없음이 더욱 슬퍼 떨어트린 고개를 들지 못했다.

"너는 천하의 불효자식이다. 못난 형이고, 부끄러운 지아비다."

"……."

"네 동생 무는 사람으로서는 도저히 견딜 수 없는 천만 가지 고통을 겪으며 기어이 아버지의 유해를 돌려받았다."

"……."

"불에 달군 쇠기둥 위를 기며 살이 타고 껍질이 다 녹는 중에도 모용황을 형님이라 불렀더랬지, 무는……. 이 어미와 정효를 온전히 지키기 위해."

주아영은 을불의 유해를 돌려받고자 용성으로 찾아왔던 무의 이야기를 하고 있었다. 어느 날 갑자기 고구려로 돌려보내졌던 을불의 유해. 누구도 모용황의 돌연한 변심을 짐작하지 못하여 그 까닭이 무엇인지 모른 채 그저 모용황에게 감사할 따름이었으나 그 일의 배후에는 어느 날 신성에서 자취를 감추었던 무가 있었던 것이다.

"무가, 무가 용성에 갔었단 말입니까?"

아영이 조용히 고개를 끄덕이자 사유는 눈물을 주루룩 흘리며 더욱 고개를 떨어트렸다. 무가 겪었을 고초란 듣지 않아도 상상할 수 있는 것이었다. 모용황의 아비를 죽인 것이 바로 무였으니 모용황이 그의 청을 들어주기까지 얼마나 길고 지독한 복수의 칼을 휘둘렀을 터인가.

"네 아우는 내게 너를 용서하라 몇백 번이나 간청하였다."

"무는 살아있습니까? 어디에 있단 말입니까?"

아영은 고개를 저었다.

"찾지 말거라. 어쩌면 그 아이들로서는 평생의 한을 푼 셈이기도 하니. 무도, 그 아이 정효도……."

그녀는 말끝을 흐렸다. 이제 생사의 갈림길에 이르러 사리 분별이 느슨해진 탓인지, 아니면 가슴에만 담아둔 사실을 끝내 자식에게는 말하고 싶지 않음인지 고구려로 귀환하지 않는 왕후의 이름까지 내어놓고 그녀는 말끝을 흐렸다. 곧 격한 기침이 이어졌다. 여지없이 시작되는 토혈은 옷자락을 온통 붉게 물들였고 그녀는 부축을 받아 자리에 누웠다.

"불쌍한 것."

아영의 손이 다시 한번 사유의 뺨에 닿았다. 그러나 그녀의 메마른 손끝이 이번에는 사유의 뺨을 매만졌다.

"그 많은 죄, 그 많은 원성을 한 몸에 어찌 담았을까. 후세에 이르러서도 사람들은 너를 불효자로, 우군(愚君)으로 손가락 질할 것이다. 이 어미조차도 평생 그러했으니."

이내 아영의 손끝이 힘없이 바닥으로 떨어졌다. 사유가 이에 울먹이며 무릎걸음으로 다가들었으나 아영은 재차 고개를 가로저었다. 사유는 모후의 얼굴을 결코 잊지 않겠다는 듯 흐르는 눈물을 버려둔 채로 눈 한 번 깜박이지 않고 그녀의 얼굴을 바라보았다. 자신을 대함에 있어 평생 불과 얼음 같기만 했던 어머니의 얼굴은 이제 너무도 평온히 가라앉아 있었다.

"어머님!"

"이 어미의 시대에는 많은 나라가 피고 졌다. 낙랑이 피고, 모용부가 피고, 흉노(匈奴), 갈(羯), 강(羌) 등 많은 부족과 나라가 만개하였다가 종내는 모두 져버리고 말았다. 이제는 또 누가 피었다가 누가 질는지, 모두가 한철 붉은 꽃에 불과하더구나."

"……."

"흐드러지게 피는 꽃만 아름답다 여기었거늘 이제 와 생각하니 가장자리 좁은 땅에 핀 듯 만 듯 성긴 잡초가 또한 숭고하다. 한철 남과 다투어 붉게 물들 이유가 무엇일까."

부국강병을 평생의 신념으로 살아온 한 재사의 야망은 생의 마지막 순간에서야 그렇게 제 자식을 향해 손을 내밀었다. 너무도 뒤늦게 찾아온 화해, 사유는 꺼질 듯 사그라지는 아영의 목소리에 그녀의 손을 붙잡고 한없는 눈물을 흘렸다.

"용서하십시오, 어머님. 이 모자란 자식이 불효하여 너무도 많은 욕을 보셨습니다. 어머님!"

"아니다. 모든 살인자 중의 살인자인 내가 너로 하여금 위로를 받았음을 늦게야 비로소 알게 되었다."

"어머님은 나라와 백성을 지키시기 위해 혼신의 힘을 다하셨을 뿐입니다."

"나와 네 아비가 꺼트린 그 많은 목숨을 네가 갚았으니……."

아영은 이내 눈을 감았다. 생애 마지막 목소리가 그녀의 굳어가는 입술에서 흘러나왔다.

"너는 참 고맙고 자랑스러운 자식이다."


사유는 회상에서 깨어나 사당을 나서며 먼 하늘을 올려다보았다. 죄스러운 마음에 평생 얼굴을 들고 보지 못할 것만 같았던 부모가 함께 그를 내려다보고 있는 듯하여 그는 화답하는 양 주름진 얼굴에 잔잔한 미소를 떠올리며 대전으로 천천히 걸음을 옮겼다. 사유는 아직도 외로운 왕이었고 여전히 할 일이 많이 남아있었다.

어전 회의에서는 신하들이 기다렸다는 듯 상소와 간언을 쏟아냈다.

"폐하, 주통촌과 사수촌의 공사에 들일 비용이 동났다 하옵니다. 노역에 동원된 인부들이 도성까지 몰려와 밀린 삯을 달라며 아우성치는 터, 이미 국고에도 여유가 없어 일단은 쫓았으나 중단은 부득이한 일인 줄로 아뢰옵니다."

"삯을 받지 못하면 배를 곯지 않겠는가. 왕실의 사비를 털어 밀린 삯을 주도록 하라."

"하나 왕실의 사비 또한 동난 지 오래라, 더욱이 당장 삯을 준다 하여도 자재가 부족하여 공사를 지속할 여력이 없사옵니다."

"내 밥상에 오르는 찬을 줄이고 왕실의 연회를 금하라. 또한 각지의 관리에게 양해를 구하고 봉록을 삭감하라. 궐에 진귀한 보물이 있거든 그 또한 풀고, 지방 현령이 보내오는 특산물이 있거든 그것을 내다 팔게 하라."

"폐하, 그것은 왕실의 위엄을 해하고 관리의 의욕을 저해하며……."

"한때의 궁핍함이란 그때를 넘기면 아무것도 아닌 법. 하나 고구려 전역에 쌓일 석성은 천년을 지속하여 백성의 목숨을 살리는 터전이 되리라."

"폐하."

"내 뜻은 변함이 없을 것이다. 그대들은 그리 알라."

사유는 그리 말을 마치고 자리에서 일어났다. 대신들은 한숨과 푸념으로 고개를 흔들면서도 왕명을 받들어 각기 맡은 책무로 돌아가니 이는 이제 수십 년 같은 일을 겪어온 고구려 조정에서는 당연한 일이 되어있었다. 정반대의 방향으로만 나아가던 사유와 고구려, 수십 년에 걸친 불화 끝에 결국 고구려라는 나라는 사유에게 물들고 만 것이었다.

그러나 그것은 고구려 내부의 일일 뿐, 외부의 환란이란 영원히 그치지 않는 것이었다. 기라성 같은 패자들이 사라진 격동의 시기를 비집고 새로이 등장하여 세력을 떨치던 백제, 그들이 그간의 친선 관계를 한순간에 뒤엎고 고구려를 압박하니 이는 고구려에 있어 새로운 골칫덩이로 떠올랐다. 사유와 고구려는 많은 것을 양보하며 거듭 뒤로 물러섰으나 커지기 시작한 욕심이란 기어이 끝을 보고서야 멈추는 법, 고국원왕 40년의 고구려와 백제 사이에는 또 한번 전쟁의 불씨가 조금씩 타오르고 있었다.

이해 가을, 고구려의 조정에는 백제왕 부여구의 뜬금없는 서한이 도착했다.

'백제의 대역죄인 사기를 돌려달라. 돌려주지 않을 시에는 평양성을 불태우리라.'

도대체 사기라는 자가 누구인지를 아는 이가 없어 조정의 신하들은 발이 닳도록 그 이름을 수소문하였다. 하루 반나절이 다 가도록 소란을 피운 끝에 알아낸 것은 그가 고구려 수곡성의 마구간지기라는 사실. 아울러 십삼 년 전 백제왕의 말을 잘못 돌보아 상처를 입혔으며, 그로 인해 받게 될 벌이 두려워 고구려로 망명했다는 사실이었다. 백제가 협박처럼 언급한 전쟁이라는 무게와는 너무도 어울리지 않는, 대역죄라는 이름조차 가당찮은 인물이었다.

"아아!"

그러나 가슴을 쓸어내리며 헛웃음을 짓는 대신들의 귀에 들려온 것은 낯선 탄식이었다. 전쟁을 피하려 왕후와 태후까지 적국에 바쳤던 겁 많은 태왕의 입에서는 한참이 지나도록 마구간지기를 포박하여 백제로 압송하라는 명 대신 깊은 탄식만이 흐르고 있었다.

"그 마구간지기를 백제로 보내면 어찌 되겠소?"

"국법을 어기고 탈주한 자라 죽임을 당하게 되옵니다."

사유는 입을 꾹 다물었다. 대신들은 혹여나 사유가 또 엉뚱한 명을 내릴까 걱정하여 서둘러 그를 압송하라는 간언을 거듭하였다. 당연한 일이었다. 강성하기 이를 데 없는 백제와의 전쟁에 비하자면 그의 목숨값이란 만분지일의 가치도 되지 않는 것이었다. 그러나 끝내 입을 다물고만 있던 사유는 깊은 생각 끝에 고개를 가로저었다.

"이미 그는 고구려의 백성이오. 겨우 말을 다치게 한 죄로, 그것도 십수 년 전에 저지른 일로 이제 와 죽임을 당하게 할 수는 없소. 그러나 이 일로 백제와 대립하는 것 또한 옳지는 않소."

이도 저도 아닌 말에 이어 사유는 특유의 해결책을 내놓았다.

"백제왕에게 내 말을 보내는 것은 어떻겠소. 그가 가졌던 명마보다 나을지는 모르겠으나 그리 성의를 보이면 그 또한 참아주지 않겠소."

기마를 중시하는 고구려는 최고의 혈통만을 교배시켜 명마들을 만드는데 그중 최고의 말은 전통적으로 태왕의 소유로 두었고 이 말은 고구려의 상징이라 감히 값으로는 따질 수조차 없었다.

태왕이 백제에 자신의 말을 넘긴다는 소문은 금세 궐내에 파다하게 전해졌다. 무감각해진 대부분의 신하와 궁인들이 자조 어린 농담조로 이야기를 주고받는 가운데 한 사내만은 이를 통탄하여 주먹을 쥐고 가슴을 터져라 두드렸다. 바로 사유의 둘째 아들 이련이었다.

이련은 사유와 정반대의 기질을 가진 그야말로 전형적인 고구려의 사내였다. 모든 고구려의 왕자가 그러했듯이 어려서부터 훌륭한 스승을 청해 기마와 무예를 익혔고 그 당연한 귀결로 전쟁이 일어나면 누구보다 앞서 몸을 던지려 하였다. 철이 든 후 어머니와 할머니가 모용부에 끌려간 얘기를 듣고는 제 손가락 한 개를 칼로 끊어낸 적도 있었다.

울화를 참지 못해 이를 갈던 이련은 형인 구부를 찾았다.

"사내로 태어나 어찌 이를 보고 견딜 수 있단 말입니까."

이련은 백제의 요구와 사유의 대처를 말하며 탁상을 내리쳤다.

"마구간지기 한 놈을 돌려보내지 않으면 평양성을 불태우겠다니, 이것은 우리 고구려를 대놓고 능멸하는 일입니다. 백제 놈들을 모조리 잡아다 생살을 씹어도 이 분이 풀리지 않을 것만 같습니다."

불같은 이련의 분노에 구부는 웃으며 대꾸했다.

"힘이 강해졌으니 과시할 만도 한 법이지. 아버님께서 말 한 마리 내주어 달래라 하셨으니 그렇게 하는 게 좋겠다."

"형님은 분하지도 않소? 백제 놈들에게 천하 명마를, 고구려의 상징과도 같은 말을 바쳐가며 빌다니요."

"하하, 이런아. 그 말이 네 것이냐?"

"아버님의 것이지요."

"아버님께서 말을 타시느냐?"

이런은 고개를 가로저었다. 연로한 태왕은 이제 말에 오르는 것도 힘들어하고 있는 참이었다.

"그렇다면 그 말은 있으나 마나 한 것이다. 그러니 너만 생각을 달리하면 아무것도 아닌 일이야."

선선한 태자와는 달리 이런은 고개를 가로저었다.

"문제는 말 한 마리가 아니라 고구려가 백제에게 고개를 숙이고 있다는 것입니다."

"생각해 보아라. 적이 백만 군사를 끌고 당장 평양성 앞에 왔을 때도 고개를 꼿꼿이 들고 전쟁을 할 테냐, 그때에는 고개를 숙이고 평화를 택할 것이냐?"

"단지 고개만 숙이는 정도라면 굳이 전쟁을 할 것까지는 없겠지요."

"그럼 그 반의 군사라면? 아니 그 반의반, 아니 또다시 그 반이라면?"

이런은 대답 없이 구부의 말하는 모습을 보고만 있었다.

"몇 명의 군사가 오면 싸우고 몇 명의 군사가 오면 항복한단 말이냐? 너의 기준은 몇 명인지를 말해보아라."

"나는 도무지 형님 얘기는 알아들을 수가 없소."

여전히 웃는 낯빛으로 물어오는 구부에게 이련은 고개를 절레절레 흔들며 물러났다. 태왕이야 워낙 전쟁을 싫어하지만 그 부분만 받아들이면 이해하지 못할 것도 없었다. 그러나 태자는 태왕처럼 극단적으로 전쟁을 싫어하지는 않지만 어딘지 더욱 이해하기가 어려운 사람이었다. 이련은 답답하여 연신 제 가슴을 쳤다. 아버지와 형만 빼면 세상은 너무도 쉬웠고 많은 사람이 공감할 수 있었다. 아마도 이 두 사람을 제외하고는 고구려의 사내 모두가 백제군을 시원하게 쳐부수며 고구려의 기상을 한껏 떨치는 그런 꿈을 꾸고 있을 것이었다. 그리 생각하며 이련은 평소 뜻이 맞는 무장들을 불러 모아 쓰고 독한 술을 들이켜며 며칠 밤을 새워 울분을 토로했다.


"폐하의 말이라니!"

백제와 고구려의 접경에는 각기 치양성과 수곡성이 있었다. 태왕의 뜻과 함께 말 한 마리를 전해 받은 수곡성 태수는 땅이 꺼져라 한숨을 쉬었으나 명을 따르지 않을 도리가 없어 치양성을 향해 내키지 않는 걸음을 내디뎠다. 그리고 치양성의 성문 앞에 닿아 그는 또다시 모멸감에 치를 떨어야만 했다. 태수의 신분으로 직접 방문했음에도 치양성의 문지기는 그를 쉬이 들여보내지 않았다. 오히려 성문을 막고 오랜 시간을 기다리게만 하니 태수는 약이 올라 큰 소리로 외쳤다.

"나는 수곡성의 성주다. 고구려 태왕께서 천하 명마를 보내셨으니 어서 너희 태수로 하여금 나와서 맞도록 하라!"

"고구려왕이 천하 명마를 보내?"

수문장의 보고를 듣는 젊은 치양성 태수의 얼굴에 옅은 웃음이 서렸다. 부여수, 부여구의 아들이자 근간 백제의 행보에 있어서 가장 커다란 전공을 세워온 용장인 그는 이 순간 또 다른 승리를 예감하고 있었다. 그 예감은 얼마 전 부여구가 당부했던 이야기에 근거하고 있었다.

'수야. 나는 그를 안다. 그 비겁하다는 고구려왕은 하늘이 무너져도 사기 일가를 돌려보내지 않고 갖은 변명을 다 내놓을 것이다. 너는 고구려의 어떠한 수작도 듣지 말거라.'

이윽고 부여수는 성문을 열고 모습을 드러냈다. 그리고 태수를 성내로 맞아들이는 대신 갑자기 칼을 뽑아서는 그가 데려온 말의 목을 세차게 내려쳤다.

순간 잘린 말 모가지에서 뿜어지는 피가 수곡성 태수의 얼굴로 쏟아지니 삽시간에 그의 온몸이 말의 피로 범벅이 되었고, 그 가운데 부여수는 칼을 내던지고 큰 소리를 내어 꾸짖었다.

"어찌 이런 망아지 한 마리로 대백제를 모욕하는가! 앞으로 닷새의 시한을 줄 터이니 필히 그 안에 죄인을 내놓으라. 그러지 않으면 평양성을 불태우고 너희 왕을 잡아다 잘못을 물으리라!"

그러고는 성문을 닫으라 명하고 돌아서니 말의 피를 뒤집어 쓴 채 망연자실하여 닫힌 성문을 바라보던 수곡성 태수는 곧 피눈물을 쏟아내며 돌아섰다. 그리고 이날 겪은 일을 한 자 한 자 뼈를 깎는 심정으로 세세히 적어 평양성으로 장계를 올렸다.

눈물로 써내려간 수곡성 태수의 장계가 평양성에 도착했건만 여전히 흔들림 없는 사유는 백제왕의 마음을 달랠 또 다른 방도만을 강구하였다. 하지만 그 소식은 끝내 한 사내의 가슴에 불을 질러버리고 말았다.

"치양성을 친다. 뜻있는 자는 수곡성으로 오라!"

불덩이 같은 외침을 토해놓은 사내는 왕자 이련이었다. 마침 그의 주위에 모였던 젊은 무사들 또한 모두 의기투합하여 이련의 뒤를 따랐다. 격정에 찬 그들은 그날 밤 말을 달려 수곡성으로 향했고 이련을 지지하는 몇몇 장수들 역시 야음을 틈타 평양성을 빠져나갔다. 수곡성 태수는 성문 밖까지 나와 그들을 기다리고 있었다.

"왕명을 어기더라도 싸워 이기면 벌이 오히려 상으로 바뀌리라."

호기롭게 내뱉은 왕자 이련이 왕명을 빙자하며 근방의 군사까지 모조리 끌어모으니 무려 오천이 넘는 숫자였다. 이련은 그들의 앞에 나아가 가슴에서부터 끓어오르는 뜨거운 음성을 토해냈다.

"나는 전쟁을 처음 겪는다. 너희 또한 그러할 것이다. 그것은 우리 고구려가 지난한 세월을 전쟁으로부터 도피하여 초라한 명줄을 부여잡고 살아온 탓이다. 그러나 들으라! 백제가 한낱 자기를 굽고 비단을 꿰맬 때 고구려는 쇠붙이를 달구었고 맹수의 가죽을 벗겼다. 백제가 가냘픈 입술에 침을 발라 피리를 불 적에 고구려는 진군의 북을 쳤다. 백제가 향긋한 차를 마실 때에 고구려는 적의 비린 핏물을 마셨다! 아니 그러한가!"

우레와 같은 함성이 이어졌다.

그리고 그 함성은 부여수가 지키는 치양성 부근에 다다르고서도 내리 사흘을 멈출 줄 모른 채 이어지다 나흘째 되는 날 멎었다. 그와 함께 오천여 군사의 목숨도 허무하게 사라지고 말았다. 애초에 백전의 명장 가운데서도 그 이름을 한 손 안에 꼽는 부여수와 제대로 된 전장은 겪어보지도 못한 이련의 싸움이란 이루어질 수조차 없는 것이었다. 이련의 고구려군은 온갖 험지로 유인당하다 연이은 매복과 기습에 맥도 추지 못한 채 삽시간에 와해된 것이었다. 간신히 목숨을 건진 이는 이련을 비롯하여 수십여 군사에 불과했다. 부여수는 이들을 끝까지 쫓아 수곡성까지 다다랐고, 이토록 허무한 패배는 생각조차 못한 채 승전보만을 기다리던 수곡성은 기세등등한 백제군에 너무도 쉬이 함락되고 말았다.

"전쟁이 두려운지 물었다지?"

허물어진 수곡성에서 무릎 꿇린 이련을 향해 부여수가 물었다. 이에 수치심으로 온 얼굴의 핏줄이 터져나갈 듯 부풀어 오른 이련은 어금니가 부서지도록 이를 갈며 외쳤다.

"죽여라! 어찌 장수에게 치욕을 안기느냐!"

"장수라……. 전쟁을 두려워 않는 자를 어찌 장수라 부를까. 너는 철부지에 불과하니 죽일 수 없다."

부여수는 그리 말하고 거칠게 저항하며 몇 번을 거듭 죽이라 외치는 이련을 말과 함께 꽁꽁 묶어 평양성으로 돌려보내게 했다. 이련은 수치심과 절망을 견디지 못하여 제 스스로 혀를 깨물려 하였다. 그러나 그 또한 뜻대로 되지 않아 곧 재갈까지 물려진 채 비참한 꼴로 평양성을 향해 떠나갈 수밖에 없었다.

# 백성의 왕

고국원왕 41년 10월.

백제왕 부여구가 직접 진두지휘하는 백제의 삼만여 군사는 이련의 도발을 구실로 평양성을 향해 움직이기 시작하였다. 백제군의 사기란 언제 어디서든 항상 최고조를 달리며 꺾이는 법이 없었는데, 그것은 오로지 그들의 군주인 부여구에 대한 믿음과 애정이 충만한 때문이었다. 부여구는 전쟁에 나서면 매일같이 군영을 둘러보며 병사의 고충을 살폈고 때로는 병사들과 함께 노래를 부르다 한 막사에서 잠을 청하기도 하였다. 진군하는 방법 또한 다른 군사와는 판이하게 달라 험지를 지나는 날에는 평소의 반만 가도록 하였고, 좋은 풍경을 만나는 날에는 반드시 쉬어 밥을 지어 먹고 술을 마신 후 가도록 하였다. 그리하니 때때로 서둘러야 할 이유가 있을 때에는 굳이 장수가 재촉하지 않아도 병사가 먼저 발을 바삐 놀렸고 몸을 혹사시킬 이유가 있을 때에는 장수와 병사가 서로 먼저 팔을 걷어붙이고 나섰다.

부여구는 병사들을 향해 크게 외쳤다.

"한 사람 병졸조차도 군주를 아비처럼 믿고 따르는 나라. 이것이 나의 백제이니라!"

이어 그는 돌아서 평양성을 굽어보며 두 팔을 벌린 채 외쳤다.

"고구려 백성들아, 곧 너희 또한 나의 품에 안기리라!"

쇠 테두리를 채운 굵직한 바퀴를 매단 우마차가 앞으로 나섰고 갈고리가 달린 밧줄을 휘두르는 병사가 뒤를 따랐다. 성벽 위에서 쏟아지는 화살을 막아줄 철로 만든 방패를 든 병사들이 그다음이었고 그 뒤로는 긴 사다리를 든 병사들의 대열이 이어졌다. 수백수천 번 같은 일을 되풀이한 듯 숙련된 군사들은 한 치 흐트러짐 없이 정렬되어 일사불란하게 움직였고, 그 장관에 압도당한 평양성의 수비군은 입을 벌린 채 적이 움직이는 모습을 보고만 있었다.

"기름 항아리를 부어라."

"불화살을 쏘아라!"

"싸우다 죽으나 도망치다 죽으나 죽는 것은 매한가지다! 기왕 죽음을 각오하려면 너희 가족과 고구려의 사직을 지키다 죽으라!"

그나마 전쟁 경험이 있는 장수들이 나서 악을 쓰며 군사들을 지휘하고 독려하였다. 그러나 고구려 군사의 대부분은 생전 처음 전쟁을 겪는 이들이었다. 날 선 쇠붙이가 눈앞을 오가고 바로 옆 동료가 참혹하게 죽어나가는 모습을 보니 눈과 귀를 막고 천지신명에 빌기만 할 뿐이라 애초부터 제대로 된 응전이란 불가능한 것이었다.

"싸움이란 이긴다고 생각하는 쪽이 이기는 법이다. 이기는 자는 잘 때릴 방법만을 생각하고 지는 자는 잘 피할 방법만을 생각하니 전장의 승패란 처음 마주치는 순간의 사기에 결판이 나는 것이지."

일방적인 승세를 점하는 백제군을 바라보며 부여구는 옆의 장수에게 기분 좋은 소리를 내었다.

"오늘은 이쯤 하는 것이 좋겠다. 이미 사기가 갈리었으니 내일은 그 차이가 더하리라."

그리 명하며 군사를 거두게 하니 개전 직후에 바로 평양성이 함락되지 않은 까닭이란 오로지 새로 쌓은 성벽의 견고함과 더불어 제 군사의 목숨을 아껴 굳이 전쟁을 서두르지 않는 부여구의 성격 때문이었다.

전투를 멈추고 각기 군사를 추스르는 양 진영의 모습은 현격히 달랐다. 부상자라고는 백에 하나를 찾아보기 힘든 백제군과 달리 고구려군은 저희끼리 얽혀 다친 이만도 열에 두셋은 되었다. 절망만이 가득한 고구려군은 시간의 대부분을 성문과 성벽을 더욱 튼튼히 덧대어 보수하는 일에만 할애하였다. 이 성문이 뚫리고 방벽이 무너지는 날이 곧 전쟁이 끝나는 날이리라. 그 시간을 어떻게든 조금이나마 늘리는 것이 티끌만한 승산을 키우는 일이리라. 평양성에 있는 모두가 그리 생각하였다. 군사의 숫자를 맞춰보고 충분히 싸워봄 직하다며 득의만면했던 대신들도, 목소리를 높여 병사들을 독려하던 장수들도 내일의 안녕을 장담하지 못하고 입을 꾹 다문 채 간절한 눈으로 성문과 방벽만을 바라보았다.

"그자, 그자를 찾아 이제라도 돌려보내야 하오!"

"그자라면?"

"마구간지기 말이오. 지금이라도 그자와 일가족을 찾아 백제군에 돌려보냅시다."

"소용이 있겠소? 그토록 폐하께서 화친을 요청하여도 일언반구 답이 없는데."

"할 수 있는 일이라면 다 해봐야지요. 당장이라도 성벽이 무너질 판인데."

누구의 입에서 먼저 나왔는지 알 수 없는 이야기였으나 지푸라기라도 잡아보려는 조정의 대신들은 이에 누구 하나 빠짐없이 동조하였다. 마침 평양성에 와있던 사기와 그의 일가족은 포박되었고 대신들은 살려달라 울며 애원하는 그들을 즉시 백제군 진영으로 보냈다.

태왕 사유가 그 사실을 안 것은 사태가 발생한 후였다. 백제군이 평양의 성벽을 두드리는 지금에까지도 화친의 뜻을 담은 서한을 거듭 써 내려가던 사유는 대신들의 보고를 듣고 손에 들었던 붓을 떨어트렸다.

"누가, 누가 이 일을 획책하였는가?"

사유는 그 어느 때보다도 대로하여 고함을 쳤다.

"이 일을 꾸민 이가 어느 누구더냐!"

예상치 못한 사유의 분노에 대신들은 누구 하나 나서지 못하고 주저하다가 종내에 작은 소리로 입을 모아 답하였다.

"소신들 모두가 함께 생각한 일이옵니다."

"무어라! 그대들 모두가!"

모두가 한목소리를 내자 거기서 힘을 얻은 한 신하가 앞으로 나서며 간언하였다.

"고구려의 사직이 위태한 지금 그 일가의 목숨이란 먼지처럼 가벼운 것이옵니다. 폐하, 옛적 왕후와 태후를 인질로 보내시어 전쟁을 피하셨던 그때를 떠올리소서."

이어서 또 다른 신하가 나서서 간언하였다.

"적이 과연 돌아가리라는 보장은 없사오나 조금이나마 백제왕의 분이 풀렸으리라 생각하옵니다. 폐하께오서 화친의 사절을 보내시려면 지금이야말로 적기라 생각하옵니다."

사유는 계속해서 이어지는 간언 속에서 아무 말도 하지 않은 채 대신들을 노려보았다. 그러다 마침내 자리를 박차고 일어서며 평생 보이지 않았던 더없이 노한 목소리로 외쳤다.

"내가 모용황의 앞에 무릎을 꿇고 왕후와 태후를, 선친의 유해를 바쳤던 것은 모두가 백성을 위함이었다. 이제 와 백성을 바치자면 그것은 무엇을 도모하는 것이냐!"

"하오나 폐하……."

"백성을 바쳐서 백성의 안전을 도모하겠다는 것이냐? 아니라면 나와 너희의 안전을 도모하려는 것이냐?"

"그것이 아니옵고 많은 목숨을 살리자면……."

"입 다물라! 단 한 명의 백성을 지키지 못하면서 어찌 만 명의 백성을 지킨다 말할까! 나라는 반드시 백성을 위해서만이 존재해야 한다. 그것이 한 명이든, 만 명이든. 한 명의 백성을 지키기 위해 열 명의 왕후를 보낼 수는 있으나 열 명의 왕후를 지키기 위해 한 명의 백성을 보낼 수 없음을 어이 모른단 말이냐!"

평생 처음 보이는 사유의 대로한 모습에 대신들은 입을 다물었다. 사유는 움켜쥔 주먹을 부르르 떨며 그들을 노려보다 마지막으로 한마디를 던지며 대전을 나섰다.

"내일 성문을 열라. 고구려의 온 힘을 다하여 그들을 되찾으리라."

그 말은 곧 전쟁을 의미하는 말이었다. 사유를 아는 이라면 그 누구도 생각지 못할 청천벽력과도 같은 한마디였다.

"태자야."

이날 밤, 늦게 구부를 찾은 사유는 새삼스러운 이야기를 꺼냈다.

"너는 이 아비보다 몇 배는 훌륭한 왕이 될 것이다."

"아마 그럴 것입니다."

구부와 사유는 함께 웃었다. 온 천하에 비겁하고 어리석은 군주로 알려진 사유지만 구부에게만큼은 이상(理想)의 통치를 실제로 만들어 보인 성인(聖人)과도 같은 인물이었다. 구부 또한 사유에게는 자식이기에 앞서 제 뜻을 이해해준 단 한 명의 인물이었으니 그들 부자간에는 부자의 정을 넘어서는 각별함이 있었다.

"고맙구나. 네가 워낙 영특하니 이 아비는 언제든 편히 갈 수가 있겠다."

구부는 사유의 어조가 약간씩 떨림을 느꼈다. 아무래도 노환 탓에 마음이 약해진 것이라 생각하여 침소로 모시려는데 사유는 미미하게 고개를 저으며 말을 이었다.

"전장에 단 한 번도 서보지 않은 아비가 부끄럽지는 않으냐?"

"아버님의 삶 또한 치열한 전장이었습니다."

"허허."

가만히 웃던 사유는 곧 엉뚱한 이야기를 해왔다.

"갑주 입는 법을 알고 싶구나."

구부는 새삼 놀랐다. 고구려의 태왕으로 칠십이 되도록 갑주를 입어본 적이 없다니. 제 갑주를 가져온 구부는 사유에게 그것을 입혀 보였다. 몸에 가죽과 철판을 대는 방법부터 끈을 조여 길이와 너비를 맞추는 방법까지. 구부 또한 미숙하여 몇 번을 실수한 끝에야 사유에게 갑주를 입힐 수 있었다.

"이 아비가 제법 무장다워 보이느냐?"

구부는 그저 웃음을 터트렸다.

"구부야."

"예, 아버님."

"내 너에게 유언을 빙자한 부탁을 하나 해도 되겠느냐."

어떤 연유에서 죽음을 예감한 것인지 알 수는 없었으나 사유는 너무도 엄숙한 목소리를 내었다. 불길한 소리 말라며 말린다거나 슬픔에 잠긴 얼굴로 눈물을 흘린다거나 하는 것이 오히려 불효임을 아는 구부는 그저 가만히 사유의 다음 말에 귀를 기울였다. 사유는 잠시간 말없이 구부의 얼굴을 바라보다가는 이내 작지만 또렷한 목소리를 꺼냈다.

"내가 죽고도 다섯 해가 흐르기 전까지는 전쟁을 금해다오. 무슨 일이 있더라도."

"그리하겠습니다."

구부는 쾌히 답했고, 사유는 엄숙한 얼굴을 풀고 새삼스레 양팔을 들어 구부를 한 번 끌어안았다. 아마도 일전을 불사할 결심을 세운 데에서 온 각오이리라, 그리 짐작하며 구부는 별다른 생각 없이 노쇠한 부왕을 침소로 모셨다.

이튿날.

새벽의 동이 트고 어둠이 차차 걷혀갈 즈음, 성벽에 오른 구부는 나름 작지 않은 장수가 된 우앙을 대동하고 적의 진영을 바라보며 이 전쟁의 판세를 거듭 생각하였다. 입술을 깨물며 이런저런 고민을 계속하던 구부는 결국 답이 없다는 듯 짧게 혀를 차며 입을 열었다.

"내가 병법을 깊이 공부한 적은 없지만 싸움을 이기고 지는 대략의 이치는 생각해 볼 수 있다."

"그게 무엇입니까?"

"패기(霸氣)."

"패기요? 겨우 그런 것으로 전쟁의 승패가 갈린단 말입니까? 강병과 약졸은 실력이 다를 텐데요?"

"병사 하나와 하나가 싸우면 지닌 무예로써 승패가 갈린다. 그러나 열과 열이 싸우면 기술이란 별 소용이 없어. 백과 백이 싸우면 그보다 더하고 천과 천이 싸우면 병사 개인의 실력이란 아예 사라지고 마는 것이지."

"하면 병사에게 무술을 굳이 가르칠 필요가 없지 않습니까?"

"그래. 전장의 군사란 앞을 향해 창을 내밀 줄만 알면 되는 것이야."

우앙이 듣고 머릿속에 그림을 그려보니 맞는 말이었다. 다수가 뒤엉켜 싸우는 전장에서 병졸의 무술이란 도무지 펼칠 기회가 없었다. 그보다는 질 좋은 무기와 갑주가, 그리고 그보다는 병사를 배치하는 진형이 더 중요한 것이었다.

"고구려에는 오랜 시간 전쟁이 없었기에 날이 상한 병장기가 없다. 군사를 운용하는 진법 중 으뜸이란 성을 끼고 싸우는 것이니 그 또한 적보다 낫지. 그러나 가장 중요한 패기가 없다."

"소장은 그 패기라는 것을 잘 모르겠습니다."

"부엌칼을 든 아낙네 둘이 싸우면 누가 이기냐?"

"먼저 찌르는 아낙이 이깁니다."

"그래."

구부는 우앙을 돌아보며 피식 웃었다.

"과거 외조부님이나 숙부님께서 무패의 명장으로 불렸던 이유가 바로 그것이다. 선봉을 달리면서 가로막는 자는 일단 모조리 때려 부수니 적은 오금이 저려 물러날 수밖에. 물러나는 군사와 나아가는 군사의 싸움이란 안 봐도 뻔한 것이지."

그제야 우앙은 구부의 말을 온전히 이해하여 크게 고개를 끄덕였다. 그러나 다음 순간 우앙은 땅이 꺼져라 한숨을 쉬며 고개를 절레절레 흔들었다.

"하면 이 전쟁을 아군이 이길 방법이 없는 것이 아닙니까? 저들은 저토록 기세가 등등한데 아군은 성문을 방패 삼아 목숨을 보전할 방법만 생각하니 말입니다."

"그래서 말인데……."

구부는 돌연 낯빛을 진중히 가라앉히고 우앙을 깊숙이 바라보았다.

"네가 나가서 부여구의 목이라도 따 오면 상황이 많이 좋아질 텐데."

우앙은 그 말을 듣고 당황하여 꿀 먹은 벙어리가 된 듯 말이 없더니 이내 비장한 표정이 되어 쿵 소리가 나도록 한쪽 무릎을 꿇었다.

"소장이 비록 늙고 모자라나 충심과 열의만은 누구에게도 지지 않음을 보이고 오겠습니다."

구부는 그 모습이 우스꽝스러웠는지 다시 한번 헛웃음을 짓다 손사래를 쳤다.

"아서라. 농담이다."

암담하기만 한 사태 속에서도 구부는 밝은 낯을 잃지 않았다. 대다수의 사람들이 그를 가리켜 경망되다, 철이 없다며 걱정하고 비난하였으나 그것은 어렵고 힘든 일일수록 머릿속을 맑게 하고 마음을 유쾌히 지녀야 풀어낼 수 있다는 그 나름의 생각 때문이었다. 실제로 그리 우앙을 놀리면서도 구부는 거듭 현재의 판국을 고민하고 있었다. 패기, 그것은 농담이 아니었다. 지금의 고구려는 마치 싸움 한 번 해본 적 없는 아낙과도 같아 손에 든 부엌칼을 찌르려면 광기에 가까운 격정이 필요했다.

"어!"

성 밖에 시선을 던져두었던 구부는 어느 순간 짧은 신음을 내었다. 아직 어둠조차 다 걷히지 않은 이른 시각인데 갑자기 외성의 성문이 열린 것이었다. 열린 성문으로는 장수의 복색을 갖춘 한 기의 인마가 모습을 드러냈다.

"어느 용맹한 장수인가! 어째 홀로 성문을 열고!"

나타난 의문의 인마는 곧 창을 들어 적진을 향해 겨누고는 말을 달리기 시작했다. 말을 모는 모양새나 달리는 속도가 훈련된 모습이라고는 하나도 찾아볼 수 없는 엉성한 기수였기에 더욱 묘한 기분이 드는 이상한 광경이었다. 백제군의 파수병들 또한 그 모습을 놓치지 않고 발견하였으니 곧 방책 위로 궁수들이 모습을 드러내고 화살을 시위에 올리기 시작하였다.

"어찌 저리 무모한!"

같이 이를 지켜보던 우앙의 입에서도 신음이 터졌다.

이윽고 홀로 적진으로 달려드는 그 기수를 향해 화살이 쏟아지기 시작했다. 그리고 다음 순간 우앙은 더욱더 커다란 신음을 뱉어냈다. 옆에서 그 기수의 뒷모습을 지켜보던 구부가 어느 순간 벼락이라도 맞은 듯 몸을 떨더니 성벽 아래로 날듯이 내달리는 것이었다.

곧 열린 성문으로 구부가 탄 말 또한 그 기수를 쫓아 정신없이 질주하였다. 잘 달릴 줄도 모르는 말을 함부로 박차 반쯤은 이미 낙마한 모양새로 겨우 말에 매달리다시피 달리던 구부는 너무나 간절하고 커다란 외침을 토했다. 외침이라기보다는 처절한 비명이었다.

"아버님!"

쏟아지는 화살 가운데 한 발이 그 엉성한 기수의 얼굴로 날아든 것이었다. 창을 휘둘러 털어낼 줄도, 몸을 비틀어 피해낼 줄도 모르는 그 기수는 그대로 화살을 정통으로 맞고는 그 자리에 고꾸라졌다.


성문을 굳게 닫은 채 싸움을 두려워만 하던 고구려 군사는 어제의 그들과는 다른 이들이 되어있었다. 붉게 충혈된 눈으로 백제군을 노려보는 그들의 손에는 피가 나도록 움켜쥔 병장기가 들려 있었다. 칠십 세 노인이 되도록 평생 전쟁을 피해 살아온 태왕, 그가 어째서 성문을 열고 단신으로 적진을 향해 달려갔는지 그 까닭을 정확히 이해할 수는 없었으나 이제 그들 모두의 마음에는 하나같은 심정이 용솟음치고 있었다.

'저들을 결코 이대로 돌려보낼 수는 없다.'

고구려 군사들은 그 어느 때보다도 간절하게 진격의 명을 기다렸다. 앉아서 쉬라는 명에도, 밥을 지어 먹으라는 명에도 누구 하나 따르지 않고 선 채로 핏발 선 눈이 터져나가도록 적진만을 노려보았다. 그리고 그런 그들을 뒤로 둔 채 구부는 양 진영의 가운데로 나아가 부여구를 기다렸다.

"그대는, 혹?"

항복을 청해오는 적장이라 여기며 구부 가까이 다가오던 부여구는 상대의 얼굴을 확인하고는 탄식을 터트렸다. 해를 쫓는다며 백제군 진영에 찾아왔던 어린 학자, 장난 같은 약속을 지켜 송해를 죽인 소년. 비록 오래전의 일이지만 가슴속 깊은 곳에 너무도 선명하게 간직되어 있던 그 소년의 얼굴이 세월을 머금은 채 자신을 지켜보고 있었던 것이다.

"네가 고구려의 태자였는가?"

"부여구, 너는 나에게 빚이 있다."

이어진 구부의 말에 부여구는 한참이나 대답이 없었다. 자신이 백제왕인 줄을 이미 오래전부터 알고 있던 소년이 지금 이 순간 태자의 신분으로 자신을 마주해 내놓을 말이 무엇일지는 너무도 뻔한 것이었다. 이제 싸움을 끝내고 회군해 달라는 부탁. 하지만 목숨을 걸고 맹세했던 약조와 지금 그의 말을 들어주면 두고두고 큰 후환이 될지 모른다는 예감 사이에서 저울질을 하고 있던 부여구에게 태자의 입에서 나온 소리는 전혀 뜻밖이었다.

"사기와 그의 일가족을 고구려로 돌려보내라."

"뭐라?"

부여구는 저도 모르게 소리치지 않을 수 없었다.

"그리하면 고구려는 향후 오 년간은 백제와 선린을 유지할 것이다. 그렇지 않을 시에는."

구부는 타는 눈으로 부여구를 노려보았다. 이어 터무니없을 만큼 자신에 찬 소리가 그의 입에서 또박또박 흘러나왔다.

"오늘 이 자리에서 두 나라 중 한 나라는 반드시 멸망할 것이다."

그 말을 남겨두고 구부는 말 머리를 돌렸다. 부탁이라기보다는 오히려 협박과도 같은 말을 남겨놓고 돌아가는 그의 뒷모습을 망연자실 바라보고 있던 부여구는 이어 수만 쌍의 눈길과 마주쳐야 했다. 바로 고구려 군사들의 눈길이었다. 그 눈들은 지금 당장이라도 칼을 뽑아 휘두르지 않고서는 울분에 미쳐버릴 것만 같다고, 둘 모두 사느니 둘 모두 죽는 것이 낫다고 외치고 있었다. 가만히 서서 그 눈길을 받아내던 부여구는 이내 씁쓸한 얼굴로 말 머리를 돌렸다.

"사기와 그의 일가족을 돌려보내라."

"폐하!"

"이길 수도 없는 군사, 이겨서 얻을 것도 없는 군사다. 고사유가 평생 처음 꺼내 든 칼이 참으로 날카롭기만 하구나."

그러고는 백제왕은 정말로 전군에 명을 내려 회군을 시작하였다.


살을 맞은 사유는 급히 말에 태워져 궐로 옮겨졌다. 말이 전력을 다해 궐로 달리는 동안에도 사유의 얼굴에서는 쉴 새 없이 피가 흘렀고, 사유는 참을 수 없는 고통으로 몸을 오그렸다. 모여든 전의들은 화살이 사유의 눈에 정통으로 박혀 눈알을 완전히 꿰뚫고 있는 걸 보고는 경악했다. 칼로 눈알을 후벼 파낼 수도, 약재를 뿌리고 기다릴 수만도 없는 상황이었다.

몇 날이 지났어도 고통은 결코 사유를 놓아주지 않았다. 한밤에도 수십 번이나 견디지 못할 통증에 사유는 자리에서 벌떡벌떡 일어나곤 했다. 그럴 때마다 눈에서는 또다시 피가 흘렀고 피를 말리기 위해 어떤 처방을 해도 모두 견딜 수 없는 아픔이었다. 이내 고름이 생기고 살이 썩어가면서 사유의 얼굴은 차마 사람의 얼굴이라 할 수 없는 상태로 변해갔다. 아무것도 먹을 수 없어 사유의 얼굴은 반쪽으로 줄어들었고 신음과 비명으로 밤낮을 지새우기만 했다.

"아아악!"

전의들은 눈물과 한숨으로 절망만을 전했고 구부와 이련은 단 한순간도 자리를 떠나지 않고 사유의 곁을 지켰으나, 사유는 차츰 고통으로 누구도 알아보지 못하고 허공을 향해 손만 내저을 뿐이었다.

"아아악!"

그러던 어느 날 밤, 고통에 몸부림치던 사유는 차츰 의식이 몽롱해지며 머리와 눈을 무겁게 내리누르던 힘이 사라지고 있음을 느꼈다. 고통이 물러나고 마치 꿈결인 양 온 세상이 하얘지면서 누군가 저 앞에서 걸어오고 있었다.

"아버지!"

사유의 눈앞에 나타난 사람은 을불이었다.

'사유야!'

언제나 자신의 편에 서주었던 유일한 사람 아버지. 사유의 눈에서는 저도 모르게 눈물이 흘렀다.

'왜, 저를 왕으로 만드셨어요!'

'그건 네가 왕을 제일 잘할 수 있는 사람이기 때문이야.'

'하지만 저는 어머니를 욕되게 하고…….'

'수없는 백성을 살렸잖느냐, 너는 힘없는 사람들의 왕이란다.'

을불은 천천히 다가와 사유에게 손을 내밀었다. 사유는 을불의 손을 잡고 뺨에 마구 부볐다.

'평생 미안했고…… 외로웠어요.'

'사유야. 이제 그 짐을 내려놓거라.'

허공을 더듬던 사유가 갑자기 온몸에 힘을 잃으며 팔을 툭 떨어트렸다.

"아버님!"

자식들의 다급한 목소리가 사유를 불렀지만 사유에게서는 아무런 대답이 없었다.

왕자 시절부터 태왕 재위 기간 내내 칠십 평생을 외로움 속에 살아온 태왕 고사유.

백성을 한없이 사랑하였으나 오히려 백성들로부터 외면을 당한 채 살아야 했던 불운한 군주. 어머니와 한 번도 속 깊은 정을 나누지 못한 불행한 아들. 아내와 살가운 교감을 해보지 못한 지아비. 평생 아우에게 마음의 짐을 지고 살아야 했던 형.

"아버님!"

한 많았던 사유의 넋은 이승에서의 짐을 내려놓고 자식들의 마지막 절규를 귀에 담은 채 그렇게 훨훨 떠나갔다. 왕위에 오른 지 41년이 되던 해 10월, 사유는 고국원(故國原)의 벌판에 묻혔다.


한편, 회군길에 오른 부여구는 신료들에게 자신감에 찬 목소리를 밀어냈다.

"백제의 옛 백성이든 고구려 백성이든 다 모아들여라. 모두 강성해진 백제로 가고 싶어 할 것이니라."

"눈에 띄는 모든 백성을 붙잡아 들이겠나이다."

"아니다, 누가 붙들어 오라고 했느냐! 그들 스스로가 따라올 것이니라. 이미 고구려는 백성들을 보호할 힘을 잃은 나라가 아니더냐! 백성들에게 우리 군사가 돌아가는 길에 합류해도 좋다는 말만 이르도록 하라!"

부여구의 지시에 군사들은 수곡성 성내는 물론 성 밖의 모든 백성들에게까지 백제군과 함께 돌아갈 것을 종용하였지만 나서는 백성이 없었다. 몇 날을 기다려도 백제로 가고자 하는 백성이 없다는 보고를 받은 부여구는 고개를 갸우뚱하다 직접 백성들을 만나보기 위해 나섰다.

"나라가 강성하면 백성이 모이는 법, 이는 당연한 이치가 아니냐. 그런데 어떤 이유로 고구려 백성이든 과거 백제 백성이든 이리도 나서지 않는다는 말이냐! 내 눈으로 직접 보아야겠다."

부여구는 몇몇 마을을 돌며 고구려 백성들을 만나 백제로 같이 가기를 권하였으나 호응하는 백성들을 찾을 수 없었다.

"살기 힘들어도 고향이 낫다는 얘긴가? 그렇다면 이주한 백제인들의 마을로 가자!"

부여구의 수레는 이런저런 이유로 백제를 떠나 수곡성에서 살고 있는 사람들의 마을로 향했다.

"자신들의 왕이 직접 찾아왔으니 얼마나 기뻐하겠는가! 내이들이 무슨 이유로 백제를 떠났든 다 이해하리라. 가난해서 떠난 자들에게는 토지를 줄 것이고, 죄를 지어 도망한 자들은 그 죄를 다 사해줄 것이다. 이제 백제는 강성해질 대로 강성해졌으니 백성들 또한 자신들의 나라, 자신들의 고향으로 돌아와 사는 것이 그 얼마나 기쁜 일이겠느냐."

부여구는 마을 사람들이 모두 어귀에 나와있다는 보고를 받고는 매우 흡족해졌다.

"아무도 백성들을 강제하지 않았음에도 이들이 스스로 나와 나를 반갑게 맞으니 이 얼마나 기쁜 일이냐."

그러나 수레가 마을 어귀에 이르자 부여구는 소스라치게 놀라지 않을 수 없었다. 마을 어귀에 모여있던 백성들이 자신의 수레를 향해 돌을 던지기 시작했던 것이다.

"죽어라! 이놈들아!"

백성들의 외침을 듣는 부여구의 표정이 딱딱하게 굳었다. 수레가 다가갈수록 백성들의 돌팔매질이 더욱 거세지자 부여구는 주변을 향해 외쳤다.

"맞느냐! 저들이 과연 백제에서 온 자들이 맞느냐!"

"분명 여기는 고구려에 와 살고 있는 백제인들의 마을입니다.”

“그런데 왜 나에게 돌팔매질을 한단 말이냐! 자랑스러운 자신들의 왕에게!”

“저들은 지난 수십 년간 전장에 끌려간 백성이 단 한 명도 없었다며, 오직 고사유만이 자신들의 왕이라 외치고 있나이다.”

부여구는 말을 잃은 채 이러한 백성들의 돌팔매질을 언제까지나 지켜보고만 있었다.

〈고구려 6권에 계속〉